L'hospital dels pobres

labutxaca

www.labutxaca.cat
info@labutxaca.cat

Tània Juste

L'hospital dels pobres

Columna
Barcelona

La primera edició d'aquesta obra es va publicar
a Columna l'any 2014

Primera edició en aquest segell: gener del 2016

labutxaca

Fotocomposició: Víctor Igual
Impressió: CPI (Barcelona)
DIPÒSIT LEGAL: B. 26.992-2015
ISBN: 978-84-16334-70-4

A en Josep,
el millor company de viatge
en la gran aventura de viure

«Si se suprimís l'hospital, canviaria l'ànima de Barcelona».

DR. JOSEP CORNUDELLA

Hospital de la Santa Creu i Sant Pau.
Vista del pavelló de l'administració, des de l'avinguda de Gaudí (ca. 1930).

1892

La germana tornera feia esforços per sortir del son on s'anava ficant a poc a poc. Feia tot just dues hores que s'havia assegut a la cadira que, amb molta cura, havia col·locat prop del torn, no fos cas que li deixessin en la seva primera nit de guàrdia una criatura i no se n'adonés.

Quan el portal de l'asil del carrer Ramelleres havia quedat tancat aquell dijous en fer-se fosc, la mare superiora se li havia acostat per advertir-la: res de dormir. Una capcinada i podries perdre de vista la teva responsabilitat d'aquesta nit. L'havia mirat amb aquells ulls que tantes vegades l'havien amonestat, en el seu primer any a la Maternitat, però aquella nit era ben diferent. Ara els ulls li deien: confio en tu, ja estàs preparada.

És per això que, tot i sabent que les germanes més experimentades no s'estaven de fer alguna capcinada durant les seves guàrdies al torn, ella no volia pas arriscar-se. A partir d'aquella nit es convertia en la tornera més jove que havia tingut la Casa de Maternitat.

Però dues hores sense moure's, en una persona inquieta, era molta estona. Primer havia caminat una mica amunt i avall, amunt i avall; després s'havia estat dreta una estona, recolzada a la paret, i finalment havia arrambat una cadira al costat del torn per descansar una mica i alhora poder percebre qualsevol soroll que vingués del carrer.

Devien ser vora les tres de la matinada quan la germana va sentir unes passes. Semblaven haver-se aturat just a l'altra banda del mur que separava l'asil del carrer Ramelleres. Ara ja no sentia res. Tot era silenci. Al lluny, un gos que bordava, res més. Potser m'ho he imaginat, potser les passes eren dintre el meu somni. Però aleshores va sentir clarament una fregadissa de faldilles. Algú sanglotava. I just en aquell moment, l'esclat d'un plor de nadó. Sí, no hi havia cap dubte: la germana va mirar cap al torn per si hi havia cap moviment. De moment, el torn no girava. Es va posar dempeus i va afinar l'oïda per endevinar què succeïa, exactament, a l'altra banda del mur. Una dona plorava i un nadó la secundava amb aquell neguit propi d'un animaló famolenc. La situació s'allargava i la germana va tensar el cos. Des del primer plor, que tenia la mirada fixada en l'aparell giratori encaixat al mur, una mena de tambor on —segons tot semblava indicar— estaven a punt de dipositar un nadó. El torn giraria i la campaneta sonaria per avisar les germanes que a la Casa de Maternitat hi havien deixat un nou expòsit, un nen sense pare ni mare que calia pujar en aquest món. La mare no seria vista per la germana tornera en cap moment perquè el mur les separava. Només la pobra bestiola —un altre fill il·legítim— es faria visible un cop la mare girés el tambor.

La germana sabia que allò succeïa cada dia, que les seves companyes recollien tots aquells nadons que omplien després les sales de lactància i de desmamats de l'asil.

Però aquest era el seu primer nadó, el primer que li exposaven a ella i del qual s'hauria de fer càrrec fins que, l'endemà, en pogués donar notícia a la mare superiora. Finalment el torn va començar a girar, a poc a poc, indecís. La germana va veure la carona rogenca, les petites manetes alçades amb els dits ben encongits que sobresortien de l'embolcall de roba. Només podia tenir dies, aquella bestiola! La campaneta no va arribar a sonar perquè la germana, sense pensar-s'ho, va alçar la veu perquè traspassés el mur fins al carrer:

—Ja el tinc! Que Déu tingui misericòrdia de tu.

Es va sentir un sanglot ofegat, un fregar de faldilles i unes passes que s'allunyaven.

La germana va recollir el nadó i el va portar a dintre l'asil. A la sala de prevenció hi va trobar la dida de torn, que li va agafar el nen de les mans. Amb moviments àgils, el va desembolicar d'aquell farcell de robes prou netes per ser un expòsit i li va començar a donar el xarop. Les normes eren estrictes i per molt que el nadó plorés, la dida no podia acostar-li el pit fins que el metge l'hagués examinat.

Amb la primera llum de l'albada va arribar el capellà de l'asil. En veure el nouvingut va esbufegar i va demanar a la germana, de manera mecànica, si l'havien deixat amb alguna nota o pertinença.

—Una capseta de fusta amb una fotografia a dintre d'un infant muntat dalt d'un cavall de cartró. I un paper a part on hi posa «Lluís» —va respondre la germana, que, tot i que el nadó havia dormit plàcidament després del xarop, no se n'havia separat ni un instant.

El capellà va assentir en silenci, i aleshores va procedir a batejar el nounat:

—Li posarem Lluís, tal com ens han deixat escrit —va començar a dir.

Aleshores va repassar el santoral, buscant aquells dos altres noms que al nen li farien de cognoms. Es va decidir per Amadeu i per Julià, i va fer-los anotar, així, al llibre de registres: el secretari va anotar el número d'ordre, els noms escollits, el sexe, l'hora i el dia d'ingrés, així com la descripció de les robes amb les quals havia estat entregat a l'asil. La capseta de fusta amb la fotografia d'un infant en el seu interior va quedar guardada en un registre a part.

La dida li va donar el pit i el nadó s'hi va agafar amb força, obrint a poc a poc les manetes que feia estona havien estat només dos punys. El pit li anava amunt i avall, amunt i avall mentre succionava el mugró de la dida amb avidesa, i la germana no es va poder estar de sentir-se'n una mica orgullosa, com si el fet que el nen semblés sa i mengés com calia fos, d'alguna manera, gràcies al seu bon procedir. Amb un moviment distret, li va ajustar el segell de plom que abans li havia posat a la faixa, una medalleta amb l'any i número de lliurament que sempre més hauria de dur a sobre.

1899
Abans de Nadal

El fred intens de desembre ja feia dies que es deixava sentir als carrers de Barcelona, però a casa el doctor Rovira més aviat hi feia calor. La seva esposa, sempre una mica delicada, fredolica de mena, insistia a tenir totes les habitacions força caldejades. En Darius Rovira sovint es queixava d'aquell fet i, disgustat, de mal humor, manava al servei d'obrir les finestres una mica i deixar passar l'aire fresc del carrer. Però aquell mes de desembre el doctor callava i aguantava, perquè la família sencera estava d'enhorabona amb el naixement de la nena.

En Darius s'havia llevat a l'hora de sempre, havia estat revisant històries clíniques a la seva consulta particular i ara acabava de dinar al menjador de casa, acompanyat de l'Eulàlia. Feia tot just dos dies que ella havia represès el costum de menjar a taula amb el seu marit, després d'haver fet els dies de llit prescriptius. El doctor no deia res, perquè al migdia no li agradava parlar gaire. A més, llegia el diari. A estones el deixava a un costat i xarrupava el cafè fumejant que la minyona li servia sempre després de les postres, quan a la tarda tenia visita a l'hospital. Aleshores en Darius Rovira aprofitava per llançar alguna miradeta breu a la dona, i ella somreia. Et trobes bé, oi?, li preguntava ell, més com a metge que com a espòs. I tot seguit tornava a agafar el diari i en reprenia la lectura. L'Eulàlia observava les tovalles blanques, el menjar ben disposat, el bol de fruita encara a taula. Frisava per tornar al costat de la seva nena acabada de néixer, que ara era amb la dida, i observar aquelles galtones rosades —que n'era de bonica!—, però en comptes d'això agafava la seva tassa d'herbes i en bevia a petites xarrupades. Observava el tros de cap del seu home, que sobresortia per damunt del diari i, de tant en tant, llambregava cap al gran finestral de la tribuna, que, a manera de privilegiada llotja, donava a la rambla de Catalunya cantonada amb València. Comptava, aleshores, els dies que li faltaven per poder tornar a sortir a passejar.

Quan el rellotge del menjador va tocar dos quarts de tres, el doctor Rovira va tancar el diari i el va deixar plegat, damunt la taula. Es va aixecar tot estirant-se bé les arrugues que pogués haver-hi en el seu vestit i es va ajustar amb precisió el coll de la camisa. Va fer unes passes fins on estava asseguda l'Eulàlia, va inclinar-se lleugerament i li va fer un petó, gairebé imperceptible, al front. L'Eulàlia va tancar els ulls i va fer un sospir. En Darius va dir-li, en to impacient:

—Digues a l'Antonio que prepari el carruatge.

Mentre l'Eulàlia tocava la campaneta per avisar el xofer, el doctor Rovira es va dirigir a la seva habitació —la d'un sol llit, al costat de la que havia compartit fins llavors amb la seva esposa i a la qual s'havia traslladat amb motiu del naixement de la filla. Va obrir la porta de l'armari per mirar-se al mirall de cos sencer i va donar una darrera ullada al seu aspecte abans de marxar a treballar. A l'Hospital de la Santa Creu, d'on en Darius Rovira era metge numerari des de feia uns quants anys, a banda d'alguna sala de malalts distingits —aquells que podien pagar-se l'estada i gaudir, en conseqüència, d'un tracte preferent—, pràcticament tots els llits estaven ocupats per malalts pobres, indigents, prostitutes i miserables de tota mena amb una història sempre trista i malaurada al darrere. Homes, dones i nens que, almenys els dies o setmanes d'hospitalització, podien menjar calent. De vegades, només aquest fet i el de treure'ls la brutícia acumulada, els polls i la sarna, ja els permetia marxar a casa en un estat infinitament millorat. Tornaven a recaure temps després, en tornar a la fàbrica mal ventilada, al forat insalubre on vivien, a la vida que no era vida sinó supervivència pura per a certes capes de la societat. El doctor Rovira, tot i tractar amb aquesta immundícia de gent que l'esperava cada tarda a l'hospital, gemegant i observant atemorits el desfilar de metges i germanes hospitalàries, tenia per norma no descuidar el seu aspecte, sempre impecable, ja que aquella era la seva manera de ser, la seva carta de presentació en els millors cercles i els pitjors de la ciutat. Davant del mirall, va gaudir durant uns instants amb la imatge que li retornava: un home alt, de faccions anguloses que li conferien un perfil noble, la barba ben retallada, les espatlles ni massa amples ni massa estretes, uns cabells negres i lluents que, pentinats cap enrere, el feien elegant i summament atractiu. Als ulls de tothom, en Darius Rovira era el metge més ben plantat de Barcelona i ell n'era prou conscient. Es va arreglar el nus de la corbata igual que si anés a rebre la més rica dama de les que visitava en el seu consultori privat i, finalment, va sortir al passadís. Va recórrer els pocs metres que el separaven de la sala de jocs. Sabia que allà hi trobaria el seu fill gran, en Llorenç, a punt de començar la lliçó de la tarda amb el mestre Ripoll. L'any següent el noi aniria als Jesuïtes de Sarrià, com tots els fills de casa bona de Barcelona, i el pare estaria pendent que el nen ho donés tot de si mateix per tal que, un bon dia, arribés a ser un metge tan conegut i respectat com ell.

Va obrir la porta de la sala d'estudi només una mica, per observar el que a dintre hi passava, i va veure com el petit Llorenç agafava un llibre amb il·lustracions de la mà del mestre. Estaven a punt de començar la lectura i, malgrat que a en Darius li agradava comprovar com el seu fill ja apuntava bones aptituds, no volia fer tard a l'hospital.

—Me'n vaig —va dir en comptes de bona tarda. Al mestre ja l'havia vist al matí, però a en Llorenç encara no. Al nen l'enviaven a dinar a la cuina i el feien estar molt callat si es movia pel pis, no fos cas que despertés la germana acabada de néixer. Quan en Llorenç va veure el pare, va apartar els ulls d'una il·lustració i se'l va quedar mirant, sense moure's de la cadira. El mestre li va donar una discreta empenta i aleshores es va aixecar. Es va apropar al pare i va besar-li la mà. En Darius va mirar el seu fill i després el mestre Ripoll. Va fer un gest d'aprovació al mestre, i va marxar. De camí cap al rebedor, va passar pel davant de l'habitació on la dida s'estava amb la petita Aurora. Va pensar d'aturar-s'hi i admirar un cop més aquella preciositat que havia sabut fer. Però s'ho va repensar: detestava arribar tard. L'Eulàlia era a la porta, aguantant-li l'abric amb una mà i el barret de copa amb l'altra. Només els senyors doctors i una espècie superior d'homes lluïen aquell barret a la ciutat. Ell es va posar l'abric primer i tot seguit va agafar el barret a la dona, per ajustar-se'l al cap amb moviments precisos. Es va cordar només els dos primers botons de l'abric i després d'agafar el bastó d'empunyadura daurada, es va acomiadar amb un gest ràpid i fugisser. Va sortir.

Només un tram d'escales separava el pis principal dels Rovira del carrer. Allà hi va trobar l'Antonio, llest a dalt del carruatge, amb les brides ben tibades en el morro del cavall negre. La bèstia, una euga de bona raça recentment adquirida, esdevenia un senyal més, inequívoc, del bon gust del seu propietari.

El carruatge va iniciar la marxa carrer avall, i en Darius Rovira es va dedicar a observar el tràfec de gent que es movia pertot arreu. Al bell mig de la rambla de Catalunya, les dones pageses, amb els seus mocadors foscos al cap, havien omplert la meitat de la vorera amb els exemplars més diversos de galls, gallines i pollastres, tots ben arrenglerats. Les bèsties s'estaven al damunt de la palla mentre els primers clients de la tarda es passejaven amb ull crític i exigent, buscant la peça més adequada per esdevenir el plat més preuat de la taula de Nadal. Falten pocs dies, es va dir el doctor amb un cert disgust, perquè les festes de Nadal l'avorrien solemnement. Tota la casa se'ls omplia aquells dies de la parentela de l'Eulàlia: les ties, les nebodes, gairebé tot dones que envaïen el seu espai amb la seva xerrameca femenina i fútil. L'única tarda agradable de totes les festes per al senyor de la casa era la de Sant Esteve, perquè aleshores se'ls ajuntava el doctor Robert. El mestre a qui en Darius devia tot el que tenia acudia a casa seva acompanyat aquell dia de les seves filles, tot exercint de bon padrí de l'Eulàlia, aguantant amb molta més paciència que ell tot el reguitzell de parentes que acudien al dinar.

Seguint el descens cap a l'Hospital de la Santa Creu,

el doctor Rovira observava el mateix de qualsevol tarda de dimecres d'hivern: les criades amb davantal blanc carregant cistells, anant d'una banda a l'altra, mainaderes amb criatures penjades d'un braç o bé dintre el cotxet, un formiguer de mossos amb bata grisa o marró, venedors ambulants de tota mena i, enmig de tot allò, alguns senyors clavant el bastó a l'empedrat, dirigint-se amb pas ferm cap a algun lloc probablement important. Els marrecs corrien d'un costat a l'altre, creuant perillosament el carrer per davant dels carruatges o jugant a perseguir-los al costat, tan a prop de les rodes que en Darius podia sentir com l'Antonio els llançava contundents reprimendes. Passada la plaça de Catalunya, de seguida van aparèixer les floristes, amb les seves parades plenes de verd i de color, assegudes a l'espera del client de la tarda que no trigaria a arribar. A la dreta, una mica més avall del carrer de l'Hospital, s'intuïa el tràfec diari del mercat de la Boqueria, un mercat flanquejat per les bèsties mortes exposades a primera línia, amb el coll penjant, que molts comerços col·locaven allà com a reclam per a la clientela. Just en el punt en què l'Antonio va fer girar el cavall amb un cop de fuet cap al carrer de l'Hospital, la imatge de més avall de la Rambla se li va aparèixer nítidament a en Darius per la finestra: mariners a dojo que pujaven des del port, amb el seu aspecte brut i deplorable, endinsant-se per l'entramat de carrers estrets a dreta i esquerra. Ho havia llegit al diari, la gent ho comentava ja. En Darius va fer un gest de disgust en veure aquells *repatriados* de la guerra de Cuba que havien anat a parar a la ciutat. Com dimonis els atendrem, si els llits de la Santa Creu ja són plens a vessar? El vell edifici del carrer de l'Hospital, que des de feia segles atenia els pobres de la ciutat, no donaria l'abast amb tanta misèria si no feien alguna cosa per ampliar-lo o traslladaven els seus malalts a algun lloc més adient.

Al pati de la Santa Creu, els estudiants de medicina la feien petar mentre esperaven l'arribada del doctor. Un grup més agosarat s'havia acostat a unes modistes que, en creuar el pati de l'hospital per anar a la feina, s'havien deixat afalagar i havien somrigut descaradament en resposta a les bromes dels estudiants. Ara xerraven amb uns quants d'ells, sense cap pressa ni temor aparent d'arribar tard a la feina. Els nois treien pit i es donaven aires davant d'elles com si ja fossin doctors llicenciats; elles, a estones, es xiuxiuejaven secrets a l'orella i esclataven tot seguit en rialles. Amb aquest joc encenien aviat les esperances dels nois, però la festa s'acabava sobtadament quan el bidell de l'hospital feia sonar la campaneta que anunciava l'arribada del doctor.

—El senyor doctor Rovira! —va cridar, aquella tarda, a ple pulmó.

I les modistes es van tornar invisibles. Els estudiants concentrats al pati de la Santa Creu van deixar-les plantades per afanyar-se al peu de l'escala de pedra que pujava a l'ala de ponent. Allà van rebre el senyor doctor i van pujar amb ell cap al departament de dones de medicina general. El doctor Rovira passaria visita a les seves malaltes de la gran sala de Santa Eulàlia, i la trentena d'alumnes miraria de situar-se en la millor posició, per seguir ben de prop cada moviment i explicació del mestre. En Darius Rovira va pujar les escales de pedra a poc a poc, demorant-se una mica en el seu ascens, ja que no hi havia cosa que li agradés més que allargar aquell moment de la tarda. Sentia les mirades dels joves alumnes sobre les seves espatlles, intuïa en les seves ninetes aquell punt d'enlluernament, de profunda admiració, de respecte per la seva figura. Ser metge numerari de l'Hospital de la Santa Creu era motiu d'orgull per a qualsevol membre de la professió. No hi havia metge amb tal distinció que no tingués penjada una placa a l'entrada del seu consultori particular que donés fe de tan estimat honor. Malgrat que havien transcorregut ja molts anys, en Darius Rovira sempre recordava aquell pati de l'hospital com l'indret on havia decidit fer-se metge: acabat d'arribar del poble, el pati de la Santa Creu havia estat l'escenari de nombroses tardes en què, assegut a prop de la majestuosa columna salomònica amb el símbol que donava nom a l'hospital, assistia a l'entrada de les grans eminències mèdiques del moment. Eren els seus anys de batxiller en què, a excepció d'en Mateu Borrell —un infeliç provinent del seu mateix poble—, no coneixia ningú més a la ciutat. Feia poc que havia quedat orfe de pares a causa de l'epidèmia de còlera que havia arrasat viles i ciutats. Amb els pocs diners heretats i un poderós afany d'esdevenir algú, s'havia installat a Barcelona. Les modestes condicions en les quals havia viscut formaven part d'aquells aspectes completament esborrats del seu passat, com també en Mateu Borrell, un cràpula al cap i a la fi que només l'havia mal influït i del qual havia fet bé d'apartar-se, com de tot allò que fins aleshores havia conegut. El jove Darius, a diferència d'ell, era un clar aspirant a ser algú important. Es va pagar els estudis de medicina amb l'ajut dels diners heretats dels pares i una feina esporàdica de vigilant. Durant aquells anys inicials, assegut tot sovint en un banc del pati de l'hospital que tothom travessava per anar a treballar, ell havia començat a dibuixar el seu futur. Sempre que arribava un senyor doctor, tothom corria, tothom el seguia, tothom li prestava una devoció que a en Darius el tenia enlluernat. No li va costar arribar a la conclusió que, sense cap mena de dubte, si volia ser algú important en aquella ciutat, si volia formar part d'aquella societat infranquejable, d'aquella classe superior d'homes als quals aleshores encara no tenia accés, el camí no podia ser un altre que esdevenir doctor.

Els estudiants van pujar l'escala de l'ala de ponent en un silenci respectuós, només trencat pel feble murmuri d'algun agosarat. En arribar a dalt de tot, la comitiva es va dirigir cap als llits de les malaltes de la gran sala de Santa Eulàlia, avançant pel passadís central que separava les dues fileres de llits a banda i banda, sota els enormes arcs de pedra que formaven el sostre d'aquell espai de dolor i de malaltia. Massa llits, es lamentava sempre en Darius, quan caminava fins a les seves pacients. El vell casalot no era apte per absorbir la quantitat de misèria i malaltia d'una ciutat que havia crescut desmesuradament en el darrer segle. Tothom sabia que alguna solució caldria trobar, malgrat que amb prou feines hi havia diners per assumir la situació actual.

Una germana de l'hospital estava preparada als peus del primer llit que el senyor doctor visitaria, juntament amb el metge ajudant, un llicenciat avantatjat que havia entrat sota la tutela del doctor. La germana sostenia una palmatòria amb la mà, que il·luminava una mica més la zona on ella es trobava. En Darius s'hi va acostar i amb un simple moviment de cap va donar el metge ajudant per saludat. Li va dir:

—Procedeixi.

I ell va presentar-li el cas de la malalta que jeia esporuguida al llit.

—Dona de quaranta-sis anys, ingressada de matinada amb falta visible d'aire i caminant dificultosament. Realitzada la primera exploració al dispensari, se li ha detectat certa inflor de les cames i de l'abdomen. Possible diagnòstic —va apuntar l'ajudant en un to ple de prudència—, insuficiència mitral.

El metge ajudant va afegir alguna precisió més al seu relat mentre les mirades dels estudiants saltaven d'ell al mestre i del mestre a la malalta. En Darius Rovira mantenia una mà recolzada en el capçal del llit, escoltava silenciós l'ajudant mentre amb la vista repassava l'aspecte general de la pacient. La seva mirada era penetrant, analítica, tan minuciosa com freda i desproveïda de tot afecte. Va iniciar l'exploració del cos, assistit eficientment per la germana, que il·luminava amb la palmatòria aquelles parts que el senyor doctor observava i palpava. Les seves mans van detectar de seguida la inflor del fetge, i amb la tècnica de la percussió no va fer més que confirmar-ho. Fent ús del seu estetoscopi, va indicar als assistents el pols ràpid i irregular de la pacient, afirmant sense cap mena de dubte l'existència d'un buf cardíac.

—Insuficiència mitral —va expressar en Darius, davant tot l'auditori d'alumnes, confirmant el diagnòstic apuntat pel metge ajudant, el qual no va poder amagar la satisfacció que sentia d'haver-ho encertat. Sabia que, només amb una trajectòria impecable, un aconseguia mantenir-se al costat de l'il·lustre mentor.

En Darius Rovira va donar les indicacions necessàries per al tractament d'aquella malalta encarregant al farmacèutic un preparat de «digitalis» —que ajudaria a disminuir-li la freqüència cardíaca—, fer una sagnia de dotze unces —per extraure així la sang necessària de la pacient— i aplicar ventoses en cames i abdomen, i alhora sangoneres, un mètode força recent per ajudar a treure el líquid del cos en un cas com aquell.

Seguidament van passar al llit del costat, un cas de

bronquitis inequívoc, amb símptomes de febre alta, tos amb mucositat, manca d'aire i tota una llista de mancances pròpies del lloc on la malalta devia viure i treballar. Al pas del doctor per cada llit, la germana l'il·luminava i, en certs casos, també reprenia la pacient si es posava massa nerviosa i no deixava fer al senyor doctor. En Darius les observava, palpava aquells cossos amb moviments precisos i ben estudiats; els seus silencis indicaven que estava pensant, valorant, abans del diagnòstic. No es podia negar que el doctor Rovira era un bon clínic, malgrat la poca empatia humana que demostrava amb les malaltes. El seu bon aspecte imposava, parlava d'higiene, de netedat, de classe alta i de bon gust a unes miserables que res a veure tenien amb les grans dames del seu consultori privat. El tracte també era molt diferent: si a les seves pacients distingides les explorava amb grans miraments, a aquelles que acudien als seus llits de la Santa Creu les palpava i les auscultava sense prèvia preparació del terreny. De vegades els feia preguntes, i si la pacient divagava més del compte, en Darius tallava l'explicació perquè la trobava del tot irrellevant. El temps del senyor doctor és curt i molt preuat —xiuxiuejava la germana a l'orella de la malalta—, sigues breu i només contesta allò que et demana. Si el punt fort d'un cirurgià havia de ser, per força, la precisió en la mà, en la feina del metge internista destacava l'ull clínic, la capacitat de veure allò que els altres, a simple vista, no veien.

La visita del doctor Rovira tenia fama de ràpida i breu entre els estudiants. Un cop finalitzada, tots van concentrar-se novament al pati de l'hospital per intercanviar impressions. Les classes a la facultat donaven la teoria necessària, però no hi havia res millor per als aspirants a doctor que el regust que deixaven les lliçons clíniques a l'hospital. Allà tocaven més que mai allò que voldrien ser, d'aquí a uns anys, i els feia encendre la seva vivacitat a base de comentaris sobre aquells que els ensenyaven l'ofici. Un altre cop al costat de la creu barroca, sense les modistes com a distracció, els estudiants van començar a comentar l'elegància d'en Darius Rovira. Sempre hi havia algú que s'enlluernava amb les seves sabates ben enllustrades, el nus perfecte de la seva corbata, l'aire de distinció que no tots els metges il·lustres posseïen. Tanmateix, n'hi havia d'altres que no donaven la més mínima importància a aquest fet, ja que pensaven que l'aspecte físic no era gens rellevant a l'hora d'esdevenir un bon clínic. De tota manera, quan es tractava del doctor Rovira, la conversa sempre acabava derivant en allò que donava més fama a aquest metge: el fet que es tractava d'un dels deixebles favorits del doctor Robert. A ningú se li escapava que estava casat amb la seva fillola, i que potser això havia influït en la seva escalada al poder, però no tots pensaven així.

—Té un ull clínic inqüestionable —va discutir un.

Al qual un altre va rebatre:

—Però és massa fred, massa distant amb les malaltes.

Molts van ser els que li van donar la raó, ja que aquest era un tret innegable en el doctor Rovira. La qüestió era si allò era rellevant a l'hora de ser un bon metge.

—Jo prefereixo la humanitat dels grans metges de la història, com és el cas del doctor Robert —va sentenciar un noi d'ulls encesos, normalment poc parlador.

—Tothom diu que el doctor Robert, al seu consultori particular, hi segueix rebent els pobres que ja va tractar quan hi va haver el còlera. Diuen que els segueix cobrant el mateix de sempre, és a dir, gairebé res.

—No deu ser el cas del doctor Rovira —va apuntar un dels més incisius.

Tots van riure, ja que era ben sabut que el seu consultori era famós per acollir les dames més riques de la ciutat. Es deia que en Darius Rovira havia fet tants diners que aviat superaria la fortuna de la seva esposa, tot i que allò només era un dir, ja que la ciutat sencera sabia que el doctor estava casat amb una de les senyores més adinerades de la societat.

Feia dies que la Dolors no dormia bé i això li havia causat més d'un maldecap a la feina. Després d'haver-se cremat amb l'aigua bullent del brou, tot just començar la setmana, dimarts gairebé s'adorm mentre es rostien els pollastres del servei del sopar. El matí de dimecres se l'havia passat amb la cuinera major fent la llista de les existències del rebost, les provisions de l'oli —que arribaven de manera massa irregular— i tot allò que calia demanar per a la setmana al proveïdor de la carn. Però ara que ja havien enllestit tots aquests assumptes i el servei de migdia havia finalitzat, li semblava que si s'estirava un sol instant en arribar a casa, ja no es despertaria fins l'endemà. I és que la Dolors no s'acabava de trobar bé, però no perquè tingués cap refredat o malaltia de les que omplien els llits de l'hospital, sinó potser perquè es feia vella abans d'hora després de tants anys carregant ella sola amb l'economia familiar, o potser perquè el tema d'en Lluís la portava de cap. Si pogués consultar amb el seu Tomàs. Com enyorava el seu home! L'havia plorat tant en els darrers anys! Ningú ho sabia, és clar; ningú no n'havia de fer res. Però quan a les nits la canalla dormia, la Dolors es deixava anar una mica, no gaire, perquè al costat seu hi tenia ajaguda la seva petita, sempre amb aquella carona de somiar coses boniques. La Dolors no volia pas despertar-la i que la veiés plorar, així que provava de no fer gaire soroll. La Maria havia crescut força, darrerament —més d'una nit la mare l'observava durant llarga estona, reconeixent en aquell rostre de nena les faccions de l'home a qui havia estimat tant. Sis anys, gairebé set, que s'havia quedat vídua amb un nadó a dins el ventre. Si almenys el seu Tomàs l'hagués pogut veure! La Maria havia heretat els mateixos cabells arrissats que son pare, indòmits, difícils de pentinar. I aquella expressió d'ulls tristos, com de gos, que si bé no la feia la nena més agraciada del barri, sí que reflectia la seva ànima bondadosa. I si no, que l'hi diguessin al seu germà de llet, en Lluís, a qui ella mai havia exclòs en aquell marc familiar tan peculiar que havien format tots tres. El pobre orfe, que la Dolors havia acollit a casa seva quan els pits li desbordaven llet suficient per a dos nadons i fins i tot per a tres, havia entrat en la vida d'aquella vídua i de la nena acabada de néixer fent-se un lloc com un fill més, gairebé. La Dolors l'havia alletat durant tant de temps com a la seva filla, i ningú li podia retreure haver-li donat menys a l'un que a l'altra. Sabia de moltes dides que acudien a la Maternitat a demanar un nadó per alletar només pels calés, que quan arribaven a casa amb el nen el deixaven de la mà de Déu i que, si podien, li endossaven aviat llet de qualsevol bèstia, si vivien al camp, mentre elles es posaven a treballar en altres feines. Hi havia tants nens que morien abans de complir l'any... però ella de cap manera ho hauria permès. Un cop havia recollit aquell nadó del carrer Ramelleres, l'havia portat cap a casa, i durant els dos primers anys l'havia vist créixer i convertir-se en un minyó sa i fort. Molt més fort que la seva Maria, que de tan magra tenia tendència a refredar-se i agafar qualsevol cosa. Però la Dolors sabia que quan ella no hi era, en Lluís en tenia cura, perquè aquell nen robust s'estimava la seva germana de llet com cap altra cosa en aquest món. I és per això que la Dolors també s'estimava el marrec.

La Dolors no dormia des de feia dies i la seva feina d'ajudant de cuinera a l'Hospital de la Santa Creu se'n ressentia, perquè es trobava capficada, amoïnada de debò. Com no ho havia d'estar si, aviat, en Lluís compliria els set anys? Aleshores a ella no li quedaria cap més remei que fer un cop de cap i decidir què fer. A aquell nen que havia crescut com un fill li havia arribat l'hora de tornar a la Maternitat, o més aviat, per edat, ingressar directament a la Casa de Caritat. Existia la possibilitat d'afillar-lo i quedar-se'l per sempre. Existia, però la Dolors no s'ho podia permetre. Com a dida havia cobrat pel fet d'alletar-lo primer i de fer-se'n càrrec després, però això s'acabava quan el nen complia els set anys. Havia anat a preguntar a la Maternitat si la deixarien tenir-lo amb ella i seguir cobrant una paga per la seva manutenció, però li havien dit que de cap manera, que si es quedava el nen a partir d'aquesta edat se n'havia de fer càrrec tota sola. Pots deixar-lo a la Casa de Caritat, li havien dit, si és que no tens mitjans econòmics per mantenir-lo. I la Dolors no en tenia, perquè la feina a la Santa Creu no li donava per a la família de tres que havien format. Durant les nits en vetlla, mentre rumiava una solució per quedar-se amb en Lluís, imaginava que trobava una feina pel nen, malgrat la seva curta edat, i que aleshores podien tirar endavant. Havia arribat a preguntar pel barri, a les parades de la Boqueria, i fins i tot a les germanes de la Santa Creu. Potser necessitaven algú... el noi era encara menut però força eixerit... podia aprendre qualsevol cosa de pressa, n'estava segura. Si aconseguís trobar una feina amb la qual en Lluís aportés una mica de diners a casa, potser arribarien a pagar les vint pessetes del lloguer del pis on vivien sense necessitat de la paga de la Maternitat. La Maria podria començar l'escola i tots tres podrien, si més no, provar de tirar endavant. Però no havia sorgit res de res. El noi compliria aviat els set anys i la Dolors hauria de fer el pas. De vegades, durant aquelles darreres nits en vetlla, es deia a si mateixa que no devia ser tan dolent enviar-lo a la Casa de Caritat; que allà els nens rebien educació i podien aprendre a llegir, a escriure, a comptar... i que això li podria servir més endavant. Què podia oferir-li ella, al cap i a la fi? Però, aleshores, donava un cop d'ull a aquella carona d'ulls clucs que dormia al costat seu. La Maria no ho pairà gens bé. Ai, Maria, pobra filla, quin disgust que t'emportaràs!

La Dolors seguia rumiant en tot allò quan la cuinera major li va dir què noia, no penses marxar a casa? Si no t'afanyes, se't farà l'hora de tornar a entrar per al servei del sopar! Així que va esbandir els pensaments del seu cap i es va aixecar d'una revolada. Es va treure el davantal i el va anar a penjar al darrere de la porta. A la cuina, els plats s'assecaven a l'aigüera i els tupins ja havien quedat nets i eixuts, ben arrenglerats al prestatge per tornar-ne a fer ús al servei del sopar. Del costat de la pastera en va agafar tres panets de mitja lliura que la germana li permetia emportar-se i els va posar en el cistell, on també hi havia quatre patates i un grapat de llegums per a casa. Treballar a la cuina de la Santa Creu havia deslliurat la Dolors i la seva canalla, gràcies a Déu, del gran mal de molts dels seus veïns: la gana. Després d'estirar de l'agafador de l'entrada la seva jaqueta de llana gruixuda —heretada d'una malalta distingida que va morir a l'hospital— i ajustar-se-la bé, va sortir de les dependències de les monges per anar directament al portal del carrer Hospital. Anava tan capficada que encara va trigar unes passes a adonar-se que s'havia descuidat els nens, els quals l'esperaven al pati de la Santa Creu. Ai, la canalla! Si en passen, d'hores, al pati! Era el seu lloc favorit de joc. Sempre que la Dolors els ho permetia, ells es quedaven allà fins que ella acabava el servei del dinar dels malalts. Després tots tres anaven fins a casa, molt a prop de l'hospital, i els nens llambregaven cap al cistell ple de la dona, per veure què menjarien aquell dia per sopar. La Dolors va desfer, doncs, les seves passes i va anar a buscar-los al pati.

Va ser quan van veure els estudiants de medicina baixar les escales de l'ala de les malaltes, que en Lluís va proposar a la Maria d'acostar-se al corralet.

—Només un moment, Mia —li va demanar.

Al principi, la Maria s'hi va negar.

—No hi vull anar. No m'agrada veure els morts —li va contestar, tot i saber que acabaria fent el que en Lluís li digués. Sempre succeïa el mateix: quan en Lluís s'avorria se li acudien aventures per fer i la pobra Maria no tenia més opció que seguir-lo, tot i que ella era molt més poruga que ell.

—T'agafaré de la mà tota l'estona. T'ho prometo —li va dir en Lluís, i tot seguit va fer el gest de la creu amb els dos dits i se'ls va posar a la boca per fer-los un petó. Ho havia vist fer a uns nens del barri feia temps i des d'aleshores cada vegada que prometia alguna cosa a la Maria feia aquest ritual. La nena se'l va mirar, calculant. De refiló va llambregar cap on es trobava el corralet, aquell carreró sinistre situat entre l'hospital i la Facultat de Medicina on hi havia el dipòsit de cadàvers de la Santa Creu.

—No em deixaràs anar la mà? —es va voler assegurar.

En Lluís va fer-li una mirada triomfal, ja ho tenia, i solemnement va tornar a fer el gest de la creu amb els dits i els va besar.

—T'ho prometo. Ni un moment.

Li va allargar la mà i ella s'hi va agafar amb força. L'única cosa que compensava la Maria d'aquella aventura macabra amb la qual en Lluís la martiritzava era poder-s'hi agafar ben fort i sentir-se protegida per ell. Concentrava totes les seves energies en el contacte amb aquella mà i procurava mirar el mínim els rostres inerts que omplirien —ho sabia, ho temia— els seus somnis de les properes nits.

Els estudiants de medicina, que s'havien quedat una estona breu conversant molt a prop d'on es trobaven els dos nens, van fer via cap a la facultat i, darrere seu, en Lluís i la Maria van iniciar la marxa cap al corralet. En arribar a la reixa, sempre tancada, que donava al carreró estret i llòbrec, van estirar els seus cossos per albirar al fons de tot. Efectivament, s'hi podien distingir tres cadàvers acabats de dipositar, alineats de tal manera que els nens només en podien veure les plantes groguenques dels peus. La Maria va notar el calfred que recorria el seu cos petit, i es va arronsar una mica, prement amb més força, encara, la mà protectora d'en Lluís. Ell estirava el coll tant com podia, i desplaçava el cap a dreta i esquerra per veure-hi millor.

—Dues dones i un home. Ho veus bé, Mia?

La nena va fer que sí amb el cap i va deixar de mirar cap als cadàvers.

—Au, Lluís, tornem al pati, que la mare està a punt de sortir.

El nen encara va estirar el coll un cop més i després va fer espetegar la llengua.

—No arribo a veure'n les cares —es va queixar.

La Maria no comprenia aquell afany morbós i just quan li anava a dir que a ella no li agradava veure els morts, que fem el favor de tornar altre cop al pati, que la mare està a punt d'arribar, que tinc ganes d'anar a casa i que no vull venir més a veure aquest lloc, per l'entrada del carrer del Carme van aparèixer quatre nois del barri que coneixien prou bé. La Mia va estirar la mà encara agafada d'en Lluís amb certa urgència i insistència, però ell no semblava adonar-se de res. El grup de quatre nois, format per dos de molt alts que ja havien complert els onze o dotze anys i dos més que, sent els germans menors dels altres, no devien tenir gaire més que la Mia i en Lluís, es van acostar pel darrere amb caminar sigil·lós. La Maria es va posar tensa i va estirar amb força el braç d'en Lluís, que es va tombar cap a ella. Va ser aleshores quan va detectar la presència del grup dels quatre nois. Es va girar del tot, recolzant l'esquena contra la reixa del corralet i va aixecar la barbeta desafiant el més alt. El noi va esbossar un somriure maliciós i va dir a en Lluís:

—Que t'agraden els morts?

En Lluís no va contestar però tampoc va abaixar-li la mirada ni un sol instant. Els altres tres nois els van encerclar i la Maria va somicar una mica, dient:

—Deixeu-nos tranquils, nosaltres no ens fiquem amb vosaltres.

Però els nois ni tan sols la van mirar, a ella. El noi més alt va acostar el seu rostre al d'en Lluís, que no podia ferse enrere perquè hi tenia la reixa del corralet. En Lluís, tal com havia temut la Maria, va treure pit i li va deixar anar:

—No n'has de fer res, del que a mi m'agrada. —Va fer una passa endavant i el noi més gran en va fer una enrere.

En Lluís va desfer el cercle que havien fet els nens al seu voltant i, estirant la Maria per la mà, va dir-li:

—Anem, Mia, que aquí fa pudor.

Al seu darrere va sentir com un dels nois deia:

—Sí, fa pudor de nen bord!

En Lluís es va aturar. Darrere seu va sentir un altre dels nois que deia:

—Jo de tu, Maria, m'allunyaria d'aquest fill del pecat.

En Lluís es va girar i es va acostar al noi més alt, el que feia uns minuts li havia acostat el seu rostre desafiant i li havia fet enganxar el clatell a la reixa. Li va escopir al costat del peu i li va dir, amb ulls encesos:

—Vosaltres no sabeu res de mi.

El noi va riure amb desdeny i va mirar els seus companys, mentre deia:

—Diu que no en sabem res! Si tot el barri sap que el bord és fill d'una meuca que el va abandonar!

No es va distingir què va venir primer, si el crit de la Maria o el cop de puny que en Lluís li va etzibar a la mandíbula. El noi, desprevingut, va caure a terra i en Lluís se li va llançar al damunt. Els altres tres nois van afegir-se a la baralla, abocant-se sobre l'esquena d'en Lluís. La Maria va cridar tant que dos homes que, en aquell moment, creuaven el pati en direcció al carrer del Carme s'hi van acostar i van separar el grup de marrecs que s'estovaven a terra. Els van increpar a tots plegats, sense distincions, i aleshores la Maria va poder treure d'una estrebada en Lluís. Es van esmunyir fins al pati, on la mare segur que ja els devia buscar. La Maria s'eixugava les llàgrimes amb la màniga del jersei mentre caminava tan enrabiada amb els nois com trista per l'ull de vellut d'en Lluís. Ell es deixava portar, caminant en silenci i amb expressió múrria.

En arribar al bell mig del pati de l'hospital la Maria va sentir un gran alleujament en albirar la figura de la mare.

—Què ha passat? —va voler saber ella, després d'adonar-se de l'ull inflat d'en Lluís.

La Maria es va afanyar a explicar-li amb detall el que els havien fet i els havien dit aquells quatre nens que sempre els feien la punyeta. I mentre la Dolors l'escoltava, es va dedicar a observar el nen. En Lluís tenia la vista fixada a terra i una expressió difícil d'interpretar. Va aturar les explicacions nervioses de la Maria per preguntar-li a ell:

—Et fa mal?

Ell va fer que no amb el cap.

—Deixa'm veure aquest ull inflat —va fer la Dolors agafant-lo per la barbeta i fent-li aixecar el rostre. Però ell se'n va desempallegar.

La Dolors va esbufegar; cansada com estava, només li faltava això.

—Au, anem que es fa tard —va dir. I va començar a caminar cap a la sortida de l'hospital, camí de casa.

Li feien mal les cames i volia arribar com més aviat millor. Potser li donava temps —després de bullir les quatre patates que portava al cistell i llescar el pa per a la canalla— d'asseure's una estona abans d'haver de tornar a l'hospital per al servei del vespre. Deixaria el grapat de cigrons en remull per poder-los cuinar l'endemà i, d'aquesta manera, quan arribés del torn del sopar, amb els nens ja dormint a casa, es ficaria al llit sense cap més obligació. Van avançar tots tres pels carrers estrets, on la llum ja començava a fugir a aquella hora del dia del mes de desembre i el fred s'imposava com l'enemic principal dels més miserables. La Dolors anava al capdavant i els dos nens caminaven darrere seu, en silenci. Potser a casa els clavaria un bon sermó o, amb una mica de sort, es posaria a fer el sopar i s'oblidaria de tot. Van passar pel costat d'alguns comerços, tot veient de cua d'ull com alguns dels seus propietaris s'introduïen fins al fons de tot de l'establiment, on tenien la vivenda. Alguns enllestien la feina molt d'hora, i només els quedava fer temps fins al sopar i anar a dormir. Potser aleshores podien abraçar-se a un altre cos, ajagut al seu costat, que els escalfava cada nit el llit; no pas com la Dolors, que feia anys que, a banda de la seva petita, no tenia a qui amanyagar de nit.

En arribar al portal de casa, la Dolors va treure la clau per obrir i aleshores en Lluís se li va situar al costat. Enganxat gairebé a la faldilla, li va preguntar:

—La meva mare era una meuca?

La Dolors va fer un gest de disgust.

—Qui t'ha dit això?

La Maria se li va avançar en respondre:

—Ho ha dit el fill gran d'en López. Diu que tothom ho sap —va afirmar.

—Doncs ja li diré jo quatre coses ben dites a sa mare, quan la vegi. Valdria més que es fiquessin en els seus assumptes.

—Però és veritat? Tu ho saps? —va insistir el nen.

La Dolors va fer girar la clau del portal i va entrar a dintre, seguida dels nens. Només es va aturar un instant i, tombant-se cap a en Lluís, va aconsellar-li:

—No hi pensis més, fill. —Va alçar un dit en senyal d'advertència i va dirigir-se a tots dos nens—: Feu-me cas: no escolteu res del que diguin aquells ximples. Només són uns marrecs i no saben res. I tu, Lluís, faries bé de no enfrontar-t'hi cada vegada que et busquin les pessigolles!

La Dolors va adoptar un aire pràctic i, ajustant-se el

cistell al braç, va començar a pujar les escales fins al quart pis, i va entrar tot seguit al reduït espai, format per dues habitacions i una cuina petita, que configurava la seva llar.

La petita anava plena de puntes i brodats, que la seva mare havia anat cosint amb tendresa i delicadesa des dels mesos anteriors al part. Les ties també havien contribuït a aquell aixovar, que era digne d'una filla de reis. I l'Aurora Rovira, a més a més, havia tingut la gentilesa de néixer bonica, rodona, sana i formosa, com un nadó d'aquells que les millors il·lustracions reproduïen per explicar la perfecció. En Llorenç, el noi de la casa, s'acostava tot sovint a aquell seguit de puntes i brodats i observava la carona de galtes rosades que en sobresortia. La nena encara no obria gaire els ulls; no el deixaven estar-se gaire estona al seu costat; és massa petita, li deien, ja la podràs tocar quan es faci una mica més gran. Però el nen no hi tenia un interès especial, tan sols un punt de curiositat. No es podia dir que sentís cap mena d'amor, ni tampoc de gelosia, per aquella nouvinguda a casa seva. Amb sis anys a punt de fer-ne set, en Llorenç era un noi més aviat tímid i introvertit a qui agradava que el deixessin tranquil. I l'arribada de la germaneta havia causat exactament aquest efecte en tothom. Tot i aquest desig de soledat, no eren pas les ties ni cap d'aquelles senyores amigues de la mare qui ell més temia veure, sinó el pare, la mirada severa del qual imposava de tal manera que no podia evitar, en la seva presència, fer-se petit, petit.

Faltaven pocs dies per a Nadal i el nen sentia que la impaciència li oprimia el pit i se'l menjava per dintre. Si les seves esperances es complien, la nit de Nadal rebria un feix de contes amb il·lustracions a color que havia demanat. Les lletres impreses les hauria de llegir amb el mestre, perquè tot i que ja començava a distingir certes paraules i podia lligar-les com cap altre nen ho feia a la seva edat —segons li havien dit—, volia entendre bé totes les noves històries i, a més, el mestre les hi explicava molt bé. Hauria d'esperar-lo fins que tornés del poble, on havia anat a passar els seus dies de permís, així que, de moment, els dies després de la màgica nit assaboriria les il·lustracions a color dels seus nous llibres i potser, fins i tot, provaria de copiar-ne alguna per regalar-la al mestre quan tornés.

A en Llorenç li feia por pensar en l'any que ve, quan el mestre deixés casa seva i ell hagués de començar als Jesuïtes de Sarrià. El pare només sabia parlar-li d'això i ell es posava tan nerviós que el cor li començava a bategar de pressa. No era un nen gaire abocat a relacionar-se amb altres nens —només tenia cosines, cap cosí, i elles acostumaven a jugar entre elles quan venien a passar la tarda, deixant-lo a ell a una banda. A escola, hauria d'enfrontar-se a desenes de nens i no sabia com els hauria de tractar, què els diria, de què hi podria parlar. Per no mencionar els mestres, que segur que no serien tan afectuosos i permissius com el seu estimat mestre Ripoll. Però un nen com en Llorenç, amb una maduresa gens pròpia de la seva edat —tal com sempre apreciaven els grans—, es feia càrrec que la vida era això, un anar passant i acceptant tot allò que li manaven fer.

La seva germana, l'Aurora, només de tant en tant obria els ullets, que, per cert, eren d'un blau fosc i intens que enlluernava. Però en Llorenç dubtava que ja hi veiés gens perquè, si un s'hi fixava, la nena només movia les ninetes a dreta i esquerra, com si la cosa més interessant fos un insecte imaginari que es mogués per damunt del bressol i només ella el pogués observar.

Quan les ties van haver marxat, l'Eulàlia va enviar en Llorenç a la sala de jocs perquè volia gaudir uns instants de la nena tota sola. Tantes visites l'afalagaven però alhora li treien estones per gaudir de la seva filla en soledat. Va acostar el bressol a la finestra, prop d'on ella seia allà a la tribuna, i la darrera llum de la tarda va semblar acaronar aquell rostre angelical. Va llambregar cap a la porta, desitjant que la dida estigués encara atrafegada i no la vingués a buscar. Li hauria agradat tenir més moments com aquell, lluny de la mirada atenta de tothom. Només aleshores l'Eulàlia podia dedicar-se a observar cada detall d'aquell cosset bellugadís. Els seus braços petits sempre sobresortien dels llençols, com si lluités per no ser empresonada per tantes puntes. Amb els punys enlaire girava la carona cap a un costat i respirava tranquil·la. Tothom coincidia en el seu perfil perfecte. Si no fos perquè en Darius no semblava adonar-se que necessitava més afecte, més tendresa, en aquells dies tan dolços en què havien ampliat la família, l'Eulàlia pensava que hauria estat completament feliç. Però ja se sap com és en Darius, sempre tan enfeinat, tan bon metge que no pot deixar ni un moment de pensar en les seves pacients. L'Eulàlia Rovira, de soltera coneguda com l'hereva Moragues, estava tan acostumada a disculpar el seu espòs davant les freqüents visites que ella atenia tota sola —és un home molt sol·licitat, si no és passant visita a l'hospital és tancat a la consulta o estudiant algun cas, què hi vols fer—, que ella mateixa se servia de tals arguments per explicar-se per què, a les nits, tampoc tenia temps per fer-li carícies i abraçar-la com abans.

Però aquell vespre, almenys, el tindria tota l'estona al

seu costat, ja que venia a sopar el padrí, i si una visita no es perdia en Darius era la del doctor Robert. L'Eulàlia va passar el dit per la galtona de l'Aurora mentre rumiava sobre com admirava en Darius el que va ser el seu mestre i també la persona que un bon dia els va presentar —qui ho hauria dit, que el padrí, que prou feina tenia alesho-res, li portaria un dia a casa aquell deixeble seu que la va captivar! Ja en feia anys, però l'Eulàlia mai oblidaria la impressió que li va causar en Darius el primer dia que el va veure: no sabia res d'aquell home, el padrí l'hi va pre-sentar com un dels deixebles més brillants que havien passat per la seva càtedra, un noi amb molt de futur, tot i que ningú sabia ben bé de quina família provenia, ja que ni era de Barcelona ni tenia un cognom conegut. Va ser gràcies a les bones referències del padrí que l'Eulàlia va ser autoritzada per les seves ties, tot i aquest petit incon-venient, a casar-se amb aquell metge llicenciat. Si bé no tenia diners, ella sí; si bé no provenia de cap casa bona de Barcelona, era exactament l'home que l'Eulàlia desitjava de tot cor. Un cop l'havia conegut una mica més, durant el festeig, en Darius li havia demostrat que seria l'espòs perfecte, tan atent, tan impecable en el vestir, tan educat, tan aparentment enamorat d'ella, per no parlar del futur que li esperava com a metge, segons el mateix Bartomeu Robert. L'Eulàlia Moragues no es podia creure que un home tan ben plantat i prometedor s'hagués fixat en ella, per molta fortuna que hagués heretat. I tot havia anat força bé, tal com ella havia esperat. Però, nascut el pri-mer fill, en Llorenç, en Darius s'havia tancat en una mena de closca i el festeig amb l'Eulàlia s'havia acabat. Cada cop que l'Eulàlia observava el seu fill gran, li recordava el temps que feia que el seu home ja no l'estimava com abans. Gairebé havia estat un miracle tenir la nena, si comptava les vegades que, des d'aleshores, el seu home l'havia desitjat. Quan hi pensava, l'envaïa aquell aire nostàlgic, de gos malferit, que treia de polleguera en Darius. Ell, neguitós, l'advertia: ja no ets una nena, has de deixar de ser tan capriciosa i somicar per tot. Demanes l'atenció d'una noia que festeja i ja no tenim edat, li deia. Saps que jo ara tinc altra feina. I tu també. Amb la canalla ja tens distracció suficient! Eulàlia, estimada, afegia amb aire de disgust, deixa de ser tan criatura, per l'amor de Déu. I segurament en Darius, pensava ella, tenia raó.

Com sempre puntual, el doctor Robert va arribar just a temps per veure la nena abans que la dida la posés a dormir.

—Que bonica, Eulàlia! —va dir a la seva fillola, que li mostrava el nadó, en braços de la dida. Li va ajustar els llaços amb mans expertes i va fer un senyal a la dida perquè se l'endugués. L'Eulàlia va agafar-se del braç del padrí i tots dos es van dirigir a la sala on en Darius s'estava assegut, esperant-los. Havia finalitzat amb les seves pacients més aviat que de costum, tal com feia cada cop que sabia que el mestre Robert acudiria a visitar-los. Quan la seva esposa i el mestre van tornar a la sala després de veure la nena, en Darius es va aixecar i, amb aquell aire summament respectuós i alhora cordial que adoptava amb en Bartomeu Robert, va estendre-li la mà. L'home li va encaixar la seva efusivament:

—Darius, ets un home afortunat! Primer el noi i ara la nena —va exclamar amb entusiasme.

Van seure a la tribuna, fent temps fins a l'hora de sopar. Tenir l'honorable padrí de l'Eulàlia a casa no era un fet gaire freqüent, sobretot en els darrers temps, perquè el doctor Robert era un home notablement ocupat. Des que el va conèixer a la Facultat de Medicina, en Darius sempre l'havia vist així: quan no era la càtedra, eren els malalts de la Santa Creu, i quan no, els de la seva consulta. El doctor Robert no parava d'escriure articles, a més a més, i feia temps que la política havia passat a ocupar bona part del seu dia a dia. L'Eulàlia i en Darius n'estaven sempre al corrent, tant pels diaris com pel mateix Robert, però l'Eulàlia sempre afirmava, amb una certa tristesa, que des que la dona se li havia mort, el padrí vivia massa atrafegat. Les seves filles en tenien cura —li constava—, però l'Eulàlia patia perquè el padrí no es recordava ni de menjar ni de dormir quan els temps convulsos el requerien a tot arreu. I Déu n'hi do dels temps que corrien! Només feia un mes que el padrí havia hagut de dimitir com a alcalde, superat per la pressió del govern de Madrid arran del tancament de caixes, una protesta en tota regla dels comerciants barcelonins contra un impost absolutament injust. El doctor Robert s'hi havia posicionat a favor i, després d'un veritable pols amb les forces de l'Estat, havia acabat claudicant.

Com si llegís els seus pensaments, el doctor Robert va dedicar un somriure a la seva fillola, que se li havia assegut al costat. Va assegurar-li:

—Aquest Nadal procuraré fer bondat. Ara les coses estan una mica més calmades i tindré temps per rumiar i descansar.

—Poc que ho heu pogut fer aquesta tardor, padrí! —va queixar-se l'Eulàlia.

El doctor Robert va donar-li la raó i, dirigint-se a en Darius, es va dedicar a fer altra vegada un repàs dels darrers fets. Potser era la manera, pensava l'Eulàlia, d'anar-ho assumint a poc a poc, atesa la rapidesa amb la qual tot s'havia precipitat en els últims dies com a alcalde. El van deixar parlar:

—Tan bon punt torno de Camprodon i després d'uns dies a Sitges, em trobo amb el temut i esperat tancament de caixes. Què volies? No es podia evitar de cap manera. Jo ja hi havia parlat, amb els comerciants, i si a Madrid seguien ferms amb el nou impost d'en Villaverde ja sabien a què s'exposaven. A més, jo havia promès als amos dels establiments de fer-los costat perquè no hi havia per on agafar-s'ho. Déu meu, reduir el dèficit espanyol causat pel desastre vergonyós de Cuba a costa de noves contribucions per als comerciants. En què pensaven? Potser creien que es quedarien de braços plegats!

—No us altereu, padrí, això ja és aigua passada —va fer l'Eulàlia, veient que el padrí es començava a exaltar.

En Darius va comentar:

—Però heu fet, en tot moment, el que calia, senyor.

El doctor Robert va fixar la mirada més enllà del gran finestral on, si t'abocaves una mica, es podia observar el transitar de la gent al capvespre: els establiments de la rambla de Catalunya que ja tancaven; els vianants que tornaven a casa per sopar amb la família, cadascú amb els seus pensaments i les pròpies preocupacions. En Robert es trobava cansat, però no podia deixar de pensar en tot el que en els darrers mesos havia succeït. Repassava constantment aquell desastre, que havia acabat amb una declaració d'estat de guerra per part del govern de Madrid, un parell de cuirassats enviats al port de Barcelona com a mesura de coacció, després de la llista que l'havien obligat a signar a ell, com a alcalde de Barcelona, per reial ordre, en la qual hi havia el nom i cognom de tants comerciants que coneixia, gent de bona fe que havia tancat els seus establiments per protestar contra un nou impost injust que es negaven a pagar. Gent a qui ell, d'alguna manera, havia fallat perquè no havia aconseguit que el govern de Madrid cedís en res. Malgrat que havia dimitit com a alcalde i això l'havia convertit en un dels homes més aplaudits del moment, ell no n'estava gens satisfet. Sortint dels seus pensaments, va dir:

—Encara hi ha molta feina a fer a Madrid. La visita a la reina que vam fer en Torres, en Rusiñol, en Lluís Domènech, en Camps i jo mateix no va servir de res. Tot i que ella ens va escoltar amb atenció, en Silvela se'ns va tancar en banda.

Va negar amb el cap, abatut. L'Eulàlia es va afanyar a contestar-li:

—No ho digueu, això, padrí. Quan vau tornar d'aquell viatge a Madrid, a l'estació us esperava una munió de gent per donar-vos suport. No m'ho negareu pas.

—Dona, ell es refereix al fet que malgrat tot a Madrid no semblen voler escoltar les peticions dels catalans —va interrompre en Darius amb visible impaciència. No suportava aquell delit de l'Eulàlia d'intervenir tot sovint en la conversa quan el mestre Robert explicava els seus afers en política. No quedava bé, ho hauria de veure. Una dona com ella no estava ben informada i podia fàcilment fer el ridícul davant del mestre. Tot i així, en Darius devia amagar aquell rebuig que li causaven les intervencions de la seva dona perquè sabia que el doctor Robert la malcriava, com tots.

En Robert va dipositar la seva mà sobre la de l'Eulàlia, en un gest ple de tendresa, i després va dir a en Darius:

—L'Eulàlia té raó. Si una cosa hem aconseguit és posar-nos d'acord en la nostra indignació. Ara mateix, més enllà de les diferències que existeixen en tota societat i dels interessos diversos de cadascú, els catalans semblem formar una sola pinya en les qüestions més importants.

Per a tothom és evident que a Madrid ni fan ni deixen fer, i que des d'aquí hem de mirar d'unir esforços per aconseguir certa autonomia en determinades qüestions. Només així ens en sortirem. Tinc decidit prosseguir amb força aquesta estratègia.

—Voleu dir que no deixareu la política, padrí? —va fer l'Eulàlia, amoïnada.

El doctor Robert va riure:

—No, dona. Encara em queda corda. Hi ha tant per fer... —va dir.

En Darius no era com el mestre, ell no estimava gaire la política i en cap moment s'havia plantejat entrar-hi. Prou en tenia amb la seva clínica i la seva clientela selecta al consultori privat. Allò no només li generava uns bons ingressos sinó que també augmentava dia a dia el seu prestigi. La política només portava problemes, enfrontaments als quals ell no volia jugar. La premsa la llegia per estar al dia en les converses amb el doctor Robert i en les tertúlies a les quals acudia de tant en tant. La política vestia, però els qui s'hi dedicaven acabaven malvivint. En Darius Rovira no trobava el sentit a lluitar i a gastar energies per a res més que no fos el seu propi benestar. Va mirar distretament cap a la finestra, observant com la darrera llum del dia s'escapava per sobre els terrats dels edificis de la rambla de Catalunya, produint una mena d'aura turquesa envoltada del negre més profund. Pensant en el que havia llegit al diari aquell mateix matí, va comentar:

—Sembla que en pocs dies s'aixecarà l'estat de guerra.

El doctor Robert va confirmar-ho, a més a més d'afegir que el més important era que els darrers comerciants empresonats ja havien sortit feia uns dies.

La minyona va treure el cap per la sala per anunciar a

la mestressa que el sopar ja estava servit. El matrimoni Rovira i el doctor Robert es van aixecar i es van dirigir cap a la taula, animats davant la perspectiva d'un bon àpat. L'Eulàlia tenia sempre molta cura de fer els plats que més agradaven al seu padrí. La cuinera no era gran cosa, però sabia fer bé els plats senzills que agradaven al doctor Robert. De primer havia fet preparar uns entremesos lleugers i després servirien el rostit, amb fruites seques i un bon sofregit. Les postres les havia encarregat a la seva pastisseria favorita, un caprici previ al seguit de dolços que omplirien, d'aquí a pocs dies, la seva taula de Nadal.

La conversa va esdevenir més animada durant el primer i el segon plat, però a les postres en Darius va treure el tema dels mariners que havia vist per la Rambla feia uns dies, els *repatriados* de Cuba, i com havien anat omplint les sales de l'Hospital de la Santa Creu. En Robert, per a disgust de l'Eulàlia, va tornar a enfosquir la mirada.

—L'hospital es troba en una situació molt preocupant —va bellugar el cap per refermar les seves paraules—. Els llits s'acumulen en diverses fileres, hi ha una manca absoluta d'espai. Ara són aquests pobres soldats, però altres vegades és la immensa quantitat d'obrers de les fàbriques, que ens omplen les sales amb malalties que es podrien evitar fàcilment, si aquesta pobra gent no visqués en tan males condicions de salubritat. Tota la vida que lluito contra les epidèmies que han assolat aquesta ciutat. És cert que s'han fet algunes mesures higièniques, que estem millor que no pas fa uns anys, però encara queda molt per aconseguir que la gent visqui en unes condicions dignes. La solució no és pas posar més llits a la Santa Creu, sinó aconseguir reduir les malalties per causa d'higiene i extrema pobresa. Cal que entri la llum a les cases d'aquesta gent, cal que hi hagi la ventilació adequada a fàbriques i tallers. La canalla no pot fer les feines que fan, no tenen cos per a això.

—Teniu raó, mestre. A l'hospital els metges no donem l'abast. Cal fer alguna cosa —va secundar-lo en Darius.

—M'amoïna el poc temps que dediquen alguns metges de la Santa Creu als malalts —va respondre, pensatiu, el doctor Robert—. N'hi ha tants, que la visita sovint es fa de manera massa ràpida. I això no és gens adequat. M'han comentat de casos en què ni tan sols queda anotada la medicació en les tauletes, i el tractament, aleshores, no es fa bé. Cal dedicar el temps necessari a cada malalt perquè la seva cura sigui més ràpida i eficaç. Tots hem de procurar fer els nostres petits miracles, malgrat que la situació ens vagi a la contra.

En Darius no sabia si sentir-se al·ludit amb aquell comentari, ja que ell sovint passava visita amb menys temps del que acostumaven a fer d'altres. Tot i així, va deixar-ho córrer i, centrant-se en les moltes mancances de l'hospital, va comentar-ne alguns aspectes més. Ara en Darius se sentia còmode perquè, davant d'aquelles qüestions, l'Eulàlia no podia opinar gens ni mica. Sobre la vida a l'hospital i les seves precarietats ella no en sabia ni gota, no ho coneixia, no hi era i, per tant, no en podia dir res. Així doncs, en Darius procurava sovint treure aquell tema amb en Robert per fer que la dona romangués on li tocava. La conversa s'esdevenia, aleshores, entre els dos homes, i el deixeble gaudia del mestre per a ell sol.

Acabat el sopar, van passar un altre cop a la sala, on la minyona els va servir una infusió que fumejava dins la tetera de porcellana. En Robert es va acomodar, sense pressa, a la cadira que abans havia ocupat. S'hi trobava bé, a casa el jove matrimoni. Tant que havia patit per l'Eulàlia en quedar-se sense el pare i la mare. Les ties se n'ocupaven, és clar, però va ser ell qui li va trobar un marit ben plantat i bon metge. Ho havia vist el primer dia, quan els va presentar, en els ullets de la seva fillola, els quals li deien: padrí, jo vull aquest home per a mi. I en Robert va anar-ho arreglant amb les ties, que, inicialment, només hi veien un home de família aliena al seu cercle de coneixences, que no formava part de la seva classe, que no era ningú, que només voldria els diners de l'Eulàlia i l'oportunitat que ella li brindava de fer una bona escalada social. Però en Robert tenia el seu deixeble com un home de seny, ambiciós, sí, però honrat i treballador. Havia resultat ser el millor alumne de la seva promoció i un bon metge. No en tenia cap dubte. Ara, després d'uns anys de matrimoni i veient l'Eulàlia feliç per la seva nova maternitat, li semblava haver obrat bé en presentar-los i en intercedir-hi a favor. Observant la jove parella, agombolat per la fumejant infusió que semblava donar-li vida nova i fer-ho tot possible, en Robert va decidir compartir amb ells la seva última causa: el nou hospital de beneficència que es construiria en els propers anys a Barcelona.

—Es dirà Sant Pau, perquè així ho expressa el seu benefactor en el testament. Es tracta d'un banquer català, en Pau Gil, que va viure molts anys a París. Allà va morir fa un temps, però, afortunadament, no es va oblidar de la seva ciutat natal. Era un home de gran fortuna i va deixar escrit en el seu testament que en cedia una bona part per a la construcció d'un nou hospital per als pobres malalts de Barcelona. Ho volia deixar tot lligat i es veu que en el document es troba tot completament detallat: els seus marmessors són els encarregats de complir les seves últimes voluntats, i han de fer un hospital a dins o fora de la ciutat, a la manera dels més moderns d'Europa. Això donarà, és clar, un gir a la precària situació dels pobres malalts a la ciutat.

El doctor Robert va callar un moment mentre reflexionava. En Darius va aprofitar per preguntar:

—I, doncs, ja se sap on el construiran?

—Han adquirit uns terrenys a Sarrià... Encara no està del tot definit. El setembre passat es va convocar el concurs per a la presentació de projectes. Ara mateix tot és en mans d'una junta d'arquitectes que n'haurà de rebre les candidatures i decidir el projecte guanyador —va respondre.

El doctor Robert no semblava gaire convençut de tot allò. Es tocava el bigoti mentre seguia reflexionant. Va aixecar el cap i va compartir el que rumiava amb la jove parella Rovira:

—Jo, de tota manera, considero que aquesta és una gran oportunitat per a la Santa Creu.

—Què voleu dir, padrí? —va fer l'Eulàlia, sense entendre res.

En Robert es va incorporar lleugerament i va contestar:

—Haig de mirar la manera de fer-los lligar: els marmessors del banquer Gil i el nostre vell hospital. La Santa Creu posseeix uns terrenys al barri de Sant Martí de Provençals, on té pensat construir-hi algun dia un nou hospital. L'objectiu és acabar marxant del vell casalot del carrer Hospital, però fan falta massa diners per a la nova construcció i la Santa Creu no ho pot assumir.

En Darius va encendre's la pipa, fent enèrgiques xuclades, que van omplir l'ambient de petits núvols de fum. Tot seguit, va dir:

—Ja ho entenc. Voleu dir que la Santa Creu hi podria posar els seus terrenys i amb el llegat del banquer Gil es construiria el nou Hospital de la Santa Creu.

—Segurament caldria sumar-hi el nom de Sant Pau —va puntualitzar en Robert, al·ludint a la condició del banquer expressada en el seu testament—, o bé construir dos hospitals en un sol recinte, el de Sant Pau i el nou de la Santa Creu. Un projecte unitari, veig jo. Tot plegat, administrat per la Santa Creu.

Era prou evident que el doctor no improvisava. En Darius va pensar que el mestre Robert hi devia estar rumiant des de feia temps i, coneixent-lo, era força probable que ja hagués començat a fer alguna gestió en aquest sentit.

L'Eulàlia va exclamar, com si de sobte ho comprengués tot:

—És una idea magnífica, padrí! De ben segur que us faran cas.

En Darius la va fulminar amb la mirada com dient-li dona, tu què n'has d'opinar, de tot això? Però seguidament va secundar-la, dient:

—Sí, és una idea brillant.

Tanmateix, res era tan senzill. Al doctor Robert l'amoïnava la voluntat dels marmessors del banquer de complir escrupolosament tot allò que havia quedat escrit i detallat al testament. Hi havia massa instruccions, massa clàusules sobre com s'havia de procedir. Tota una sèrie d'entrebancs com ara que les terres havien de sortir a concurs, igual que el projecte, o que l'administració de l'edifici acabat s'havia d'oferir a l'Ajuntament, abans que a cap altra corporació. Tot plegat era com un trencaclosques que caldria anar lligant amb paciència i minuciositat. El primer intent no havia resultat, però, gens encoratjador: quan, la primavera passada, abans que els marmessors es decidissin pels terrenys de Sarrià, el canonge Bassart —un dels administradors de la Santa Creu— havia anat a veure el senyor Silvatte —un dels marmessors del testament del banquer— per oferir-li les terres de la Santa Creu a Sant Martí de Provençals i, alhora, un possible acord, l'oferiment havia estat declinat, tot al·legant que calia procedir com dictaven les últimes voluntats del testador. El doctor Robert i la Santa Creu no havien defallit en l'intent. Les mancances del vell hospital dels pobres de la ciutat els encoratjaven a seguir-ho intentant, si més no, mentre res estigués definit. Aquella intuïció que havia acompanyat en Robert durant tota la vida, aquell cuquet que l'havia dut a impulsar tantes i tantes iniciatives, li deia que allà es trobava la gran oportunitat per solucionar tots els problemes que consumien els seu vell i estimat hospital.

L'Eulàlia arrufava les celles, llegint els neguits constants del doctor. Coneixia l'expressió múrria del seu padrí i patia per la seva salut. Si fes cas de les filles i es deixés cuidar una mica més; si deixés de pensar tot el dia en la feina i es dediqués més a descansar, a menjar, a dormir millor, com era propi de la seva edat... A l'Eulàlia se li encongia el cor només de pensar que el padrí havia hagut d'enterrar cinc fills durant la seva vida, que es devia sentir molt sol des que la seva estimada Rosita va traspassar. Malgrat tot, s'admirava de com seguia vivint abocat al seu ofici, a l'estudi de la medicina, que no feia més que progressar. I admetia que, segurament, era aquest tràfec de pensaments i de projectes que li omplien el cap el que feia que el seu estimat padrí s'aixequés cada dia i emprengués una nova lluita.

Era tard quan el van acomiadar. El cotxer l'esperava a baix i l'Eulàlia es va entestar a acompanyar-lo fins allà.

—Encara no pots sortir, dona —va fer el seu marit, impacient.

Però ella es va dirigir a en Robert per demanar-li:

—Oi que un moment de res no em farà cap mal? Em convé respirar un glop d'aire fresc, padrí.

Van baixar tots dos agafats del bracet, a poc a poc, i quan van arribar al carrer el doctor va obrir la porta i s'hi va aturar.

—Fins aquí, estimada —li va manar—. No vull que et refredis per culpa meva. Encara estàs delicada. I ja t'has sortit amb la teva!

—En Darius m'ho farà pagar —va xiuxiuejar-li ella a l'orella.

En Robert va moure el cap, com per treure-li importància. Va dir-li:

—Fes cas al teu home, que només vol que estiguis bé.

—Ja ho faig tot el dia, padrí —es va queixar amb veu trencada—. Però ell sempre s'enrabia amb mi.

En Robert va pensar en les seves filles, en com n'eren de joves al cap i a la fi i en els efectes que sempre tenia en la dona el fet de donar a llum. Li va donar uns copets a la mà, tot dient:

—Però ets feliç, oi que sí?

L'Eulàlia va abaixar el cap i se li van negar una mica els ulls. Va recular cap a dintre la porteria i es va esforçar a somriure. Va respondre al padrí:

—I tant que sí. Després de tenir la nena, tan bufona, què més puc desitjar?

El doctor Robert va pujar al carruatge i aquest es va allunyar rambla avall, perdent-se en la negror espessa de la nit. Aleshores l'Eulàlia va pujar amb molt de compte fins al pis principal, refent-se d'aquella rebequeria i respirant fondo. Estimat padrí, tinc tot allò que una dona pot desitjar, però em falta tendresa. Quan va arribar a la porta de casa, sabent que al darrere, esperant-la, hi trobaria un Darius disposat a renyar-la, a amonestar-la pel seu comportament infantil i fora de lloc —com ell solia dir—, va fer un esforç per empassar-se les quatre llàgrimes i buscar un bon pensament. El va trobar ben aviat, ja que aquell dia, ben de matí, havia solucionat un dels seus darrers maldecaps domèstics: havia contractat una nova cuinera que substituiria la que ara tenia. Ho havia fet ella sola, havia estat el seu petit triomf. En Darius, que sempre es queixava del menjar de casa i la feia sentir culpable per no saber solucionar els problemes domèstics, s'emportaria una bona sorpresa i potser, només potser, tornaria a ser més amable amb ella, com abans. Amb aquests pensaments al cap, l'Eulàlia va agafar forces i va entrar.

A casa la Dolors s'havia instal·lat el drama i la desolació. La Maria no podia parar de plorar i somicar des que la mare els havia anunciat, a ella i a en Lluís, que havia trobat una altra feina. Al primer moment, els nens havien saltat i xisclat d'alegria. Visca, una feina nova per a la mare! Guanyaràs més diners? És a prop d'aquí? La Dolors s'havia mantingut en silenci, com si rumiés la manera d'afrontar-ho, no sabia ni per on començar. Va decidir ser pràctica i fer-ho ràpid; a la canalla valia més parlar-los sense embuts.

—M'han agafat de cuinera en una casa molt important. Volen que hi anem a viure de seguida... d'aquí a uns dies —va llambregar cap a en Lluís i, aleshores, li van fallar una mica les forces. Va abaixar el cap i va fixar la vista en un rosegó de pa que hi havia damunt la taula de la cuina, on es trobaven tots tres asseguts. Com si parlés amb si mateixa, va afegir—: És una bona oportunitat. No en tindré mai cap altra com aquesta.

En Lluís la va començar a escrutar. Va ser el primer d'intuir que les coses no anaven bé. Mentre la Maria feia preguntes que quedaven sense resposta, el nen es va començar a preguntar per què la dida li defugia la mirada. Aquella dona, el més semblant a una mare que ell havia conegut mai, amagava una mala notícia. Aleshores la dida el va mirar i ell ho va endevinar. El cor li va fer un salt, va contenir la respiració mentre fixava la vista en els ulls de la dida. En Lluís va girar el rostre cap a la finestra que donava al pati interior de l'edifici. Una finestra que mai obrien perquè les olors putrefactes del pati pujaven cap amunt i els envaïen la petita llar d'aquell tuf. Va preguntar:

—Jo no vinc amb vosaltres, oi?

La dida va allargar-li una mà, a través de la taula, però ell no li va donar la seva. El silenci de la dida va fer adonar-se a la Maria de la terrible realitat.

—No és veritat! —va cridar la nena.

La mare es va abocar cap a ella, va provar de calmar aquell cos esprimatxat que començava a tremolar de ràbia, d'incredulitat.

—No és veritat! —seguia cridant.

La Dolors va haver de fer el cor fort, per evitar que els nens s'adonessin del desconsol que sentia per dintre. Va mirar cap a en Lluís, que tenia el rostre enfonsat i mirava a terra; no podia arribar a distingir la seva expressió.

—Fill —li va dir—, les coses han anat així. Jo no ho he pas buscat. La cuinera major de la Santa Creu m'ha recomanat a la casa del senyor doctor Rovira. Buscaven una cuinera i ella els ha parlat de mi. És una casa molt bona, a la part més rica de la ciutat. Entrar al servei d'una família així és una cosa que mai hauria gosat imaginar! —La Dolors volia fer-ho entendre al nen—: Saps què significa, això, per a la Maria i per a mi? Vol dir deixar les penúries enrere, vol dir una feina ben pagada, un sostre digne, una altra vida per a nosaltres.

—I a mi no m'hi volen —va confirmar el noi.

La Dolors va procurar mantenir la veu ferma quan li va dir:

—Fill, saps que sempre m'he ocupat de tu de la millor manera que he sabut.

El nen va sospirar com ho hauria fet un vell, va passejar la mirada per la cuina i, finalment, va posar-la altre cop en la dida. Va empassar-se la saliva abans de preguntar-li:

—Em tornaràs a la Maternitat?

La Dolors va fer el cor fort. Li va explicar que les monges l'havien adreçat a la Casa de Caritat, on anaven els nens expòsits de la seva edat.

—Hi estaràs bé —va assegurar-li, provant de fer un to convincent—. M'han dit que a la Caritat ensenyen als nens a fer lletra i números. Ets un xicot llest, segur que ho sabràs aprofitar.

La dida volia creure's les seves paraules; volia pensar que potser sí que en Lluís hi estaria bé, a la Caritat; que, de fet, allà li ensenyarien coses que ella no li podia oferir, el necessari perquè en fer-se gran pogués fins i tot tenir un ofici. La Dolors necessitava aferrar-se amb força a aquella idea per tirar endavant amb la seva pròpia sort. Va escrutar el rostre del nen, buscant-hi un principi de llàgrima, qualsevol signe que li indiqués el que sentia per dintre, però no hi va veure res.

—No tinc cap més opció que tornar-te —va concloure—. Ho entens, oi, fill?

En Lluís va empassar-se les llàgrimes que, concentrades a la gola, ell s'esforçava a mantenir a ratlla. La dida, la Maria, aquell pis amb la finestra sempre tancada per no sentir les olors; les dues habitacions estretes on dormien tots tres. Els carrers; el pati de l'hospital. Tot l'univers que, d'un dia per l'altre, perdria.

—Ho entenc —va respondre.

Tot va anar tan ràpid que no hi va haver gaire temps per a més drames. L'endemà la Dolors acompanyava en Lluís a la Casa de Caritat, on li havien dit que el portés per ingressar-lo. La Maria es va quedar a casa tancada, sense voler-se ni tan sols acomiadar del seu germà de llet. No puc, havia somicat, no puc. La dida havia agafat la capsa on guardava el segell de plom d'en Lluís, tants anys guardat. L'hi va penjar al coll i amb prou feines es va poder empassar el sanglot. El nen no la mirava. Van deixar, doncs, la Maria tancada a l'habitació, udolant. Aviat la dida i el nen caminaven pels carrers l'un al costat de l'altre, en silenci, com si anessin a un funeral: els caps abaixats, la mirada fixada en les llambordes que havien format part del seu dia a dia durant aquells set anys de certa felicitat. Quan van ser al davant del portal de la Caritat, la Dolors va agafar-li la mà, com quan era més menut i encara es deixava portar per la dida. Va entrar a l'asil amb pas ferm, convençuda que no hi havia res més que ella pogués fer. Déu Misericordiós, cuida aquest nen, que he estimat com un fill. Una monja els va rebre.

Quan una estona després desfeia el camí cap a casa, la Dolors no podia esborrar de la seva ment l'expressió del rostre del nen en acomiadar-se d'ella. La germana li va dir: dóna les gràcies a la teva dida i ell va dir gràcies, res més. Li havia semblat que tenia la veu trencada, que no podia parlar perquè hauria esclatat a plorar. Però en Lluís no era així, es va dir, ell és un nen fort, molt llest. Se'n sortirà, segur. Mentre avançava pels carrers estrets la Dolors llambregava de tant en tant cap al cel: Déu meu, dóna'm forces. Es va posar una mà a la boca com si de cop i volta li n'hagués de sortir el cor. Es va recordar de la mare d'aquell nadó que havia alletat, es va recordar de la promesa que ella mateixa s'havia fet set anys abans.

Ella era una dona casada, a punt de tenir la seva primera criatura, feliç a pesar d'una vida modesta i molt de treball. A l'escala on vivia, s'havia creuat tot sovint, en aquells mesos de bona esperança, amb una altra embarassada com ella. No feia gaire que havia vingut a viure-hi, i ocupava una habitació rellogada en el pis de just a sota seu. Aquella dona era tan bonica que et deixava bocabadat. Quan en parlava amb el seu marit l'anomenava «la dona misteriosa», perquè ningú al barri en sabia res. El seu Tomàs es fumia d'ella quan l'anomenava així, i li deia que segurament era una noia vinguda del poble, enganyada per qualsevol dròpol i que ara havia de carregar amb un fill il·legítim. No hi ha més misteri, dona, li deia. Però era tan bonica que a la Dolors li agradava imaginarli un origen més misteriós. Quan totes dues dones es creuaven a l'escala no es deien res, ni una paraula, però la Dolors li somreia, amable, mentre que els altres ni tan sols la saludaven. Tota sola i amb aquesta panxa, pobrissona. I quan la seva, de panxa, ja tenia un volum considerable, li va sobrevenir la pròpia desgràcia. En Tomàs va començar amb un refredat que es va convertir en pulmonia. Ja ho deia ella, que aquella tos no podia ser bona. Per quan el va convèncer d'anar a l'hospital ja feia dies que escopia sang. Des d'aleshores fins a la seva mort —una setmana després—, la Dolors no va ser conscient del daltabaix que estava vivint. Ni tan sols es recordava de menjar i encara menys de dormir. Vetllava el marit tantes hores com l'hi permetien i una matinada es va morir. Li va semblar morir-se ella, també. Li va semblar que no podria ni tan sols caminar fins a casa, una casa buida, a partir d'ara. En algun moment d'aquell trànsit de dolor punyent va venir-li la imatge de la dona misteriosa, al pis de sota, i va entendre més que mai la soledat que devia sentir. Però no podia pensar en ella ni en res més que no fos el ventre que li anava creixent. Era la seva única raó, era tota la força que li quedava després que la mort del seu amor se li hagués clavat com una estaca entre pit i pit, al bell mig d'aquells dipòsits que aviat s'omplirien de llet per alimentar el seu nadó. Una vegada, quan ja quedaven pocs dies per al part, havia topat amb la veïna al portal de casa. L'una entrava, l'altra sortia, cadascuna tan concentrada en els seus pensaments que van ensopegar. Les panxes es van fregar i els ulls es van trobar. La noia bonica, misteriosa, va somriure-li per primera vegada, com la Dolors havia fet mesos abans. Ara era ella qui, d'alguna manera, li deia sóc aquí, un pis sota teu, ens podem tenir l'una a l'altra, si tu vols.

L'endemà la Dolors es posava de part i una llevadora del barri l'ajudava a donar a llum a casa seva una nena que havia d'omplir la seva trista vida de sentit. Només veure els ulls tristos del seu home en aquella criatura acabada de néixer va saber que tindria prou força per tirar endavant. La seva recuperació va ser ràpida, la nena es va agafar al pit abundant de seguida. La Dolors trobava per fi una certa pau, després de mesos de desconsol. Una nit va sentir plors a l'escala i va recordar-se de la veïna de sota. També li ha nascut la criatura, va pensar. Va mirar de reüll la seva, i es va girar per tornar-se a adormir. Però els plors seguien a l'escala i a estones no semblaven pas els d'un nadó. Finalment es va aixecar del llit i va recórrer la poca distància fins a l'entrada de casa. Es va ajustar la bata i va treure el cap per la porta per si sentia res més. Va fer una passa endavant, es va abocar pel forat de l'escala però, al primer moment, no va veure res. En sentir un fregadís de faldilles va tornar a abocar-se pel forat i, aleshores, va veure la noia baixar l'escala. No li va distingir el rostre perquè el portava enfonsat en el cosset del seu nadó, que sostenia amb tots dos braços entrellaçats. On deu anar, a aquestes hores? La Dolors va seguir observant-la, sense saber ben bé què fer, si oferir-li ajut o deixar-la marxar. No és assumpte meu, va pensar, però aleshores se'n va desdir en veure la carona del nen de la veïna: uns ulls negres que semblaven mirar-la mentre sa mare baixava de graó en graó. La Dolors va obrir la boca per anar a dir alguna cosa, però just en aquell moment la dona va ofegar un sanglot en el cosset del seu fill. El nen va arrencar a plorar amb un crit vigorós que va fer que la mare accelerés el descens cap a la porteria. Mare i fill van desaparèixer. La Dolors no la tornaria a veure mai més.

Va ser al cap d'una setmana quan, adonant-se que necessitava amb urgència un mitjà per viure, la Dolors es va presentar a la Maternitat del carrer Ramelleres. Es va oferir com a dida i la monja li va observar els pits generosos amb certa aprovació. Li van fer unes preguntes rutinàries, destinades a distingir si era una dida apta, una persona responsable que es cuidaria del nadó que li entreguessin, però sobretot van fer cas del certificat expedit pel capellà de la parròquia del barri, que la Dolors havia anat a demanar. Allà hi posava que era una persona decent, recentment enviudada i amb una filla que alletava.

—N'hi haurà suficient per a tots dos? —va fer la mare superiora, tornant al volum dels seus pits.

La Dolors va assegurar-li que sí, que no en tindrien cap queixa, que l'expòsit que li entreguessin seria alimentat degudament. La monja li va advertir que les dames de la Junta de Beneficència la visitarien de manera periòdica i, de vegades, sense avisar; que elles supervisarien el bon procedir de la dida i que, si detectaven qualsevol mala conducta, li seria retirada la paga i el nadó.

—M'he explicat prou bé?

—Sí, mare.

De la sala de lactància del carrer Ramelleres li van treure el seu expòsit, un nen de pocs dies que havien deixat al torn una matinada. Quan la Dolors li va veure els ulls, tan oberts i tan negres com aquella nit a l'escala, va sentir com el cor li feia un salt. Era el nadó de la veïna! Què havia passat? Com havia anat a parar allà? Què havia succeït amb la noia misteriosa?

—Li hem posat Lluís Amadeu Julià —va dir una germana que el sostenia en braços. El va entregar a la Dolors i aleshores la monja li va mostrar el segell de plom que l'expòsit portava lligat a la faixa. Allà hi havia l'any i el número de lliurament.

—L'ha de conservar sempre —va indicar a la Dolors. A manera d'advertència, va afegir—: les dames supervisaran cada dues setmanes el pes i la talla del nen.

—Sí, senyora.

Quan ja marxava amb el nen en braços, la va venir a trobar un altre cop la germana que havia portat el nadó. Era molt jove, potser massa per ser monja. Va mirar cap enrere per si la superiora la vigilava, abans de confessar-li amb un deix d'orgull:

—El vaig recollir jo.

La Dolors la va mirar, sense dir res, i la germana va continuar:

—És el meu primer expòsit, en la meva primera nit de guàrdia —va mirar el nen i li va tocar una galtona, amb autoritat. Va dir a la nova dida—: Vostè és una bona persona, l'hi veig als ulls. En tindrà bona cura, oi que sí?

La Dolors es va aturar i, convençuda del que deia, va assegurar:

—Com si fos el meu propi fill.

1906
Primavera

A en Darius Rovira li agradava obrir les finestres del seu consultori privat en les tardes de primavera. Situat a la part dreta del seu pis principal de la rambla de Catalunya, amb entrada independent de la que accedia a la casa, aquest constituïa el seu regne infranquejable, on ni tan sols la senyora Rovira tenia permesa l'entrada sense el seu permís. Quan començava el bon temps, el doctor demanava a la infermera que tenia contractada —una dona recta, severa, molt eficient i poc parladora— que deixés les finestres una mica obertes, només una mica, alhora que li feia ajustar minuciosament les cortines blanques per preservar, en tot moment, la intimitat i discreció que les seves visites exigien. Les pacients que acudien al seu consultori particular eren tan pudoroses com altes eren les seves rendes. Res a veure tenien, aquestes dones, amb les malaltes que tractava a l'Hospital de la Santa Creu, on el doctor provava, cada vegada més, de delegar les visites als seus metges ajudants.

En Darius havia decorat personalment tot aquell espai, consistent en una petita i confortable sala d'espera —el doctor solia organitzar tan bé els horaris que les visites poques vegades arribaven a coincidir— i un despatx on no faltava res. Ampli, ben ventilat, amb la llum suficient i també les penombres pròpies per als moments més delicats, el despatx del doctor constava d'un racó amb un divan entapissat de vellut verd clar, una taula d'escriptori des d'on ell rebia i feia les seves anotacions i una cadira al seu davant ni massa rígida ni massa confortable, molt adequada per a la primera part de la seva visita. Des d'allà, la pacient podia observar el retrat de família que s'havia fet fer anys enrere, on sortia ell amb l'Eulàlia i els seus dos fills. Un testimoni constant —en aquell espai on es trencaven les normes socials que regien als grans salons, on el metge explorava uns cossos que romanien ocults fins i tot als esposos— de la seva inqüestionable respectabilitat. Al costat de la taula d'escriptori que separava el doctor de la seva pacient, un moble on s'acumulaven els instruments mèdics, i a l'altre costat, una gran llibreria plena de llibres de ciència i una pila de revistes mèdiques.

El doctor tenia molta traça amb les seves pacients distingides: coneixedor dels temors més recòndits que sentien només travessar la porta, les esperava assegut a la taula, amb la vista posada en uns papers que, aparentment, llegia amb molta atenció. Evitava la mirada directa, en aquell primer instant, ja que la sola visió del divan que hi tenia per a les exploracions feia pujar el rubor a les galtes de bona part de les dames. Elles, per la seva banda, solien mirar-s'hi molt amb la roba interior que portaven: malgrat que l'ull del doctor seria purament clínic, desproveït de qualsevol connotació immoral, calia estar en tot moment presentable.

El doctor llegia els papers, i quan la dama ja s'havia assegut al seu davant, quan ell calculava que els colors ja devien haver-se esfumat del seu rostre, la saludava amb certa cordialitat. Vestia fosc, amb camisa de coll blanc i emmidonat que sobresortia una mica, així com els punys de les mànigues. Les mans sobre la taula mostraven una higiene i una manicura perfectes. Començava per deixar-les parlar, escoltant atentament el relat dels seus símptomes i destriant mentalment el que era interessant del que era superflu. La seva paciència, a diferència de quan visitava els llits de la Santa Creu, era allà infinita. De tant en tant, interrompia per fer una pregunta precisa, i la dama l'hi responia. Després d'allò venia el moment més delicat: cridava la infermera amb una campaneta que tenia damunt la taula i ella apareixia a l'instant. El doctor feia veure que tenia alguna cosa per fer a fora, i deixava la pacient en mans de la infermera, la qual, sàviament instruïda, explicava a la dama el tipus d'exploració que el doctor li faria. Li feia afluixar, aleshores, la cotilla i tot allò que pogués destorbar l'exploració. Era en aquell moment que en Darius Rovira tornava a entrar al despatx i procedia a fer la seva feina. Amb l'estetoscopi, auscultava aquelles parts del cos sospitoses de contenir acumulació de líquids; amb les mans, palpava els òrgans subjacents i, amb una lleugera percussió, podia trobar focus possibles d'infecció, inflamacions, qualsevol signe que li donés la confirmació d'allò que ja havia intuït amb el primer relat de la pacient. La manera de fer tot aquell suplici per a una dama pudorosa, descobrint només aquelles parts a explorar —la part superior d'un pit, la part inferior, en cap cas totes dues parts descobertes a la vegada, només mitja esquena o la més mínima part d'un abdomen inflat—, era tan exquisida i correcta que totes tornaven i feien d'ell el seu millor confessor. La majoria, amigues o conegudes de l'Eulàlia, pertanyents a famílies de cognom tan il·lustre en aquella ciutat com el d'ella, enamorades algunes, de ben segur, del flamant doctor Darius Rovira, a qui, després d'aquella intimitat científica, trobaven a la llotja veïna del Liceu.

Aquella tarda de primavera en Darius es trobava especialment de bon humor. Després de dues visites tenia pensat d'acudir a la tertúlia de metges de la qual formava part des dels temps del doctor Robert. Els assistents no eren sempre els mateixos —alguns havien ja traspassat, com el mateix Robert, d'altres s'hi anaven incorporant—, i hi havia el bo i millor de l'ofici. Feia temps que la tertúlia se celebrava a la terrassa de l'Hotel Colón, un lloc agradable i cèntric que entusiasmava en Darius, i és per això que procurava no faltar-hi gairebé mai.

La infermera li va anunciar l'arribada de la primera pacient, una noia jove acompanyada de la seva mare. Les va fer seure davant seu.

—Ai, doctor Rovira —va sospirar la mare, una dona grassa de mitjana edat, esposa d'un cosí segon de l'Eulàlia i clienta habitual d'en Darius—, ja veu que avui li porto la meva filla petita.

El doctor va donar una ràpida ullada a aquella noia, que devia tenir uns vint anys. En un moment va fer-se una idea general de les característiques perceptibles: jove, de pell blanca, figura esllanguida, d'aparença fràgil i cabells rossos i força flàccids. Mostrava un color groguenc verdós al rostre, el qual indica un possible diagnòstic de clorosi.

—Expliqui'm, senyora: què és el que li passa a aquesta noia? —Ho va preguntar a la mare perquè era la seva pacient habitual. Solia visitar-se amb més freqüència que cap altra, sense haver patit mai una malaltia de veritat. La noia es mantenia asseguda al costat de la mare amb expressió absent, habituada que la mare parlés sempre per ella.

—Veurà, doctor —va començar la senyora—, fa dues setmanes que la Margarita no em menja bé. No és que sigui una noia gaire de vida, ja m'entén, acostuma a menjar com un ocellet. —La noia, al seu costat, ni tan sols es va immutar—. Però ara fa uns dies que li dic al meu espòs que la noia no està bé, que segur que ha agafat alguna malaltia. Només cal veure-la! Fixi's, doctor, si té un aspecte que fa llàstima. Tan pàl·lida, amb aquesta mirada trista que m'encongeix el cor. De vegades, doctor, fins i tot li falta l'aire després d'una passejada curta.

En Darius va prendre les seves notes i mare i filla es van mantenir en silenci. En Darius dominava a la perfecció aquells silencis a la seva consulta, una pau que agombolava en un moment tan delicat com era la incertesa d'una possible malaltia, un ai al cor contingut pel desconeixement de l'abast del mal en qüestió. Va estossegar una mica, i quan va haver acabat d'escriure, es va mirar la noia amb ull penetrant i, tot seguit, va cridar la infermera.

—Si m'ho permet, senyora, l'hauré d'explorar.

—Faci, doctor, faci —va respondre la mare, una mica nerviosa, mentre la noia el mirava, per primera vegada, amb ulls esporuguits.

En Darius va dibuixar un mig somriure i, procurant un to afable, va dir a la noia:

—No tingui pas por, senyoreta. No li causaré el més mínim dolor.

La noia va semblar alleujar-se i va seguir dòcilment la infermera al darrere d'un paravent amb motius orientals, molt a la moda en aquell moment. En Darius va excusar-se però va tornar de seguida, quan la noia ja jeia al divan completament coberta amb una manta lleugera de puntes. La mare havia apropat la cadira al seu costat i sostenia la mà de la filla, en actitud de sofriment.

—Em permet? —va dir en Darius, indicant amb un gest a la dona que es fes enrere—. Hauré de prendre el pols a la seva filla.

—Faci, doctor, faci —va tornar a respondre la mare.

Només tocar-li un bocí de pell, en Darius ja va detectar la seva fredor. Li va agafar la mà que abans sostenia la mare i va posar els dits al canell. El pols era fi i ràpid. En auscultar-la va comprovar, efectivament, que la freqüència cardíaca era més alta de l'habitual. Amb dits experts va pressionar ara sota l'ull dret, ara sota l'ull esquerre, confirmant la pal·lidesa de la conjuntiva. Ja no en tenia cap dubte: aquella noia patia una clorosi que, atesa la seva bona posició i per molt poc que mengés, no devia venir per insuficiència alimentària, com en els casos amb què es trobava a la Santa Creu, sinó més aviat... Caldria fer la pregunta:

—Senyora —va començar a dir, després de fer un gest a la infermera per tal que enviés la noia a ajustar-se la roba—, m'haurà de perdonar la pregunta, però té la seva filla un sagnat molt continuat?

—Què vol dir, doctor? —va fer la dama, ruboritzant-se ostensiblement.

—Ja m'entén, senyora: si sagna abundantment durant la menstruació.

La noia ho havia sentit i, en sortir de darrere del paravent, per primera vegada va obrir aquella boca contreta responent ella mateixa al doctor:

—Sí, senyor, és horrorós.

Tot seguit es va ruboritzar com la mare i va semblar que esclataria a plorar. Afortunadament, en Darius posseïa uns reflexos ràpids per a aquells casos i de seguida les va calmar:

—No pateixin, senyores, és força habitual. Em trobo amb casos com aquest cada dia i això explica, de manera fàcil i clara, l'estat de la Margarita.

—I, doncs, què té la meva nena, doctor? —va somiquejar la mare.

—Res que no es pugui remeiar, senyora!

En Darius es va dirigir amb posat pràctic cap al seu lloc davant l'escriptori. Va agafar paper i ploma i va escriure a la història oberta de la Margarita el diagnòstic: «clorosi (per sagnat vaginal abundant)». Va donar indicacions precises que la mare va escoltar amb atenció:

—Uns dies de repòs. I bona alimentació. Que mengi carn, que li convé molt. I li donarem unes sals de ferro que aviat faran tornar el bon color a aquestes galtes tan joves i boniques.

En Darius va somriure, amb aire triomfal. La vella dama li jurava ja devoció eterna i agraïment profund —tant que havia patit per la seva petita!—, i la filla somreia alleujada de saber que el suplici havia acabat. Només calia creure el senyor doctor i tot aniria bé. D'aquí a una setmana, ell mateix la visitaria a casa seva, i així fins que la noia s'anés recuperant del tot. Potser trigaria un mes, o dos, però si aconseguien que la noia pugés una mica de pes i prenia disciplinadament les sals de ferro, tot tornaria a la normalitat.

La segona i darrera pacient de la tarda li va portar menys estona. Només es tractava d'un refredat mal curat que havia acabat derivant en certa mucositat acumulada als bronquis. Una tos carregada, una mica de manca d'aire, una certa calentor al cos i un lleuger dolor al pit eren signes prou evidents. El doctor va prescriure el tractament habitual d'aquests casos i va despatxar la pacient cap a casa.

Un cop sol al despatx, va tancar les finestres i va descórrer les cortines per veure el carrer. Encara hi havia llum de dia per molta estona. Va afanyar-se a endreçar-ho tot, a donar les quatre instruccions per a les visites de l'endemà a la infermera i va sortir per la porta que comunicava el consultori amb la casa. Amb pas silenciós, per no trobar-se amb l'Eulàlia, va dirigir-se a la seva cambra i es va preparar per sortir.

Tenia ganes d'estrenar el vestit nou que el sastre li havia portat al matí, així que es va treure el que portava i es va posar el nou. Era d'un gris molt fosc i el teixit feia una ratlla molt fina, una veritable exquisidesa. És l'última moda a Londres, li havia assegurat el sastre, el qual havia afegit que només els autèntics senyors de Barcelona podien i sabrien vestir-lo. En Darius no esperava que fossin gaires els metges de la tertúlia del Colón que admiressin el seu bon gust —la malaurada manca del qual entre la seva professió era causa sovint de disgust i d'incomprensió d'en Darius—, però potser algú era capaç d'apreciar-lo. Quina figura lluïa amb aquell nou patró! Mirant-se al mirall va apreciar, extasiat, com als seus quaranta-set anys seguia tenint un aspecte excel·lent.

Va caminar sigil·losament pel passadís fins a la porta d'entrada. Va agafar el barret de panamà que, des que havia començat la primavera, lluïa el seu cap. Res de canotiers, menyspreava en Darius, és molt més distingit el panamà.

Va arribar puntual al Colón, com de costum, i de seguida va veure els primers entre una multitud de taules que s'arrengleraven en la prestigiosa terrassa de l'hotel i que donaven cabuda a una animada concurrència. A la taula dels metges n'hi havia d'assidus de cada setmana, però també convidats esporàdics o metges de pas a la ciutat. En Darius es va afanyar a prendre seient al costat dels més veterans, per ser els més il·lustres. Mentre es miraven com anaven arribant els altres, la conversa es va encetar. Parlava un metge numerari de la Santa Creu, de la secció de medicina general, departament d'homes, sobre les proves de llum elèctrica que recentment s'havien efectuat a l'hospital. Com és lògic, tothom n'estava al corrent, i també que havien resultat frustrades. A la seva dreta, un eminent pediatre va sentenciar que al vell hospital el canvi del gas a l'electricitat encara podia trigar uns mesos a ser una realitat. Tothom va demanar detalls perquè se sabia que era proper a la Molt Il·lustre Administració i que la seva informació sempre arribava de primera mà. Així doncs, va concloure el cap del servei de pediatria que la Santa Creu continuaria durant un temps amb l'enllumenat de gas.

—Als carrers va funcionant des de fa anys, no cal dir-ho —va observar el contertulià que en Darius tenia a la seva esquerra—, però no es pot dir el mateix de les cases.

L'ancià doctor Junceda, que vivia en una luxosa finca del carrer Ferran, va corroborar el que deia aquest metge:

—Senyors, si els explico la meva experiència! A petició del meu fill gran, l'any passat vaig fer canviar el gas per la instal·lació elèctrica. Quin fracàs! No saben com resulta de difícil el subministrament de bombetes. —Va remenar enrabiat el cap, i després va afegir—: No, amics meus, encara no estem preparats.

En Darius es mantenia en silenci i només intervenia de tant en tant quan considerava que el tema era prou rellevant per prendre-hi part. Un cambrer es va acostar a la taula a prendre nota del que volien els senyors i aleshores van arribar dos catedràtics amb notícies fresques sobre el nou Hospital Clínic.

—Senyors, està confirmat: la inauguració es farà al mes d'octubre.

Va haver-hi un murmuri d'aprovació general. Aquells dies era notícia la progressió de les obres del nou Hospital Clínic de la ciutat, un centre que provocaria el trasllat de la Facultat de Medicina, fins ara a l'edifici annex a la Santa Creu, on temps enrere s'havia ubicat el Reial Col·legi de Cirurgia. Tot i això, hi havia qui no estava d'acord amb el seu nou emplaçament:

—És massa lluny de la ciutat —va opinar un metge. Els terrenys eren, efectivament, en una àrea ampliada de Barcelona que no era gens propera al centre.

—Aviat construiran a tot el seu voltant. Només és qüestió de temps —va replicar un altre, conegut com a ferm defensor de la idea de construir els hospitals una mica allunyats del centre de la ciutat, per qüestions higièniques, tan en voga en el nou segle XX.

En Darius va decidir intervenir amb una dada que reflectia la situació per si sola:

—El curs que ha finalitzat a l'antiga facultat tenia set-cents alumnes, senyors. —Va mirar al seu voltant—. Vostès saben que el vell Col·legi de Cirurgia, convertit en la nostra facultat des de fa anys, ha patit sempre una terrible mancança d'espai. Tots nosaltres som llicenciats allà i n'hem patit l'estretor!

Tots van riure de gust. Era ben cert.

—La seva capacitat real era de quant, en realitat? —va prosseguir en Darius, animat pel seu moment de popularitat—. D'una cinquantena d'alumnes? Senyors, la nova facultat era una necessitat vital.

Alguns contertulians van aplaudir les seves paraules,

entre els quals els dos catedràtics acabats d'arribar, i un d'ells va passar a enumerar les modernes instal·lacions que la nova facultat i el seu Hospital Clínic aportarien a l'exercici de la medicina i a la ciutat. Era evident que la població havia crescut de manera desmesurada i que els equipaments d'abans —com el mateix Hospital de la Santa Creu— havien quedat obsolets. Els nous corrents higienistes defensaven la ubicació dels hospitals fora ciutat, o bé en indrets ben ventilats. Aquests corrents propugnaven una tipologia constructiva que era tema de debat constant. Quan es mencionava un nou hospital se'l classificava com a modern o antic, en funció de si era com sempre, és a dir, un edifici únic, o bé estava format per pavellons independents, el nou corrent. Un dels metges presents —massa jove per formar part d'aquella reunió, però dotat d'immillorables padrins— va voler posar el debat sobre la taula i va declarar que l'arquitecte Domènech i Estapà, encarregat de les obres de construcció del nou Hospital Clínic, s'havia quedat curt en el seu sistema de pavellons. Malgrat que hi havia un intent de separar les clíniques en diversos edificis o pavellons, aquests no eren en absolut independents ni aïllats, sinó que formaven part d'un mateix conjunt.

—No ha seguit la tendència més actual —va concloure—. En Domènech i Estapà peca de clàssic, si m'ho permeten.

Un altre metge li va replicar:

—No podia pas fer miracles: el projecte el va heretar d'un altre arquitecte que el va idear fa vint anys. Tot i així, en Domènech i Estapà sembla que n'ha fet una excel·lent adequació.

Però el metge jove volia discutir:

—Ja sé que va heretar el projecte d'un altre arquitecte, però hauria d'haver previst que, abans d'inaugurar-se, ja quedaria superat —va afirmar amb gosadia. A continuació va mencionar, com a veritable model de modernitat, el projecte que en Lluís Domènech i Montaner estava realitzant per al futur Hospital de Sant Pau—: Al meu entendre, serà en Domènech i Montaner amb el seu Sant Pau qui farà la veritable revolució hospitalària.

Feia només uns mesos que n'havien iniciat les obres i en Darius, cada cop que en sentia parlar, pensava en el seu doctor Robert. Aquell projecte del qual ell s'havia assabentat per boca del difunt mestre ara esdevenia el tema favorit de totes les tertúlies de metges. No només per l'ambiciós i modern projecte que n'havia fet en Lluís Domènech i Montaner, l'arquitecte i polític reconegut de la Lliga Regionalista, sinó perquè en els darrers temps hi havia hagut una autèntica esbatussada pública entre les dues institucions que, sumant esforços, havien de compartir aquest projecte: tal com el difunt doctor Robert havia desitjat, els marmessors del banquer Gil, encarregats de construir un nou hospital de beneficència a la ciutat que portés el nom de Sant Pau, s'havien acabat posant d'acord amb els administradors de la Santa Creu. Plegats farien el més gran i modern hospital per als pobres malalts de Barcelona. Sobre la base d'un pla únic, en els terrenys que la Santa Creu posseïa a Sant Martí de Provençals i la resta de terres contigües que els marmessors anaven adquirint, en Domènech i Montaner havia dissenyat un moderníssim sistema de pavellons completament independents, que donarien servei als dos hospitals: Sant Pau i el nou de la Santa Creu. Aquesta darrera institució n'administraria el dia a dia quan tot estigués fet, i vetllaria perquè finalment no faltessin llits ni assistència a tots els pobres de la ciutat. Tot això estava molt bé i el doctor Robert havia viscut prou temps per veure l'acord, però el que no havia pogut veure és com, poc després, es trencava en mil bocinets i la premsa s'encarregava de difondre-ho. Tot plegat, per una forta discrepància sobre quins edificis s'havien de construir primer: els marmessors del banquer Gil seguien les indicacions d'ordre constructiu que el testamentari havia donat —primer un gran pavelló d'administració que donés rebuda al malalt, després els diferents pavellons dels homes, a un costat, i de les dones, a l'altre—; la Santa Creu, en canvi, havia demanat de construir primer els edificis de més necessitat, és a dir, els pavellons dels malalts i el gran edifici central on s'ubicarien les germanes hospitalàries, a més a més de les cuines i la farmàcia. L'objectiu, segons ells, era poder traslladar-hi els malalts que abarrotaven l'edifici gòtic al més aviat possible. Tanmateix, no hi havia hagut acord i s'havia fet pública la gran discussió. Els marmessors de Sant Pau havien tirat pel dret i des del mes de febrer que construïen la seva part de pavellons en els terrenys que eren seus. La Santa Creu, per la seva banda, s'havia indignat tant que es deia que enviava diàriament un arquitecte a l'obra, el senyor Artigas, per vigilar el que allà feien els marmessors del banquer. No se sabia com acabaria tot plegat, però el cert era que, de moment, els diners d'en Pau Gil començaven a servir per aixecar, sense cap mena de dubte, l'hospital que havia de revolucionar els nous temps.

El metge jove s'havia après de memòria el projecte d'en Domènech i Montaner i, ara, en descrivia els detalls delectant-se, davant de tanta glòria mèdica, amb tots els pèls i senyals:

—Quina meravella de projecte! —cantava—. Es veu que l'arquitecte el va dissenyar després de visitar els grans hospitals d'Europa. El sistema antic, d'un sol edifici, el va descartar de seguida perquè veia clars els avantatges del sistema de pavellons. Edificis d'un pis o màxim de dos pisos, destinats a cada servei. Degudament aïllats els dels malalts infecciosos de la resta, així com els dels homes dels de les dones. El recinte és enorme, en els límits de la ciutat, i el projecte total inclou quaranta-vuit pavellons destinats a allotjar els dos hospitals, si finalment es posen d'acord. Entremig, zones enjardinades i grans avingudes que ho creuen tot. I per si encara queda algú que critica els desavantatges dels pavellons independents, aquell raonament que diu que els serveis han d'estar connectats, que els malalts no poden ser traslladats d'una banda a l'altra per la intempèrie, els diré que en Domènech ha ideat un sistema de túnels subterranis que ho comunica tot.

Un internista que estava de pas a la ciutat, que desconeixia els detalls constructius de tots aquells nous projectes hospitalaris, semblava enlluernat amb les explicacions del jove metge, en contrast amb d'altres que ja es removien a la cadira per l'excés de supèrbia i pedanteria d'aquell principiant. El foraster va concloure, tornant al punt d'inici de la conversa:

—Així doncs, l'Hospital Clínic és de línies molt més conservadores que el de Sant Pau.

El metge jove no es va poder estar d'il·lustrar el visitant amb un comentari ple de malícia:

—Sap com li diuen a l'arquitecte del Clínic, per diferenciar-lo del de Sant Pau? —va preguntar, i sense esperar resposta, abans que algú se li avancés, va dir—: Li diuen «Domènech, el dolent».

Un veterà va considerar que ja n'hi havia prou. Calia aturar aquell principiant i demanar posteriorment explicacions a qui l'havia convidat a venir. Va replicar-li, enrabiat:

—És obvi que els qui diuen això es mouen més per interessos catalanistes que no pas per criteris arquitectònics! —Es va dirigir al foraster i li va aclarir, contundent—: El Clínic serà un hospital excel·lent, dotat amb tots els avenços de la ciència i la més important Facultat de Medicina que hem tingut. En Domènech i Estapà ha fet un treball magnífic! —Va fer una pausa, abans de fulminar amb la mirada el jove metge i, en to desafiant, va dir—: El que succeeix és que en Lluís Domènech i Montaner és una persona molt influent a la ciutat, ja m'entén, i molts li veuen totes les gràcies. No es tracta només de l'arquitecte, sinó també del polític tendenciós.

Algú, però, va replicar-li:

—Va ser el doctor Robert en persona qui el va posar al capdavant del projecte de construcció de l'Hospital de Sant Pau.

Es va fer el silenci. El veterà va estossegar, nerviós, i va aclarir:

—Cal dir, precisament sobre aquest fet, que va ser en Domènech i Estapà qui havia guanyat el concurs públic per a la construcció de Sant Pau. —Va calcular bé les seves paraules i, no exempt de certa malícia, va preguntar—: Què va passar? Per què no es va realitzar el seu projecte i es va escollir un nou arquitecte, precisament en Lluís Domènech i Montaner, company de partit del doctor Robert? Algú ens ho pot explicar?

El metge jove, que semblava molt ben informat, va parlar des de la sorpresa que encara hi hagués algú que no sabés què va passar:

—És cert que en Domènech i Estapà va fer un projecte anomenat «Salud», que la junta d'arquitectes encarregada de fallar el premi va seleccionar. Però va resultar que els marmessors de l'herència del banquer Gil no estaven gens segurs del veredicte dels arquitectes i van voler consultar l'eminent doctor Robert, a més a més dels doctors Roig i Duran. Tots ells, deixi-m'ho dir, prou entesos en les necessitats reals d'un hospital modern. Justament per motius hospitalaris, aquests tres metges van tombar el projecte d'en Domènech i Estapà. Repeteixo, per motius estrictament hospitalaris. I va ser aleshores quan es va encarregar a en Lluís Domènech i Montaner el seu propi projecte.

El jove va mirar el veterà —visiblement contrariat—, segur de si mateix gràcies als padrins que tenia. Un cretí ambiciós, va pensar en Darius Rovira, però mencionat el seu doctor Robert, va decidir sumar-se a la causa. Es va dirigir a tota la taula en un moment de silenci, certament tens, i va dir:

—Puc assegurar-los que l'estimat doctor Robert sabia exactament la mena d'hospital que calia fer a la ciutat. També a ell li devem la inicial entesa entre la Santa Creu i Sant Pau, que malauradament ara sembla haver-se trencat. En Robert hi creia fermament i jo tinc l'esperança que algun dia tot torni a bon port. Puc assegurar-los, perquè en vaig ser testimoni directe —no va poder evitar un deix d'orgull—, que el mestre Robert va parlar extensament amb l'arquitecte Domènech i Montaner sobre aquest projecte conjunt de Santa Creu i Sant Pau algunes vegades a casa meva. Senyors, puc afirmar rotundament que si l'hospital va ser encarregat a en Lluís Domènech i Montaner era perquè, segons en Robert, ell era l'home més capacitat per dur a terme una empresa com aquesta. Que, a més a més, com apunten alguns contertulians d'avui, hi havia entre tots dos homes una amistat sincera, una entesa profunda en qüestions polítiques i de país, això no ho dubta ningú. Però, amb tot el respecte —va fer una breu inclinació de cap per dirigir-se al veterà—, poso la mà al foc que l'estimat doctor va mirar sempre pels interessos hospitalaris de la ciutat.

Li havia sortit una exposició clara i neta. Memorable, segons ell, a més a més d'impecable en les formes. Va haver-hi un murmuri general d'aprovació. Qui podia refutar una afirmació com aquella? Qui gosava enfrontar-se a la memòria d'un dels metges i polítics més il·lustres de la ciutat de Barcelona? La llàstima, pensava en Darius, era que en Robert ja hagués mort, perquè a excepció de circumstàncies felices com aquella en què sabia de què parlava i podia lluir-se amb una brillant exposició, el fet de no disposar ja del seu mentor feia que en Darius Rovira hagués perdut certa pistonada entre la professió.

Havia previst caminar de tornada a casa, tot passejant rambla de Catalunya amunt. Feia un vespre deliciós, amb una certa frescor, encara, tot i que ja eren al mes de juny. En Darius rumiava en el que faria en arribar a casa, després de sopar, quan de cop i volta es va creuar amb una noia jove, extremament bonica, tocada amb un barret de plomes de color clar i una figura que es movia sinuosa en caminar. Anava del bracet d'una altra noia, en la qual en Darius ni tan sols es va fixar. Just en el punt en què van passar pel seu costat, mentre ell s'aixecava el panamà per saludar-les cortesament, la noia bonica li va clavar els ulls negres amb tota la intenció, de manera descarada i explícita. Van passar de llarg i en Darius va continuar el seu camí. No era la primera vegada que una dona se li insinuava pel carrer. De fet, era força freqüent. Fins i tot al consultori, fins i tot a la sala de casa seva o en les vetllades al Liceu, o en qualsevol sopar d'aquells als quals assistia acompanyat de l'Eulàlia, sempre hi havia alguna dama —més jove o més gran—, que provava d'iniciar amb ell un joc de mirades. Algunes vegades ni tan sols la presència de la seva esposa era un motiu de retracció per a elles. En Darius Rovira no hi corresponia, sinó que sovint iniciava un joc consistent a castigar-les amb un cert menyspreu que les deixava fora de lloc, incòmodes, per després ser galant amb elles i assistir al seu desconcert. La cosa no anava mai més lluny que això perquè l'Eulàlia, una dona feble, emocionalment inestable, massa apassionada —trobava ell—, capaç del drama més inversemblant si detectava qualsevol perill en el seu matrimoni, podia esguerrar-ho tot. L'Eulàlia. Mentre caminava rambla de Catalunya amunt, en Darius va pensar en el dia que va conèixer la seva esposa. Ell no recordava exactament res que li hagués fet pensar que era bonica, més aviat al contrari. Però era cert que, a base d'observar-la amb precisió científica, no havia trobat cap tret físic en el seu rostre i figura que desentonés. Les seves faccions, tot i que mancades de gràcia o de bellesa natural, eren correctes i gens exagerades. De fet, no ressaltava res en ella, i alhora hi havia certa perfecció tècnica en rostre i figura. Ara bé, si de jove aquell fervor amb el qual ella el mirava li havia obert un món de possibilitats, un cop casats més aviat l'havia enfarfegat. De vegades, s'hi havia avingut una estona, sobretot al principi. S'havia deixat emportar algun cop pel romanticisme de la família que formarien, pel futur esplèndid que els esperava. Però darrerament a en Darius el treia de polleguera aquella ànsia de l'Eulàlia perquè ell li prestés més atenció. Havia esperat que la maternitat li trauria temps i la distrauria; que, com les altres dones, deixaria el fervor romàntic enrere, en favor d'un sentit pràctic que a en Darius ja li hauria anat bé.

Però no, l'Eulàlia l'incomodava constantment amb els seus ulls delerosos d'afecte, amb el seu posat de gosset malferit. Des que havia tingut la petita Aurora que la mateixa ansietat de no sentir-se prou atesa l'havia anat acostumant a menjar tothora, de manera compulsiva. Amb certa irritació, en Darius assistia a aquell engrossiment de les carns de la dona que, de manera progressiva, havia anat augmentant el seu rebuig. En cap cas, es deia sempre en Darius, posaria en perill aquell matrimoni que tant li havia convingut, que li havia obert les portes de bat a bat de totes les bones cases i les bones famílies de Barcelona, tot i que havia d'admetre que, cada dia que passava, se li feia més feixuc ser al seu costat. Per això el mes de juny era un mes en què en Darius renaixia, davant la feliç expectativa de veure la seva família marxar a Camprodon. Hi passarien, com cada any, tot l'estiu, fins a la Mercè, en què tornarien a Barcelona. En Darius romandria, com sempre, tot el mes de juny i juliol a la ciutat, fins que a l'agost es traslladaria a passar els dies més calorosos de l'any a Camprodon. La resta del temps gaudiria de la soledat al seu principal de la rambla de Catalunya, desacostumadament buit, beneïdament silenciós i tranquil.

Dos dies i marxarien tots cap a Camprodon. La Dolors tenia una feinada de por, com tothom, perquè a l'hora de fer els preparatius de l'estiueig de la família Rovira, ella no s'estalviava d'embalar roba, utensilis i una part de la vaixella que la senyora Eulàlia es volia emportar. I per si no n'hi hagués prou, calia instruir la cuinera substituta que quedaria a Barcelona, durant els mesos de juny i juliol, fins que el senyor doctor tanqués la consulta i s'instal·lés amb la resta de la família a Camprodon. Cada estiu el mateix, aquell seria el setè. Com passa el temps, Verge Santa! I la Maria l'hi confirmava cada dia, perquè als seus tretze anys ja era tota una doneta. Seguia amb els ulls tristos de quan era petita, que tant li recordaven el seu Tomàs; i els cabells enrinxolats que abans mai li podia pentinar, ara els posava a ratlla amb un recollit que la feia més gran. La va sentir riure des de la cuina, la Maria era amb la petita Aurora. Sort que n'havia tingut, de la nena, va pensar la Dolors. La mare havia patit per la filla en els primers temps a casa els senyors. Des que es va separar del seu germà de llet, en Lluís, que la nena havia anat caient en un pou de tristesa del qual no semblava que sortiria mai. Al principi, la Dolors va pensar que era qüestió de dies, o de setmanes. La canalla rai, que s'acostumen a tot. Però el temps avançava i la nena seguia sense gairebé menjar, no feia més que plorar i caminava com una ànima en pena per les habitacions del servei d'una casa feta de correcció i de silencis. Es pot morir de tristesa, senyor doctor?, li hauria preguntat la Dolors al seu amo tantes vegades, durant aquells primers temps. Però mai no va gosar fer-ho, més aviat va esforçar-se perquè la pena de la seva Maria quedés amagada a les dependències del servei, no fos cas que perdés la feina que li havia plogut del cel. A la casa hi havia dues minyones molt preparades, una dida per a la nena acabada de néixer i el tutor del nen Rovira, a més a més de l'Antonio, el xofer. La Dolors s'hi va adaptar força bé, i aviat va començar a rebre les felicitacions de la senyora Eulàlia, una dona que li feia una mica de llàstima de tan delicats com tenia els nervis. A poc a poc, la Maria es va anar resignant a la nova vida i, malgrat que no va recuperar el bon humor, l'alegria de viure d'abans, va començar a menjar més i a guanyar una mica de pes. La nena va començar a aprendre tot el que la mare sabia i sovint l'ajudava a tallar les verdures, a coure les patates, a dessalar el bacallà o a preparar el menjar de la nena Rovira. Als onze anys, la Maria ja era una nena molt treballadora, que no es queixava mai i que es mostrava discreta i respectuosa amb tothom. Però la mare ja no l'havia tornat a veure somriure de veritat. Aprenia l'ofici de bona minyona al costat de les altres, i era tan pulcra que en complir els dotze anys la senyora Eulàlia va comprar-li un uniforme com el de les altres minyones i la va començar a demanar per servir el te, en les tardes de visites. També ajudava les altres a fer llits, a arreglar les habitacions, a rentar la roba i a planxar-la —hi tenia molta traça—, mentre la mare, des dels fogons, l'observava orgullosa. La seva Maria era una gran noia, si no fos per aquell aire trist... I aleshores va ser quan la van posar a càrrec de la neteja de les habitacions infantils. Si abans gairebé no coincidia amb la nena Rovira, de tant com l'havia guardat la nodrissa durant els primers anys, ara la Maria la veia sovint. La petita Aurora era bonica com el sol radiant i molt riallera, i a la Maria li agradava molt ser a prop d'ella. Quan una institutriu francesa va substituir la nodrissa, la relació entre totes dues nenes es va fer més freqüent. La Maria havia tornat a somriure progressivament, després de molts anys, i a la Dolors no se li escapava que en bona part es devia a la petita dels senyors. Malgrat que la cuinera sabia que la seva filla no oblidaria mai aquell germà de llet que un dia havia tingut, intuïa que potser d'ara endavant les coses començarien a anar millor.

—En Llorenç no m'estima —es va queixar la nena. S'estava a la sala de jocs amb la Maria, mentre la institutriu era a la cambra, desant la roba que s'havien d'emportar a Camprodon. La Maria provava de recollir les joguines que l'Aurora anava deixant per terra, però ella les tornava a treure del seu lloc. Era com una mena de joc que les tenia entretingudes fins que en Llorenç va entrar a l'habitació. Malgrat que tenia la mateixa edat que la Maria, la noia li passava un cap sencer. Era un noi tan seriós que gairebé mai intercanviava una paraula amb ningú del servei. En Llorenç no solia entrar a la sala de jocs, així que la Maria i l'Aurora es van quedar quietes i mirant cap a la porta quan ell va entrar. El noi va semblar incòmode, va fer veure que buscava alguna cosa i, tot seguit, va marxar.

—No és que no t'estimi, és que és gran, Aurora —va respondre-li la Maria.

—Tu també ets gran i em fas cas —va replicar la nena, estirant-se un tirabuixó que li havien marcat de bon matí.

—És diferent! —va riure la Maria. Va agafar una nina de les que hi havia a la prestatgeria, una que portava uns tirabuixons com els de la mateixa Aurora però d'un color més fosc, més apagat. La nena tenia els cabells castanys clars, de color de mel, que enlluernaven quan el sol hi incidia—. Vols que juguem una estona amb les nines?

L'Aurora es va oblidar del seu germà i va córrer cap a la Maria, a estirar-li la faldilla de l'uniforme. Li va demanar aquesta, aquella i l'altra nina, perquè la petita dels Rovira no en tenia una de sola, com altres nenes de la seva edat, sinó una col·lecció sencera, que el seu pare engrossia cada Nadal i cada aniversari. Encara no n'he trobat cap de tan bonica com tu!, li deia el pare, orgullós, coneixedor que la bellesa de la seva filla era exactament una rèplica d'ell mateix. Consentia aquella nena com no ho havia fet mai amb el seu fill gran, perquè, a ell, el pare li tenia reservat un lloc en el seu futur.

En Llorenç Rovira havia acabat el curs escolar als Jesuïtes i s'estava uns dies a casa, a l'espera de marxar a Camprodon. S'avorria força en aquell pis de Barcelona en el qual només vivia quan sortia del pensionat. El Nadal es feia llarg i la Pasqua també, tot el dia amb les visites de la mare, les velles tietes, les amistats. El pare anava i venia, però la major part del temps era al seu consultori, o bé fora de casa, la qual cosa era un alleujament per a en Llorenç, que, sempre que podia, l'evitava. No és que el pare li digués gran cosa, quan el veia, però des que havia fet els deu anys que solia insistir a mantenir-hi converses serioses, de tant en tant.

—Ja saps què estudiaràs? —li demanava aleshores.

—Medicina, pare —li responia ell. Com si tingués cap altra opció. Sabia que, per al pare, allò era una pregunta retòrica, o una simple comprovació que el fill no se li desviava cap a altres pensaments. Sabia que en Darius Rovira, el pare, volia un fill digne de la seva persona i del seu estatus com a gran metge internista de Barcelona. En Llorenç Rovira tenia tretze anys i mai havia gosat dir a ningú que no n'estava segur, que no sabia si ell havia nascut per ser metge, que potser li agradaria provar una altra cosa... que tot allò que veia a la consulta del pare més aviat li feia angúnia, i massa respecte, i que si una cosa l'atemoria profundament era el tracte amb les persones i encara més, endevinava, amb els malalts. Ell s'estimava més passar-se el dia entre els seus llibres, llegir per fugir d'aquest món, on no acabava d'encaixar. Als Jesuïtes no havia fet cap amic de veritat, en tots aquells anys. Només la lectura li havia donat veritables plaers i també algun professor que, explicant els capítols de la història o la literatura, l'havia fet volar més enllà de la seva trista existència.

Quan en Llorenç era a casa, s'estava a la seva habitació tant com podia, o voltava pels passadissos silenciosament. La mare, sempre cosint a la tribuna de la sala, amb els seus sospirs afectats perquè, noi, quina feinada, el munt de coses que una ha de rumiar quan anem a Camprodon. Crida la Cinta, crida la Marieta, fill, o la Dolors, la cuinera, que li haig de parlar del sopar. La mare només li donava encàrrecs quan el veia, així que el noi procurava trepitjar poc la sala. S'havia acostat a la sala de jocs perquè havia sentit riure la seva germana petita i la minyona, que era filla de la cuinera. Atret per aquelles veus, que semblaven passar-s'ho bé, s'hi havia anat acostant, fins a obrir la porta, disposat a jugar, potser una estona. Podia llegir-li un conte a l'Aurora, si ella ho volia, d'aquells que a ell li havien agradat tant quan tenia la seva edat. Encara lluïen als prestatges de la sala de jocs, des que el mestre Ripoll se'n va tornar al poble o a casa d'algun altre nen i els va deixar allà. Però, en entrar, la petita Aurora se l'havia quedat mirant sorpresa, amb aquells ulls tan blaus, tan grossos, tan agosarats. De vegades es preguntava si hi havia alguna sola semblança entre ells: l'Aurora era bonica, alegre, espontània, mai havia temut el pare ni les visites de la mare. Tot al contrari d'ell, la nena s'exhibia davant de tothom i repartia afecte sense distincions, amb tota la naturalitat, a tothom que s'hi acostava. Era una mena d'àngel, d'aquells que agraden a tot el món. En canvi en Llorenç defugia tothom. Va incomodar-se davant la filla de la cuinera, que també el mirava amb curiositat, mentre ell s'estava allà dret, a la porta. Va percebre de seguida que feia nosa, que allà hi sobrava. I és per això que, amb l'instint d'altres vegades, havia fugit un cop més.

Passats aquells dies de preparatius, la senyora Eulàlia va posar-se el vestit de viatge i va muntar al carruatge familiar. Els fills s'hi van sumar i també la institutriu. La resta, el servei, vindria amb una tartana llogada i una altra per a tot l'equipatge que havien de traslladar. El senyor es va acomiadar de la seva família des del finestral que donava al carrer. La seva figura recta, perfecta, es retallava amb un contrallum sense deixar-ne veure l'expressió del rostre. En realitat, els seus llavis dibuixaven un somriure de satisfacció que hauria molestat l'Eulàlia, que, com cada principi d'estiu, esperava del seu home un petit gest de tristesa, de comiat sentit. Passarien un mes i mig sense veure's, fins que en Darius pugés a Camprodon a reunir-se amb tots ells i, malgrat que això succeïa en la majoria de les amistats que ells tenien, durant l'estiueig l'Eulàlia no podia evitar unes llàgrimes i una enyorança que abans de marxar ja creixia en el seu pit delicat. Ella l'oprimia, amb la mà feta un puny, retorçant obsessivament el mocador de puntes. Mirava cap al finestral on hi havia el seu home, asseguda ja dins el carruatge, esforçant-se a veure un gest, un somriure per a ella que li donés aire per aguantar. No siguis criatura, li hauria dit en Darius davant la seva actitud. L'Eulàlia va aixecar una mà i va saludar enèrgicament quan l'Antonio va fuetejar el cavall. El carruatge va començar a rodar i ella va dir als nens:

—Digueu adéu al vostre pare. Pobrissó, tan sol com es queda sense nosaltres.

En Darius va alçar la mà i aviat el van perdre de vista. Mentre avançaven pels carrers de la ciutat, l'Eulàlia Rovira mirava silenciosa per la finestra. Va respirar un parell de vegades profundament, espolsant-se els dimonis i les angúnies. I, aleshores, va pensar que aquell any sí, que aquell mes d'agost de 1906, quan en Darius arribés a Camprodon després d'un mes i mig de no veure-la, provaria d'estar més atenta, més bonica, més viva i desperta que mai, perquè el seu home s'adonés de com l'estimava i, inconscientment, de com l'havia enyorat.

A la Casa de Caritat tot girava entorn del treball i la disciplina d'horaris. Llevar-se a dos quarts de set en un dormitori ple de llits, fred com una mala cosa si era l'hivern; després de la missa, esmorzar i una mica d'esbarjo al pati, sota l'atenta mirada de les filles de la Caritat; dues hores i mitja de classe amb el mestre o un dels seus tres ajudants i, al migdia, dinar; esbarjo altre cop i més classes; abans de sopar, passar el rosari i abans d'anar a dormir, estudiar. Quan en Lluís es ficava al llit, xiuxiuejava amb els companys de més a prop, sempre molt fluixet, perquè la germana de torn no els sentís i els amonestés. Però aviat les converses s'apagaven perquè tothom estava molt cansat. Els nens s'adormien i, amb una mica de sort, somiaven que eren lluny d'allà, que algú els estimava, que els acaronava quan se sentien sols o que els allitaven amb tendresa quan estaven malalts. En Lluís havia deixat de pensar en la dida i la Maria per poder resistir. Al començament, quan a les nits la germana tancava els llums, ell només feia que pensar-hi i es posava a plorar. Li venia tot el món a sobre, sentia com la soledat el devorava i les llàgrimes corrien galtes avall sense que ell hi pogués fer res. Aleshores s'enrabiava tant que es fregava els ulls fins a fer-se mal. Ensorrava el rostre en el coixí i reprimia un crit d'impotència. Vull dormir, vull dormir. El cos acabava cedint i aleshores en Lluís descansava, fins l'endemà. Però amb la primera llum del dia ja començaven els problemes. No s'adaptava a l'asil i havia entrat en un cercle viciós de càstigs constants. Les monges li deien: no hi poses res de la teva part, i és per això que els germans l'havien d'estovar una mica o castigar-lo unes hores en una habitació fosca, perquè aprengués. Un matí, tarda o vespre —no ho recordava bé perquè era, precisament, a l'habitació fosca— va estar-hi donant moltes voltes. Ben bé feia un any que havia entrat a la Casa de Caritat i no havia fet més que detestar tothom que tenia al voltant, mestres, monges i nens asilats. Se li va acudir canviar d'estratègia: volien que aprengués? Doncs aprendria. A partir d'aleshores havia començat a mostrar-se atent i disciplinat a classe. Havia après a llegir i a escriure sense grans dificultats. Va descobrir que li agradava molt dibuixar, i va començar a guanyar-se les primeres felicitacions de les monges. Però també era bo en aritmètica i sabia memoritzar bé els llocs, els rius i les muntanyes a classe de geografia. En Lluís va passar de ser un dels nens asseguts a terra —les classes eren tan plenes que els pupitres mai eren suficients per a tots els nens—, a tenir una porció de taula on treballar. De les darreres files va anar passant fins a la primera, perquè als mestres els agradava posar els més intel·ligents i aplicats al davant. Va deixar de rebre càstigs, i va començar a fer alguns amics. Les estones al pati d'esbarjo ja no les passava sol, en un racó, amb la vista clavada a terra, sinó que jugava a pilota amb els seus companys. Va descobrir que, si no pensava en la dida i en la Maria, si feia com si la seva vida anterior no hagués existit, podia fins i tot sentir una certa felicitat dins aquell món tancat de monges, germans i nens amb bata i cap rapat, com el seu. Va superar el nivell preparatori i va passar a segon grau. Les seves qualificacions eren molt bones i no feia més que progressar. A mesura que avançava en els cursos es va començar a fixar en els nois de la secció d'aprenents: havien complert els dotze o tretze anys i els preparaven per a un ofici. Els més aplicats eren demanats pels mestres dels tallers del mateix asil: a l'espardenyeria, al forn de pa, a la fusteria, a la serralleria o al taller més sol·licitat, que era la impremta. N'hi havia que marxaven a casa d'algun mestre artesà per aprendre algun ofici, o d'altres que pujaven a la categoria de meritori, per anar a fer de dependents. També n'hi havia que arribaven a treballar en algun despatx de la ciutat. Aquests darrers, tanmateix, ja formaven part d'un cos d'elit, els estudiants, una opció reservada no només als més brillants, sinó també als asilats que eren fills de pares coneguts —o, si més no, de mare coneguda. Els estudiants, aquesta raça distingida, dormien a part de la resta, vestien diferent, tenien les seves pròpies aules d'estudi i, el que era més important, menjaven molt millor. En Lluís havia començat a estudiar les seves opcions observant els nois més grans al menjador, al pati, quan passava per davant dels tallers. Va arribar a la conclusió que mai seria estudiant —no coneixia cap nen expòsit que ho hagués estat—, així que va optar per fer tots els mèrits possibles fins a ser admès al taller d'impremta.

Aviat faria un any que hi havia estat admès, i era el més jove de tots els aprenents a impressor. Situat, la major part del dia, en un racó de la impremta on es feia l'enquadernat, rebia ordres directes d'un dels mestres del taller. Al seu davant, una paret on penjava, com a simple decoració, una fotografia d'una escultura que representava dos nens cantaires. L'un sostenia la partitura, l'altre aguantava una gran creu. Tots dos obrien la boca i gairebé se'ls podia sentir com cantaven. L'expressió dels seus rostres era tan encertada, tan viva, que en Lluís es quedava llargues estones bocabadat, observant-ne els detalls. Algunes vegades s'entretenia després de la feina al taller, a fer-ne uns esbossos, provant de copiar al carbonet aquella expressivitat.

El mestre enquadernador el va enxampar sense fer res, mirant la fotografia, i en Lluís es va témer una bona esbroncada.

—Disculpi, senyor. M'he distret —va dir, abaixant el cap i tornant a la feina. Tenia una pila de papers al davant que calia classificar i es va posar a fer-ho amb moviments àgils. El mestre se'l va quedar mirant, i després va observar la fotografia penjada a la paret. Era un home força gran, de cabells que ja blanquejaven, amb una llarga carrera dins la Casa de Caritat. Havia vist aprenents de tots colors, els uns més ganduls, els altres més pencaires. N'hi havia que feien massa xerrameca i poca feina i també d'aquells que es treien la feina del damunt amb eficiència silenciosa. El mestre enquadernador estava satisfet amb en Lluís, no era cosa d'amagar, i en aquell moment li va venir de gust explicar-li la història d'aquella fotografia. Li va preguntar:

—T'agrada, oi, aquesta escultura?

En Lluís va endevinar que l'havia enxampat més d'una vegada badant-hi. Va aixecar la vista cap al mestre i, en no veure cap senyal reprovatori, va explicar:

—M'agrada molt dibuixar-la, senyor. En tinc fets uns quants esbossos, però no aconsegueixo resoldre'n bé els rostres.

El mestre va somriure i va deixar que la mirada se li perdés més enllà de la fotografia. Va explicar a en Lluís:

—Aquesta escultura es diu *Ave Maria*, representa dos escolanets, com pots apreciar, i està feta per un alumne d'aquesta casa.

En Lluís va pensar que potser el mestre enquadernador li gastava una broma, però allà a l'asil ningú en feia, de bromes. Va preguntar:

—Vol dir que l'escultor és com nosaltres? Que ha viscut a la Caritat?

El mestre va assentir i va dir que d'això en feia molts anys; que ara, l'autor d'aquella escultura era un gran artista, conegut per tothom a Barcelona, i que mai s'havia oblidat de ser agraït amb aquella Casa on va estudiar.

—L'Eusebi Arnau és un exemple de com els alumnes de la Caritat poden arribar tan lluny com vulguin, si saben aprofitar els estudis i estan dotats del talent suficient.

En Lluís va fer repetir el nom d'aquell escultor al mestre enquadernador. No se li oblidaria mai més.

Van passar uns dies i el mestre li va demanar que li mostrés aquells dibuixos, aquells esbossos que en Lluís li havia dit que havia fet sobre els escolanets de l'Eusebi Arnau. Amb una barreja de timidesa i certa reticència —en Lluís va insistir molt en el fet que encara no tenia el dibuix que considerés prou bo, que només eren proves sense importància—, va portar els papers al carbonet i el mestre enquadernador se'ls va estar mirant llarga estona, en silenci. No va dir si li agradaven o no. Només va preguntar a en Lluís:

—Me'ls puc quedar?

Com s'hi podia negar? El noi va fer que sí i va continuar treballant al seu racó de la impremta.

Van passar els dies i el mestre no va tornar a comentar-li res sobre els dibuixos ni l'escultura que seguia penjant de la paret. Però quan devia fer dues o potser tres setmanes d'aquell episodi, el mestre enquadernador s'hi va acostar acompanyat del cap d'impremta i de la mare superiora. El primer el va tocar per l'espatlla i el va fer avançar cap als altres. La mare superiora, amb totes dues mans ficades dins l'hàbit, va dirigir-se a en Lluís:

—Tenim novetats per a tu.

El mestre enquadernador no va poder-se estar de prémer una mica l'espatlla del noi i fer-li un somriure encoratjador. Va ser el cap de la impremta qui va dir al noi que els seguís, que anirien a parlar al despatx de la mare superiora.

Un cop allà, amb el neguit de qui no entén res, de qui va completament perdut sense saber si rebrà una bona notícia o una de dolenta, en Lluís es va asseure a la cadira que li van manar i va esperar que la mare superiora parlés.

—El teu mestre ha fet una cosa molt lloable per tu. Recorda estar-li agraït tota la vida.

En Lluís va mirar el mestre enquadernador, el qual va tornar a somriure-li. Seguia sense entendre res. La mare superiora va prosseguir:

—Aquells dibuixos... els de l'*Ave Maria*, van impressionar el senyor Arnau. El teu mestre els hi va fer arribar, juntament amb un informe sobre les teves qualificacions i el teu bon comportament durant aquests darrers anys. —A en Lluís li va semblar que la mare superiora somreia, però potser només l'hi va semblar—. El cas és que el senyor Arnau, sempre tan atent amb aquesta casa, on va rebre l'educació, vol que ingressis al seu taller. Diu que tens un talent que cal aprofitar. Ara mateix és un home molt ocupat, té molts encàrrecs, treballa per als millors arquitectes i necessita una gran quantitat d'ajudants. No cal dir que aquesta és una gran oportunitat per a un noi com tu, i que no només has de demostrar la bona educació rebuda aquí, sinó que tens el deure d'enaltir el bon nom d'aquesta casa.

En Lluís no sabia si ho estava entenent prou bé: li estaven dient que marxava? Que deixava la Casa de Caritat per anar a treballar per al mestre Arnau? Després de sis anys a l'asil, de tant com havia plorat per la seva vida d'abans, quan els carrers al voltant de l'Hospital de la Santa Creu eren tot el seu món, quan la vida no era disciplina sinó simple joc i amanyacs de la dida, quan ell i la Maria eren ànimes lliures sense saber-ho, perquè no coneixien res més que aquella llibertat, després d'haver-se forçat a oblidar tot allò que no formés part del seu present —de tan dolorós com n'era el record—, dels seus dies d'estudi i de treball al taller, ara li deien que podia marxar, que aniria a casa d'un mestre artesà que feia escultures com aquella dels escolanets. Un gran artista. Un home important. El senyor Eusebi Arnau havia vist els seus dibuixos al carbonet i el volia treballant al seu taller.

El mestre enquadernador deia ara alguna cosa, mentre somreia, però en Lluís no sentia res. La seva veu se solapava amb la del cap de la impremta i també amb les advertències que la mare superiora seguia fent-li, com una música de fons esmorteïda, suau, distant. Li semblava que potser tot allò formava part d'un somni, que aviat despertaria i tornaria a la feina, com cada dia.

En Lluís va marxar de la Casa de Caritat després de sis anys d'haver-l'hi portat la dida, un lloc d'on només n'havia sortit en certes ocasions per formar part de la comitiva funerària d'algun mort —feina per a la qual eren contractats, tot sovint, els interns. La germana li va proporcionar una brusa i uns pantalons nous, a més a més d'un jersei i un abric prestat. Era la primera vegada, després de molts anys, que tenia roba pròpia, per anar pel carrer. Al coll, amagat dins la brusa, hi portava el segell de plom amb la data i número d'ingrés de l'expòsit que, tretze anys abans, havia estat lliurat al torn del carrer de Ramelleres.

Al taller del mestre Arnau, a la plaça Tetuan, hi havia una activitat febril, ja que al gran escultor li plovien els encàrrecs més importants de la ciutat. En aquella primavera del 1906, el mestre i els seus ajudants feien treballs escultòrics per a l'escenari del Palau de la Música Catalana, un edifici encarregat pel director de l'Orfeó Català a l'arquitecte Lluís Domènech i Montaner. Don Lluís —tal com l'anomenava tothom que treballava per a ell— havia contractat per a l'obra un ventall d'artesans i artistes de tota la ciutat i més enllà: mestres vidriers, escultors, mosaïcistes, pintors i forjadors, a més a més d'un veritable exèrcit de paletes i picapedrers. L'Eusebi Arnau i els seus ajudants treballaven en l'escultura del Palau de la Música, però, recentment, també ho feien per a un altre edifici del mateix arquitecte: el futur Hospital de Sant Pau.

En Lluís no sabia res de tot això, encara, quan un matí de dilluns el van fer anar al taller de l'escultor a la plaça Tetuan i li van dir, noi, espera't aquí i no facis nosa. Quan vingui el mestre, ja t'atendrà. En Lluís feia potser més d'una hora que observava tota aquella activitat que es movia al seu voltant. Assegut en un racó fosc, al costat d'un mur d'obra vista des d'on s'apreciava tot l'espai del taller, il·luminat amb la llum natural d'uns alts finestrals, en Lluís gairebé no parpellejava, per no perdre's res del que succeïa al seu voltant: un noi estava assegut no gaire lluny d'on era ell, fent dibuixos en una llibreta, una mica encongit per l'esforç; n'hi havia un altre fent els últims retocs a una peça de guix, immensa, gairebé de dos metres, que representava una dona vestida amb una roba molt realista; a l'altre extrem del taller, en un punt on la llum incidia amb força, hi havia un altre noi de més edat —segurament un ajudant avantatjat—, que llimava un cavall alat. Pràcticament enllestit, el cavall feia un efecte de moviment que de seguida va enlluernar en Lluís. I també hi havia els tres nois que, en l'angle oposat, treballaven en un relleu que semblava narrar alguna història. En Lluís va mirar al seu voltant, adonant-se que tots i cada un d'aquells nois eren considerablement més grans que ell i, sobretot, semblaven dominar perfectament la feina que feien. Li va venir un glop d'angoixa i es va agafar les cames amb força, com si així es pogués treure de sobre el neguit. I si el mestre Arnau s'havia equivocat? I si el tornava altre cop a l'asil sense que ell, en Lluís, pogués demostrar-li ni tan sols les ganes que tenia d'aprendre? A mesura que transcorria el matí i el mestre Arnau no apareixia, en Lluís es va començar a inquietar. Potser no venia, potser no es recordava d'haver manat que li portessin el noi de la Caritat. Es va estremir a la cadira, imaginant el pitjor escenari. En aquell moment, va veure una figura que fins aleshores no havia observat. Era al seu costat, dalt d'una peanya de fusta, no gaire gran: un model en fang que representava una dida. En Lluís es va quedar bocabadat, com si acabés de veure una aparició. La dida tenia una expressió de dolçor en el rostre que li va recordar la seva pròpia nodrissa. Portava un mocador al cap que li amagava els cabells, i tenia el cap inclinat cap al nadó que xuclava del pit esquerre que ella premia amb una mà, ajudant que la llet sortís més abundant. Amb l'altra mà, la dida sostenia el cosset de l'infant, de manera protectora. En Lluís va notar com el cor se li encongia i es tornava a fer petit. Aquell model en fang era encara més meravellós que els escolanets que tant havia observat. En Lluís se sorprenia de com les escultures del gran Eusebi Arnau, sense ni tan sols coneixe'l, se li feien tan familiars, tan íntimes, li despertaven alguna cosa que de tan intensa i poderosa li feia por.

Estava tan concentrat observant la dida de fang que no va notar la presència del mestre fins que el va tenir al davant. Va girar la vista, sorprès, i va veure el mestre Arnau per primera vegada: era un home de constitució forta, amb uns cabells castanys ben pentinats i dividits per una clenxa recta, perfecta. Lluïa un bigoti abundant, impecablement retallat i amb unes puntes lleugerament apujades formant una curvatura simètrica. Devia rondar els quaranta anys i, malgrat que no era de gran estatura, tenia una presència imponent.

—Aixeca't, noi —va manar-li.

En Lluís va fer el que li deien i, amb un fil de veu, va voler confirmar:

—El mestre Arnau?

L'home va assentir amb el cap i li va preguntar:

—Has estat observant tot el treball que fem aquí?

—Sí, senyor —va respondre en Lluís, i va empassar-se la saliva.

El mestre va dir:

—Em van agradar molt els teus dibuixos del meu *Ave Maria*. —Va semblar que les puntes del bigoti s'aixecaven una mica més, tot i que en Lluís no va arribar a veure-li un somriure.

No sabia què esperava el mestre que ell digués, així que va optar per callar. Aleshores el senyor Arnau li va demanar:

—Explica'm què saps fer.

En Lluís va tornar a empassar-se la saliva, semblava que la gola se li havia assecat completament. Va esforçar-se a respondre:

—El que vostè vulgui, senyor. Puc aprendre el que vostè vulgui.

El mestre va semblar satisfet i, donant-li l'esquena, va dirigir les seves passes cap on eren els ajudants. Es va aturar un moment; el noi no el seguia, així que li va fer un gest per tal que ho fes. Li va dir:

—Avui observaràs tot el que fem. No facis nosa, mira de no destorbar el treball dels altres.

Va aturar-se davant del cavall alat i va intercanviar unes paraules amb el noi que el retocava. Tot seguit, va dirigir-se a en Lluís per explicar-li:

—Dormiràs aquí, al taller. Hi ha una habitació allà al fons —va assenyalar-li el lloc amb un dit—, on tindràs un llit i tot el necessari. Als vespres, quan tothom marxi, hauràs de rascar el fang i el guix de terres i cavallets, hauràs d'escombrar i cobrir amb draps les peces que així ho requereixin. En Miquel et mostrarà com fer-ho —va dir, posant una mà sobre l'espatlla del noi del cavall. El mestre va fer una pausa i el va mirar als ulls, per veure si el seguia. Després va afegir—: Cada matí ajudaràs a moure estructures, assistiràs els nois en tot allò que et demanin i aprendràs com netegem i desem les eines per a l'endemà.

En Lluís assentia seriós, en un silenci respectuós només trencat de tant en tant per un sí, senyor. Provava d'imaginar com seria dormir en aquell espai tan gran, una mica desangelat, quan tots marxessin al cap del dia, però no deia res perquè el que més desitjava en el món ara mateix era que el mestre Arnau el deixés quedar allà i no el fes tornar a la Casa de Caritat. Malgrat la soledat que ja intuïa que patiria a les nits —ell, que no estava gens acostumat a dormir tot sol—, la sola idea de formar part d'aquell dia a dia entre el mestre i els ajudants d'un taller d'escultura li produïa un sentiment de felicitat que no recordava haver experimentat des dels temps de la dida i la seva estimada Maria. Al mestre Arnau se'l veia un home seriós, estricte amb els seus ajudants, però de tracte amable i respectuós. En Lluís volia agradar-li i intuïa que la millor manera per fer-ho era no xerrar gaire i obeir molt. Al final, el mestre va concloure:

—De moment faràs tot això, mentre vas aprenent del treball dels altres. No tinguis pressa, noi, i observa-ho tot amb aquesta mirada de dibuixant que tens —va dir en un to, de cop i volta, força afectuós. En Lluís se'l va mirar amb un somriure d'orella a orella, agraït, i el mestre va acabar afegint—: Més endavant, si tot va bé, començaràs a ajudar a reciclar i a pastar el fang.

Quan, acabat el dia, els ajudants van marxar, només van quedar el senyor Arnau i en Lluís. Van menjar plegats un sopar calent que havia portat una senyora amb davantal i mocador al cap, a l'habitació on havia de dormir en Lluís. El mestre no va parlar gaire, tenia el cap en un altre lloc, però en Lluís va gaudir dels silencis mentre xarrupava el brou encara fumejant. Es va preguntar per què el mestre no havia marxat com els altres, es va preguntar si no tenia família que l'esperés, o potser ho havia fet per cortesia en la primera nit de l'expòsit acollit al seu taller. Després de sopar, es va interessar per la seva vida a la Caritat, n'hi va demanar detalls, i en els ulls del mestre es va dibuixar alguna cosa semblant a records llunyans. Prop de mitjanit, l'Arnau se'n va acomiadar, amb veu serena, sense gaire pressa en els moviments. Va creuar tota la longitud del taller que ja havia quedat a les fosques de feia molta estona i, aleshores, en Lluís va sentir com tancava amb una volta de clau el portal. Les emocions havien estat tan intenses que, només desaparèixer el mestre, en Lluís va caure en un son profund. Reconfortat pel sopar calent i abundant i la companyia serena del mestre, aquella nit va somiar la nova vida, els ajudants que havia vist durant tot el dia treballant, el cavall alat i la figura de guix de dos metres, però sobretot va somiar el model de fang de la dida, que en el seu cap prenia vida tot alçant la mirada cap a ell. Esdevenia, aleshores, el rostre mateix de la Dolors, que, esbossant un somriure, li deia Lluís, fill, te'n sortiràs.

El mes de juny va donar pas a un juliol força calorós, i al taller del mestre Arnau tothom treballava de sol a sol per poder complir amb els encàrrecs de gran envergadura. Hi havia una figura de guix que representava un home, un antic comte de Barcelona, la qual acabava de ser desemmotllada. Ara vindria el moment de convertir aquell model en escultura de pedra, un ajudant la desbastaria i tot seguit hi intervindria el tallista. El mestre, depenent del model, se serviria de la gardina, del cisell o simplement enllestiria els últims retocs amb les escofines. El comte de Barcelona, esdevingut estàtua de pedra, viatjaria aleshores al seu destí final, que no era altre que la façana del pavelló d'administració del futur Hospital de Sant Pau.

En Lluís ja es movia pel taller d'escultura amb la seguretat de qui hi viu i hi treballa des de sempre. Tenia les eines sempre ben endreçades, els cavallets nets i el terra ben escombrat quan arribaven els ajudants a primera hora del matí. S'havia fet un lloc al taller, s'havia guanyat la simpatia d'alguns dels aprenents del mestre que, de tant en tant, hi xerraven i no dubtaven a donar resposta a tot allò que el noi preguntava sobre el seu treball. Fins i tot algun d'aquells aprenents, en certes ocasions, el deixava estar al seu costat mentre li explicava la tècnica que utilitzaven en cada model i en cada moment del procés escultòric. En Lluís escoltava molt, tot ho observava, i el mestre Arnau el vigilava discretament, tot intuint que aquell noi aprenia més ràpid que qualsevol altre. Ara ja observava de prop com l'ajudant avantatjat pastava el guix i preparava bastiments per a un braç, una cama. Havia assistit al trencament del motlle del comte de Barcelona i n'estava especialment orgullós. De vegades, en reciclar el fang que sobrava, el mestre li permetia fer-ne ús per modelar alguns bustos. No eren encàrrecs, per descomptat, sinó que es limitava a copiar tot allò que al taller es treballava, o interpretava dibuixos que el mestre Arnau havia fet. Formava part, tal com deia el mestre, de la formació d'en Lluís com a escultor. L'Eusebi Arnau no tenia cap mena de dubte que aquell noi que havia acollit al taller esdevindria algun dia un artista de debò.

Era divendres i, a mig matí, el mestre Arnau va arribar al taller. Va repassar les feines de cadascú i va donar les indicacions oportunes a cada aprenent. Tot seguit, es va dirigir a en Lluís, que en aquell moment es trobava ajudant a omplir amb una capa de guix líquid un motllo.

—Avui vindràs amb mi a fer una visita d'obres —va anunciar-li—. Au, afanya't, que marxem.

En Lluís, amb els palmells de les mans cap amunt, regalimant encara, va fer uns ulls com unes taronges. No va gosar preguntar al mestre on el portava, però es va afanyar a rentar-se i a treure's la bata que portava per protegir la roba del guix. El mestre l'esperava a la porta, parlant amb l'aprenent avançat sobre la figura del comte de Barcelona. El temps apressava per a l'entrega, però les coses, al taller de l'Arnau, es feien sempre bé. Cada peça que sortia d'allà era observada al mil·límetre per un mestre exigent que, si tenia la confiança dels grans arquitectes, el reconeixement dels entesos i els encàrrecs més importants, era pel seu treball incansable i sempre acurat. En veure acostar-se en Lluís, va comentar a l'ajudant:

—Me l'emporto a l'obra de l'hospital, a veure Don Lluís.

Anaven amb un cotxe d'un cavall llogat, travessant la ciutat. El mestre Arnau li va parlar, per primer cop, del futur Hospital de Sant Pau.

—Veuràs que al voltant tot són camps —li va dir—,

però algun dia no gaire llunyà gairebé arribarà fins allà la ciutat, amb els seus carrers, els seus comerços i els seus edificis de veïns. Has sentit a parlar alguna vegada d'Ildefons Cerdà?

Tal com el mestre s'imaginava, el noi va negar amb el cap. Ell va explicar:

—Hi va haver un enginyer que, anys enrere, va dissenyar un pla per urbanitzar la ciutat de Barcelona que, des que van enderrocar les muralles, no ha fet més que créixer. Va idear una mena de quadrícula on les illes de cases queden perfectament ordenades. És un pla ambiciós, que fa anys que es construeix. En Cerdà va morir fa molt temps, i el seu pla el continuen altres. No t'amagaré que hi ha qui dóna suport a aquest pla i hi ha qui en diu pestes, de tan avorrit i monòton com els sembla. En fi, sense entrar en debats, allà on ara es construeix el futur Hospital de Sant Pau és fins on ha d'arribar el pla de l'Eixample —així s'anomena— i, per tant, malgrat que el recinte en quedi fora, hi haurà cases i carrers i comerços, segurament, fins allà dalt. Aleshores l'hospital no semblarà tan lluny de ciutat com ara. Veuràs que el solar on treballa Don Lluís és enorme! I encara ho serà més si algun dia es tornen a posar d'acord els que construeixen Sant Pau amb els de la Santa Creu. T'he explicat que el projecte total de l'arquitecte també inclou pavellons de la Santa Creu? Serien dos hospitals en un de sol, amb la Santa Creu administrant-ne el dia a dia. Però això està força embolicat, ara mateix.

En Lluís escoltava amb atenció el mestre, que no tenia costum de parlar tant com ho feia aquell dia. Fins aleshores, en Lluís només l'havia vist al taller, d'on no havia sortit encara des de la seva arribada. El mestre parlava i en Lluís l'escoltava explicar totes aquelles històries, sense treure l'ull del cavall que tirava del cotxe. Era preciós, de pèl castany i lluent. Els seus moviments marcaven l'anatomia de l'animal, cada múscul semblava tenir vida pròpia. En Lluís va pensar que, a la nit, provaria de fer-ne uns esbossos, quan estaria tot sol.

—El projecte sencer està format per quaranta-vuit pavellons —continuava explicant el mestre—, i una gran avinguda travessa tot el recinte, de dalt a baix. També hi ha dues avingudes més transversals i zones enjardinades al voltant de cada pavelló. Per cada infermeria, un pavelló. Al bell mig de la gran via central, el pavelló on els metges fan les operacions, i tot plegat comunicat per sota terra per mitjà d'unes galeries. Don Lluís parla d'aquest projecte com d'una ciutat jardí, una mena de ciutat hospitalària a tocar de la ciutat mateixa, amb els seus carrers i tots els serveis necessaris. Diu que quan es construeixi tot, hi haurà capacitat per a un miler de malalts. T'ho imagines?

Van anar deixant enrere els carrers i les cases, ara ja només es veien camps; alguna masia, de tant en tant. El terreny feia pujada i el cavall anava més forçat. Després d'una estona en silenci, el mestre Arnau va aixecar un dit per assenyalar un punt llunyà:

—Veus aquell edifici en construcció?

—Sí, senyor —va respondre en Lluís.

—Allò és l'edifici d'entrada: el pavelló de l'administració. És el primer que et trobes en arribar al recinte. Al primer pis hi va col·locada, precisament, l'escultura en pedra del model que ahir vam desemmotllar al taller —va dir a un Lluís que clavava els ulls negres allà on li deia, com si ja ho pogués imaginar.

El cavall va arribar fins a dalt de tot, a l'entrada mateixa del futur hospital. La grandiositat que ja apuntava en el pavelló de l'administració donava la benvinguda al visitant. Tenia un cos central ja construït, i uns laterals que aixecaven les seves parets fins a un primer pis. Hi havia paletes i picapedrers traginant pertot arreu i, en baixar del cotxe, mestre i alumne van encaminar-se directament cap al vestíbul principal. Allà, sota uns arcs ja col·locats, la figura d'un home, amb vestit fosc i barret, els cabells i el bigoti blancs. Era més gran que l'Arnau, tenia una presència tranquil·la i summament elegant. Sostenia uns plànols enrotllats sota el braç i alçava la vista cap als arcs, observant-ne els detalls. En sentir les passes del mestre escultor es va tombar cap a ell i el va saludar efusivament. L'Arnau, en un murmuri, va dir al noi:

—És l'arquitecte: Don Lluís.

En Domènech i Montaner i l'escultor Arnau van estar-se xerrant una estona a cobert d'aquell sol de migdia que xopava de suor les camises dels treballadors. Parlaven de les darreres notes de les escultures de pedra que l'arquitecte havia enviat a l'escultor. No els costava gens d'entendre's, tot comentant els detalls, ja que tots dos artistes feia anys que treballaven plegats. Don Lluís havia saludat aixecant les celles el noi que acompanyava el mestre Arnau, acostumat segurament a veure'l sempre en companyia d'algun aprenent, i des d'aleshores que s'havia sumit en la conversa amb el seu col·laborador sense prestar atenció a aquell noi que es deia com ell. L'aprenent d'escultor mirava alternativament l'arquitecte i el mestre, provant de captar el significat de tot allò que discutien, mentre de reüll llambregava cap a tots aquells homes que picaven pedra, arrebossaven parets o traginaven coses sota un sol de justícia. Un cop acabades les especificacions escultòriques per les quals havien quedat allà, Don Lluís va proposar a l'Arnau d'endinsar-se pel que seria la gran via central.

—Hem passat un hivern d'inclemències que no han fet més que aturar dies sencers de feina a l'obra —va explicar—. Sort que a la primavera hem pogut treballar a bon ritme i tot plegat va avançant.

Tots tres van caminar pel que seria la gran avinguda. L'arquitecte assenyalava zones a l'escultor, precisava la situació exacta on aniria cada pavelló i especificava el moment concret en què es trobaven els seus treballs.

—Els de la dreta de l'avinguda, és a dir, els pavellons del cantó est —comentava Don Lluís—, són els destinats als homes, com recordarà; mentre que els del cantó oest seran per a les dones. En el primer dels homes, a finals de mes començarem a col·locar els treballs en ferro, mentre que en aquell segon pavelló de l'est ara els homes treballen en acabaments de les parets de la planta baixa i en les voltes.

Van seguir avançant a pas lent per un terreny que feia pujada. Don Lluís prosseguia amb les seves explicacions, mentre el mestre Arnau assentia amb el cap i el noi els seguia, al darrere, abastant-ho tot amb mirada curiosa:

—...els quatre pavellons de les malaltes van pujant les parets i, en aquell d'allà, els arcs ja estan fets. Es treballen revestiments a la planta baixa. Fixi's, Arnau: veu la Casa d'Operacions allà dalt, davant nostre? —va preguntar l'arquitecte.

—Caram, Don Lluís —va apreciar el mestre Arnau—. Si ja deuen pujar quatre metres, aquelles parets. Sí que van a bon ritme, sí senyor.

En Domènech va aturar el pas mentre parlava de tot el que hi hauria més enllà, muntanya amunt i laterals, com el gran pavelló Central, que en realitat esdevindrien tres cossos comunicats per galeries elevades, i que ubicarien el convent de les germanes hospitalàries, les cuines i la farmàcia. Més amunt, encara, l'arquitecte hi havia destinat el lloc per als malalts infecciosos, que quedarien així degudament separats —tal com els higienistes demanaven— de la resta de malalts. Allà s'ubicarien, doncs, els pavellons per als tísics, els malalts de verola, de sífilis o del tifus, de la mateixa manera que hi hauria un hospital de nens i uns pavellons, també separats, per als que patissin l'escarlatina, el xarampió o la diftèria. Tot estava previst en aquella gran ciutat hospital que Don Lluís construïa amb l'ajut de tot el seu equip de treball: arquitectes, delineants, escultors, picapedrers, ceramistes, pintors, mosaïcistes, vidriers, forjadors i un seguit de mestres artesans de totes les disciplines que farien realitat tot allò que el director d'aquella orquestra tenia al cap. Encara trigarien anys, i ell esperava poder-ho veure enllestit, però de moment treballaven amb els diners del banquer Gil —rigorosament i periòdicament liquidats per Don Leopold Gil, marmessor i nebot del traspassat banquer, mentre tothom esperava que Sant Pau i la Santa Creu resolguessin les seves disputes i, ben aviat, el somni dels dos hospitals pogués ser una realitat.

1910
Primers dies de tardor

Era el seu primer dia de classe a la Facultat de Medicina. El pare havia manat a l'Antonio d'acompanyar amb el carruatge el senyoret Llorenç, ja que ell, aquell matí, no el necessitava per a res. El xofer de la família va menar el cavall negre rambla de Catalunya amunt fins al carrer de Provença i, des d'allà, un tram força llarg, tot recte, fins a arribar al carrer de Casanova. El conjunt arquitectònic que acollia la Facultat de Medicina i l'Hospital Clínic —on els estudiants feien les pràctiques— es trobava envoltat de solars on, a poc a poc, s'anaven construint altres edificis. Els carrers d'aquella part nova de la ciutat ja estaven ben definits en la quadrícula pròpia del pla de l'Eixample; els arbres plantats de manera endreçada, en disposició geomètrica, en marcaven el perímetre i, gràcies a la facultat i al nou hospital, el barri s'anava configurant i guanyava vida. El Clínic funcionava des de feia cinc anys, i pels seus passadissos, aules, amfiteatres operatoris i sales de malalts hi circulava diàriament un veritable exèrcit d'homes de ciència, pioners d'una medicina que des que havien encetat el nou segle es trobava en plena expansió. Uns homes que, fent de la seva clínica la millor càtedra, eren seguits, observats i emulats pels centenars d'aspirants a metge que omplien les aules cada començament de tardor.

L'entrada principal de la facultat, al carrer de Casanova, consistia en unes escales de pedra al bell mig de la façana que pujaven fins al pòrtic de columnes, solemnes, imponents, capaces de fer titubejar l'estudiant de primer curs que gosés endinsar-s'hi. Si l'estudiant alçava la vista cap amunt, el frontó de mitja lluna que rematava el pòrtic —amb un alt relleu que representava diferents personatges del món de la medicina— acabava d'arrodonir el poderós efecte. A banda i banda de l'edifici de la facultat, els pavellons dels malalts se succeïen en formació paral·lela a la façana, fins a cinc a cada costat, els dels homes i els de les dones.

La majoria dels alumnes de medicina accedien al recinte per dues portes laterals, així que en Llorenç Rovira es va decidir per una.

—Ja te'n pots anar, Antonio —va dir al xofer amb certa impaciència, desitjós de no cridar l'atenció amb l'ostentós carruatge del pare. Es va endinsar a través de la porta cap a un vestíbul i es va barrejar amb el formiguer d'estudiants que avançaven pel corredor lateral. Al fons hi havia un pati quadrat, porticat, que donava certa amplitud d'espai entre tanta gent. Va sentir un noi al seu costat que indicava la distribució de les aules a un grup d'estudiants novells —es veia que ell era ben bé de tercer o quart curs:

—Histologia, higiene, medicina legal, patologia mèdica i quirúrgica. Les sales de dissecció de primer i segon curs també es troben a la planta baixa —explicava amb aire de suficiència, com qui fa un veritable esforç amb el principiant—. També s'hi troba la *morgue*, el dipòsit de cadàvers de l'hospital.

En Llorenç va notar com un calfred li recorria l'espinada. Es va afegir al grup d'estudiants novells per preguntar per l'aula d'anatomia i l'estudiant avançat li va respondre amb un simple moviment de dit.

—Allà —va fer, assenyalant la part dreta del pati.

En Llorenç va donar les gràcies en un murmuri i es va allunyar del grup en direcció a la seva primera classe. Només accedir a l'aula, va comprovar amb certa angúnia que ja era força plena. En forma d'amfiteatre, els bancs de fusta destinats als alumnes pujaven grades amunt formant un semicercle. En Llorenç es va quedar uns instants de peu dret, indecís, en el llindar de la porta, sense saber si passar pel davant dels primers bancs fins als graons del passadís central i aleshores pujar fins a les darreres files, o bé provar de buscar algun forat més a prop, per no haver de ser vist per tothom. No tenia gaire temps abans que el professor arribés. Mentrestant el xivarri que feien els alumnes era considerable, segurament per l'excitació del primer dia de classe. Estava a punt de creuar la meitat de l'aula, en vista que no albirava cap lloc a prop, quan va veure un noi de la tercera fila, al costat esquerre, que li feia gestos amb les mans. En Llorenç va mirar darrere seu perquè no coneixia de res aquell noi, però ell va seguir fent-li senyals com dient-li sí, és a tu a qui em refereixo. Així doncs, va pujar pel lateral esquerre fins a arribar al tercer banc. El noi es va posar a un costat.

—Aquí hi ha lloc per a un més —va dir-li resoludament.

—Ens coneixem? —va preguntar en Llorenç.

—De res —va respondre el noi, somrient.

—Doncs moltes gràcies —en Llorenç va estendre-li la mà, indecís, i es va presentar. El noi el va correspondre amb una enèrgica encaixada de mà.

—Marcel Riera —va dir—. Emocionant, oi?

En Llorenç no el va entendre de bon principi, ja que emoció no era precisament allò que sentia ara mateix el seu estómac, sinó més aviat un nus ofegador resultat de l'evidència que el seu pare, finalment, havia triomfat. Ell era allà, amb el títol de batxiller assolit i cursant el primer curs de medicina, tal com el pare sempre havia imaginat, probablement des del dia del seu naixement. A casa dels Rovira no hi havia hagut cap discussió, els desitjos del pare acostumaven a imposar-se amb tota naturalitat davant d'un fill que defugia qualsevol mena de confrontació. El pare dictava i en Llorenç obeïa, així eren les coses des que ell tenia ús de raó, i no canviarien pas ara que ja s'havia fet gran. En Llorenç Rovira havia desenvolupat una forta capacitat d'adaptació i no discutia mai res. Acostumat a no prendre mai decisions sobre si mateix, assistia al curs de la seva vida i dels seus estudis com un espectador de primera fila, atent, displicent, avesat a trobar-hi el cantó positiu, ja que, de tota manera, es faria la voluntat del pare. Potser era mancat de caràcter, però ell es deia que més aviat era la fermesa del pare —un ésser que sempre sabia exactament el que volia— el que l'abocava a obeir malgrat tot, ja que ell, per si sol, tampoc tenia grans idees. Tot i així, en aquell primer dia de classe a la Facultat de Medicina en Llorenç sentia vertigen només de pensar on s'havia ficat. Tot i que des de menut havia assumit una vocació heretada —en cap moment desitjada per ell mateix—, ara ja no es podia fer enrere. A punt de començar aquella primera classe d'anatomia, el noi era conscient que s'havia posat de peus en un abisme del qual ja no sabria sortir.

El professor va arribar i, superant un petit tram d'escales, es va instal·lar a la taula que presidia l'aula. Al seu davant, més alumnes dels que cabien còmodament en aquell espai n'observaven cada moviment mentre el silenci s'anava imposant a poc a poc. No va ser fins que el darrer alumne va callar que el professor d'anatomia va començar la seva exposició de benvinguda. Sense mirar en cap moment a l'auditori, fixant la vista en un punt llunyà del fons de tot de l'aula, aquell home d'aspecte modest però de veu sorprenentment profunda va adoptar un to mecànic, desproveït de tota pompositat i sentiment, per fer una acurada descripció dels objectius de l'assignatura, així com dels seus continguts al llarg del curs acadèmic.

—Tenint com a objectiu primordial l'estudi de l'organització anatòmica del cos humà... —En Llorenç escoltava des de la tercera fila, intentant copsar el significat sencer del que deia el professor, sense poder evitar que el nus que l'ofegava li fugís de l'estómac.

—...un total de lliçons teòriques que inclouen una prèvia introducció a l'anatomia, conceptes bàsics, generalitats del sistema esquelètic i articular, seguit de l'estudi del sistema muscular, vascular i nerviós... —En Llorenç va observar de cua d'ull el company Riera, que tan amablement li havia facilitat un lloc al seu costat, i va detectar la lluïssor dels seus ulls, com si el que explicava de manera tan neutra el professor el tingués absolutament fascinat.

Acabada la primera lliçó del dia, els alumnes de primer van sortir de l'aula a respirar l'aire fresc del pati. En Llorenç havia baixat els graons de l'amfiteatre seguit d'en Marcel Riera i, en ser a l'exterior, el noi seguia al seu costat, com si ja fossin vells amics. Allò va torbar una mica en Llorenç, gens acostumat que els altres es mantinguessin gaire temps a prop seu. No era un fet habitual a l'escola, ni creia que ho fos, a partir d'ara, a la facultat. Però allà tenia aquell noi, amb un somriure d'orella a orella. Com que en Llorenç no sabia ben bé què dir-li, es va esperar que ell parlés.

—I bé? —va fer en Marcel.

En Llorenç se'l va quedar mirant i el noi va preguntar:

—Què t'ha semblat la primera classe? No ho trobes tot molt excitant?

Aquell Marcel devia estar tocat del bolet, va pensar en Llorenç, però ja era tard per allunyar-se'n.

—Home, tant com excitant... —va començar a dir—, més aviat m'he fet un embolic amb la quantitat de temes que tractarem.

—I això només són les lliçons teòriques —va respondre engrescat en Marcel, com si no l'hagués sentit—. Ja friso per començar les pràctiques de dissecció. Et fa angúnia? Véns de família de metges, tu?

En Llorenç es va limitar a assentir amb el cap i en Marcel Riera va continuar:

—Doncs jo no. Sóc el primer de la meva família. El meu avi va fundar una fàbrica tèxtil i el meu pare la va heretar. Ara hi treballa el meu germà gran, que se'n va fer càrrec en morir el pare.

En Llorenç va provar d'imaginar com devia ser allò de no tenir pare.

—Així que jo he pogut matricular-me a medicina. M'agradaria ser cirurgià! —va concloure en Marcel.

Aquell primer dia a la facultat el noi Rovira i el seu company es van fer inseparables. Assistien plegats a totes les classes i s'asseien sempre de costat. En Marcel era un noi molt sociable que feia de contrapunt a la timidesa del seu nou amic. El seu entusiasme per tot allò que feia referència a la ciència, al cos humà, a les malalties, als nous invents que les revistes mèdiques descrivien i que ell comentava al pati de la facultat, com si ja fos doctor, van produir un efecte molt positiu en la figura d'en Llorenç, que, a poc a poc, va anar substituint aquell temor inicial per la medicina per un creixent interès analític. Si més no, la teoria era tot un món per descobrir. No li succeïa el mateix, però, amb la pràctica. Els alumnes de primer curs feien vida a la facultat, allunyats gairebé sempre de l'hospital, on sí que es movien els estudiants a partir de tercer. De moment els malalts —a banda d'alguna visita a un servei i de demostracions pràctiques que algun professor feia a classe, portant-hi un «exemple», és a dir, un malalt— quedaven lluny de la seva vida diària, però els morts eren una altra cosa. A primer i encara a segon curs de medicina els estudiants havien d'enfrontar-se als cadàvers, que, estesos damunt les tretze taules de les dues sales de dissecció de la facultat, mostraven la seva carn conservada gràcies al formol. Calia estudiar-ne cada múscul, cada nervi, cada artèria i, sobretot, assistir impassiblement al procés de degradació de la carn humana. Hi havia alumnes, com en Marcel, que ho portaven d'allò més bé, mentre que d'altres menys convençuts, com el mateix noi Rovira, patien en un silenci compungit i amb un deix de fàstic el depriment espectable. A mesura que les disseccions formaven part de la vida quotidiana de l'estudiant, alguns es relaxaven de tal manera que sorgien les bromes grotesques, les malifetes amb parts d'un cos que desapareixien, com ara un cap, o les posicions indecoroses en algun pobre desgraciat que només feien que provocar el vòmit en un ésser tan sensible i delicat com en Llorenç.

El primer trimestre, gràcies a l'amistat amb en Marcel Riera, va passar-li més ràpid del que esperava, afortunadament, i gairebé sense adonar-se'n ja es van plantar en vigílies de Nadal. Hi hauria uns dies de descans, que en Llorenç passaria a casa envoltat de familiars. Havia pensat de convidar el seu nou amic a algun àpat més íntim, o a prendre cafè alguna tarda en què la mare no omplís la sala de visites. Rumiaria com fer-s'ho perquè en Marcel no coincidís amb el pare i així evitar que el sotmetés a un interrogatori sobre l'interès i les aptituds del seu fill a classe. En Marcel era l'única cosa bona que li havia passat en molt de temps i, tot i desitjar ferventment que passés a formar part de la seva vida, que conegués el seu món més quotidià, preferia que la coneixença amb el pare s'esdevingués més endavant, no fos cas que el pare desaprovés el seu amic —no formava part de cap nissaga mèdica— i l'allunyés del seu costat.

—Mia, afanya't amb aquella capsa, que vull donar una sorpresa a la mare —va dir l'Aurora Rovira, una rotunda bellesa de deu anys que era l'alegria de tots els que vivien sota el seu mateix sostre.

La Maria va enfilar-se a una cadira i va allargar el braç per agafar de l'altell de l'armari una capsa de cartró que contenia les figures del pessebre. Les havia comprat el senyor doctor en un viatge a Alemanya, i eren d'un gust exquisit, com poques se'n veien a la ciutat. Estaven pintades en colors suaus, i la Verge Maria es trobava agenollada pregant pel seu fill, amb els plecs de la roba minuciosament modelats. Sant Josep, de peu dret i aguantat en un llarg bastó, tenia una presència solemne i una barba força treballada. La Maria va baixar amb molt de compte la capsa de cartró i l'Aurora l'hi va agafar de les mans per dipositar-la al damunt d'una taula. En va obrir la tapa amb posat cerimoniós i, com per art d'encanteri, les figuretes van anar apareixent entremig del paper fi que les protegia d'un any a l'altre.

—Mia, on és el nen Jesús? —L'Aurora remenava amb els dits inquiets buscant la figura més petita de totes amb aquella emoció de cada Nadal.

La Maria el va treure d'un racó de la capsa i el va entregar a la nena. Li va dir:

—Au, ja pots col·locar-lo al seu lloc.

L'Aurora li va llançar una mirada radiant i el cor de la Maria, la minyona de can Rovira, va sentir aquella escalforeta de cada vegada que la nena de la casa li traspassava aquella il·lusió.

—Ja veuràs, quan la mare ho vegi. Aquest any tenim més pastors i muntanyes. Quedarà preciós.

La Maria va observar com l'Aurora disposava peça per peça aquell pessebre, que, un cop enllestit, es dedicaria a mostrar a cada membre de la família i del servei. En Llorenç ja feia anys que no hi col·laborava, ell s'havia fet gran i tenia altres assumptes dels quals ocupar-se, així que l'Aurora Rovira se'n feia càrrec tota sola, amb l'ajut de la seva estimada Maria.

—Com veus els pastors allà dalt de tot? Quedaran bé? O els posem aquí baix, més a l'esquerra, com si vinguessin del riu?

La nena preguntava, però la minyona no contestava perquè sabia que ella acabaria decidint on posar els pastors. L'Aurora no era com son germà, ella era més viva, molt llesta, tenia les coses sempre clares i una habilitat per sortir-se amb la seva que la feien una nena capaç de fer tot allò que es proposés a la vida. D'allò, la Maria n'estava ben convençuda. No hi havia ningú més a la casa, ni tan sols la senyora Eulàlia, que conegués tan bé el tarannà de l'Aurora Rovira i, probablement, tampoc hi havia ningú en tota la casa que l'estimés tan incondicionalment com ho feia la filla de la cuinera. Ho havia passat força malament quan els senyors van enviar la nena a col·legi. Li agradaven els temps de la institutriu francesa, quan l'Aurora passava tot el dia a casa i la Maria en podia gaudir. Sempre buscava estones per fer-se'n càrrec, per veure com dibuixava, o com començava a tocar els primers instruments musicals. Però en entrar a col·legi, el temps que la nena Rovira passava a casa va esdevenir més reduït, així que la Maria gaudia, especialment, quan arribava el temps de les vacances. Durant aquell Nadal l'Aurora va començar a llegir en veu alta a la seva minyona. La Maria la mirava meravellada, sense fer soroll, absorta en les històries que relatava amb tanta agilitat com si les sabés de memòria. Als seus divuit anys la Maria sabia llegir ben poca cosa, ben bé el just i necessari per entendre la llista del menjar, i per això li resultava tan encisadora aquella gran aptitud que l'Aurora, amb deu anys, havia desenvolupat tan bé. Un dia la nena li va demanar: fes-ho tu. El què?, va preguntar la Maria. Llegir-me el conte. Però aleshores a la minyona li van pujar els colors a les galtes. No en sé prou, li va confessar. I des d'aquell dia la nena Rovira, com si d'un joc es tractés, li va començar a ensenyar a llegir de veritat. D'aquesta manera, a més d'animals fantàstics i històries extraordinàries, en aquelles tardes d'hivern la Maria començaria a descobrir un nou món. També de vegades, quan la senyora Eulàlia no se n'adonava, es dedicava a escoltar l'Aurora des del darrere de la porta de la sala mentre ella tocava el piano amb el seu mestre particular. La Maria, aleshores, sentia com el cor se li encongia en un puny i li agafaven unes ganes terribles de plorar. Pensava en els prínceps dels contes de l'Aurora, pensava en aquell nen que ja devia ser un home, en Lluís, i es preguntava què pensaria d'ella si la veiés ara, convertida en una noia de divuit anys. La Dolors, la seva mare, solia posar fi a aquell somni quan apareixent del no-res li causava un bon ensurt i li deia: filla, què hi fas, aquí, badant? Que no veus que a la cuina hi ha feina? Ai, si la senyora Eulàlia et veu espiant rere la porta. Ja saps com és! I la Maria seguia la seva mare fins a la cuina, on, a base de molta feina, li marxaven les cabòries del cap i la música del piano i les històries llegides amb la filla Rovira quedaven lluny, ben lluny de la seva realitat.

El mestre Arnau semblava un altre des que feia un any havia conegut la senyoreta Anna París, a través d'un encàrrec que uns familiars seus li havien fet: el retrat d'un noi mort prematurament —el fill de la cosina de l'Anna— havia fet que el mestre la conegués i se n'enamorés. Ella era força més jove que ell, però el mestre havia rejovenit de cop i volta i si abans no parlava gairebé mai de la seva vida privada, ara delectava en Lluís, un dels seus deixebles més fidels i talentosos, amb detalls dels llocs on anaven i dels viatges que farien plegats. Al febrer el mestre s'havia casat a l'església de la Puríssima Concepció i havia convidat en Lluís, el qual s'havia comprat el seu primer vestit. L'ocasió s'ho valia perquè el noi apreciava molt aquell mestre que li havia obert la porta dels somnis com el millor dels mentors: no concebia ja la seva vida sense l'escultura, sense el treball al taller, sense els models que regularment sortien d'allà —en ocasions fets amb les seves pròpies mans, que guanyaven en precisió i en bon ofici. Uns models que després esdevenien escultures en marbre, en pedra o en qualsevol altre material. Els encàrrecs per al Palau de la Música s'havien acabat ja feia temps i ara enllestien, a més a més dels treballs puntuals que entraven al taller, les escultures de més de dos metres que, representant àngels o bé figures de sants, anaven guarnint els pavellons ja força avançats del futur Hospital de la Santa Creu i Sant Pau. Feia un any que les dues parts implicades s'havien tornat a posar d'acord —havia sentit en Lluís que fins i tot el governador civil hi havia hagut d'intervenir— i, un cop s'acabessin els pavellons de Sant Pau, serien lliurats a la Santa Creu, que seria l'encarregada de mantenir-los mentre n'acabava de construir la resta. Després administraria l'hospital sencer, quan començés a funcionar. De fet, sabia pel mestre Arnau que Don Lluís ja treballava en plànols per a la Santa Creu i començava a fer els pressupostos. En Lluís, així doncs, des que havia entrat al taller de l'escultor quatre anys enrere havia assistit als progressos d'aquella immensa obra hospitalària que l'arquitecte Domènech dirigia amb gran precisió. En les successives visites al recinte havia pogut contemplar com es construïa cada pavelló, com s'aixecaven lentament els seus murs, com es feien les voltes, com s'enrasaven les parets i com aplicaven tota mena de revestiments —en fusta, en marbre, en ceràmica vidriada d'una bellesa inaudita— a cada racó del nou hospital. En Lluís, a qui agradava observar els diferents treballs a l'obra quan acompanyava el mestre Arnau, solia quedar-se absort amb tot aquell reguitzell d'oficis, d'artistes i d'artesans que treballaven sota les ordres de Don Lluís. Algun dia no gaire llunyà, li agradava pensar, aquells pavellons que havia vist aixecar amb els seus propis ulls s'omplirien de malalts i de metges que hi vindrien a treballar; per les seves sales i infermeries hi circularien les monges i els capellans que, en altres temps, quan era menut, ell mateix havia vist diàriament a l'Hospital de la Santa Creu. De cap manera havia oblidat aquells dies de la dida i la Maria, el pati del vell hospital, les batusses amb els nois del barri, les corredisses cap al corralet on guardaven els morts. I la dida, la seva dida, amb el cistell penjat d'un braç sortint de la cuina de la Santa Creu. Havia après a recordar sense dolor, perquè tot plegat li semblava, ara, una altra vida.

Des del taller de l'Arnau, en Lluís s'havia forjat un futur que ni tan sols havia pogut imaginar quan la dida el va deixar a la Casa de Caritat. Ara sabia que mai més tornaria a sentir-se sol perquè tenia l'escultura, una activitat que, a més a més de donar-li menjar i sostre, omplia el seu cap de noves idees i projectes de futur. El mestre confiava en ell i l'havia inscrit a unes classes nocturnes de dibuix en les quals estava aprenent molta tècnica. Algun dia, es deia en Lluís quan tornava d'aquelles classes, o quan al taller es trobava amb les mans ficades en el fang o en el guix, quan ajudava a bastir un àngel o practicava amb el rostre d'un sant, algun dia tindré el meu propi taller. I aquest pensament no li havia vingut del no-res, sinó quan el mestre Arnau li va presentar un antic deixeble seu.

Va ser uns dies abans que el mestre emprengués un llarg viatge que el portaria per diferents ciutats d'Europa. L'acompanyaria la seva esposa, i el mestre ja feia dies que anava donant instruccions precises a tothom perquè el taller seguís funcionant durant la seva absència. Es podia anar avançant en l'elaboració de certs models que, un cop retornat, ell acabaria de perfilar. Faltaven tot just dos dies per a la seva partida quan es va presentar al taller un noi que devia rondar la trentena. En Lluís es trobava en un racó del fons on hi havia bona llum, copiant els dibuixos que el mestre havia fet per a la futura escultura en pedra que representaria santa Anna, per al tercer pavelló de malaltes al costat de ponent de l'hospital. La veu profunda del mestre saludant efusivament algú que arribava al taller no el va immutar gens ni mica, ja que hi estava acostumat. Perquè al taller de l'Arnau hi entrava sovint molta gent; les portes eren sempre obertes per als amics del mestre, per als clients, per als seus col·laboradors, antics ajudants i tot un reguitzell de protegits. De vegades hi acudien personatges d'allò més estrambòtics a qui l'Arnau, en algun moment del passat, havia ajudat, a més a més de les models que venien per hores, sovint noies gitanes, ja que com deia el mestre tenien el cos molt bonic. Però de cop i volta li va cridar l'atenció la remor de veus al seu voltant. Els companys de taller murmurejaven sobre l'home que acabava d'entrar. Aleshores en Lluís va provar d'afinar la vista per distingir-lo, però només en veia la silueta, a causa d'un fort contrallum. Es va adonar de la gran cordialitat amb què el mestre rebia aquella visita i va preguntar als seus companys de qui es tractava.

—És en Pablo Gargallo —va respondre-li en Tomàs, un ajudant dels més antics.

Tot i no haver-lo vist mai fins ara, en Lluís sabia perfectament qui era en Pablo Gargallo. Sabia que havia estat un dels deixebles més importants de l'Arnau; que, anys enrere, quan en Lluís només era un nen i es trobava a la Caritat, en Gargallo havia entrat d'aprenent al taller del mestre. També havia sentit a parlar de les seves estades a París, on els companys explicaven que havia viscut amb altres artistes d'aquí i d'allà. Pintors, escultors, gent que experimentava amb nous materials, noves formes i composicions, la majoria morint-se de gana, i només uns quants, pocs, esdevenien algú. Sabia que en Gargallo ja havia fet un parell d'exposicions individuals —tothom en parlava—, la primera a la famosa Sala Parés; i que rebia encàrrecs tan importants com els del que havia estat el seu mestre, l'Arnau. Havien treballat plegats en molts projectes, primer com a mestre i deixeble, després en Gargallo des del seu propi taller. Al Palau de la Música, en Lluís havia vist obra de l'antic aprenent, sobretot recordava aquelles valquíries del gran arc del prosceni, unes guerreres mitològiques —li havia explicat el mestre Arnau— que sortien en l'òpera del gran compositor Wagner. En Lluís sabia que ara Gargallo treballava també per a l'arquitecte Domènech en algunes de les escultures i relleus de l'Hospital de Sant Pau. Tenia tantes ganes de conèixer en persona en Gargallo, que va deixar els estudis sobre la figura de santa Anna a un costat i es va acostar a ells, com esperant que el mestre els presentés. L'Arnau, aleshores, va dir al seu antic deixeble:

—Mira, Pablo, aquest és el noi de qui t'he parlat.

En Lluís se'l va mirar sorprès, afalagat pel fet que el mestre hagués pogut parlar d'ell amb algú. Encuriosit per aquell antic deixeble que s'anava fent un nom propi, es va dedicar a observar-lo detingudament: força més baix que ell, en Gargallo era de complexió forta, d'aquells cossos rabassuts que provenen del nord d'Espanya. D'on li havien dit que era? En intercanviar-hi les quatre primeres paraules ja es va adonar de l'accent característic, el mateix que tenia un altre company de taller procedent de l'Aragó; va advertir de seguida la seva mirada neta, senzilla, i va experimentar-hi una forta empatia. En Gargallo li va dir, amable:

—Ja tenia ganes de coneixe't.

En Lluís va encaixar-li la mà:

—Senyor Gargallo... —va començar a dir. Pensava en aquelles valquíries del Palau de la Música i en un parell de fotografies d'una exposició que havia fet on sortien uns relleus dels vicis i les virtuts, uns relleus en pedra que l'havien impressionat per la seva brutal expressivitat.

En Gargallo es va dirigir al mestre Arnau per preguntar:

—Seria possible veure alguns dels seus treballs?

—I tant. —El mestre va demanar a en Lluís—: Vés a buscar els teus dibuixos, els que has fet en les últimes classes. Seurem una estona allà, a l'habitació.

Aquella cambra on feia quatre anys en Lluís havia dormit per primera vegada es va convertir aquell dia en escenari de l'inici d'una sincera amistat, d'una coneixença que canviaria la vida de l'aprenent d'escultor.

El mestre Arnau va marxar cap a Alemanya, França, Holanda, Bèlgica i potser cap a algun país més. Durant el temps que va ser fora, el ritme de feina al taller va disminuir i en Lluís va poder disposar de temps per moure's amb tota llibertat per la ciutat. Tenia divuit anys, acabava de conèixer l'escultor Gargallo, i així com fins ara el mestre Arnau havia estat el seu gran mentor, el seu únic referent en aquell món apassionant de l'escultura, ara sentia que a través d'en Pablo podia aprendre coses noves i diferents. Ell no només li va obrir les portes del seu taller i de casa seva —ara ja feia un temps que vivia un altre cop a Barcelona—, sinó que a més a més li va presentar els seus germans, els seus amics i un tipus de gent que mai abans en Lluís havia conegut, persones que vivien de l'art i per a l'art, joves que buscaven el seu propi camí allunyant-se del més tradicional, que experimentaven amb noves formes d'expressió, que parlaven de música, de pintura, d'escultura i de poesia, i que feien dibuixos, en un tros de paper o de llibreta, mentre mantenien converses enceses sobre el camí que seguiria l'art. En una ocasió, en Pablo li va demanar que l'acompanyés a un cafè on havia quedat amb un íntim amic seu, un pintor que es deia Pablo, com ell. Tenim la mateixa edat, i tots dos vam venir a viure a Barcelona de menuts, quan els nostres pares hi van trobar feina, li va explicar. T'he parlat alguna vegada sobre Maella, el lloc on vaig néixer? El meu pare conduïa una diligència i jo recordo aixecar-me molt aviat, cada matí, per ajudar-lo a rentar els cavalls. Quin fred que feia! La mare em donava una llesca de pa amb allioli. Als pares no els anava prou bé, així que vam marxar a Barcelona, on vivia el *tío* Fidel. Tenia set anys, quan vaig arribar, Lluís. El pare va trobar una feina al cos de bombers del Liceu i els meus germans i jo ens vam guanyar els primers cèntims treballant al cor. En Pablo, el noi que et vull presentar, és andalús i també va venir a Barcelona amb els pares, una mica més tard que jo. Ens vam fer molt amics a Els Quatre Gats. Has sentit a parlar de la taverna d'en Pere Romeu? Quina llàstima que ja no t'hi pugui portar! Va haver de tancar perquè en Romeu es va omplir de deutes de tant artista que no pagava. No han existit gaires homes com ell. Malauradament, és mort. Amb en Pablo hi anàvem sovint, hi vam conèixer molts artistes, allà. Nosaltres érem dels més joves, però hi havia també el pintor Casas i en Rusiñol. Quines tertúlies que es feien a Els Quatre Gats! En Pablo hi va exposar els seus dibuixos, per primer cop. Et presentaré aquest amic meu, ara és un gran pintor. Viu a París, però ve sovint a Barcelona. Quan vegis els seus treballs dels darrers anys, la teva vida ja no serà la mateixa. T'ho ben juro! Els temps estan canviant, l'art es troba en plena revolució i en Picasso —t'havia dit el seu cognom?— hi té molt a veure.

A través de les explicacions d'en Gargallo, en Lluís

descobria aquells dies un món que no havia estat al seu abast. Tancat al taller de l'Arnau des que va sortir de la Caritat, enfeinat i absort en l'ofici que havia après al costat del mestre, no s'havia adonat que fora d'allà hi havia encara més món i més art. Tot allò tot just començava a despertar davant dels seus ulls. Descobria, en aquells dies de 1910, que li quedava molt per aprendre, que hi havia un munt de nous materials que ell no havia vist treballar mai, amb els quals escultors com en Pablo Gargallo es dedicaven a experimentar gairebé en secret en els seus petits tallers —més modestos que el del mestre Arnau, però no per això menys importants. El nou amic d'en Lluís, amb qui de seguida es va establir un vincle afectuós que duraria anys, molts anys, va mostrar-li alguns dels seus treballs en petit format, unes proves fetes amb trossos de xapa de coure que ell modelava i segmentava, per configurar màscares. N'hi havia una, en concret, que tenia un floc de cabells arrissats al damunt d'un front ampli. Com era possible donar aquella plasticitat a uns cabells fets en metall? En Lluís havia vist treballar a l'obra de l'hospital ferrers i forjadors, però mai havia pensat que el metall pogués tenir un ús com el que li estava donant en Gargallo. Allò seria una revolució, n'estava segur, en Pablo li assegurava que encara era molt al principi de descobrir les possibilitats plàstiques d'aquella mena de materials. Si bé ell hi havia començat a treballar, caldrien moltes proves, molt treball que miraria d'anar combinant amb els seus encàrrecs més clàssics, que li donaven per menjar. Arribarà el dia, deia en Gargallo a un Lluís que ho volia absorbir tot d'aquell nou amic, que l'escultura estarà regida per noves normes, igual que està succeint amb la pintura. Et recomano que facis com jo, Lluís: observa molt, aprèn tot el que puguis dels mestres al teu voltant i experimenta després fins a aconseguir trobar el teu camí en l'escultura. Creu-me, Lluís, tens talent, no el malgastis només amb encàrrecs. Busca el teu propi camí en l'art.

A casa els Rovira el Nadal havia estat tan intens com cada any. La Dolors havia hagut de cuinar per a un exèrcit d'amics i familiars dels senyors, perquè a la senyora Eulàlia li agradava omplir la casa de convidats. Les minyones comentaven amb certa malícia que, així, la senyora almenys rebia afecte de les seves ties i dels seus convidats, ja que el senyor no li feia cap cas. A la Dolors no li agradaven aquella mena de comentaris perquè, malgrat que era cert que el senyor doctor no semblava sentir més que irritació per la seva esposa —la qual patia en silenci els constants desaires que, sense miraments, ell li feia davant de qualsevol persona del servei—, la Dolors havia arribat a apreciar aquella dona torturada per dintre, delicada per fora, que patia d'una soledat que, tot i que diferent de la seva, la cuinera podia entendre.

És per això que, a pesar del cansament que sentia aquells dies després de les festes, quan a la cuina algú feia broma sobre la senyora i el senyor —de si es devien haver ficat al llit junts alguna vegada des que va néixer la nena Rovira, de si el senyor devia tenir més d'una amant—, la Dolors treia pit i feia força per fer un crit contundent:

—Prou! A la meva cuina no es critica els senyors.

En tot allò i en els dies passats rumiava la Dolors aquell matí de gener que feia tant fred. No sabia dir què tenia però no es trobava gens bé. El sopar del vespre anterior se li havia posat malament i s'havia passat totes les hores de la nit removent-se entre els llençols. Malgrat les dues mantes que s'havia posat al damunt, el fred li havia calat fins al moll de l'os. De matí, quan els primers raigs de llum es filtraven per la finestra, havia tingut la sensació de no haver dormit en tota la nit. Encara dins aquella letargia, s'havia aixecat del llit amb moviments mecànics, coneguts. Els peus van buscar les sabatilles, el braç va agafar la bata de llana de la cadira propera i se la va ajustar amb precisió. Mentre es rentava i es vestia, la sensació de malestar no va millorar pas. Em faig vella, es va dir davant del mirall. Les feines del matí se li van fer costa amunt. Cal fer la llista de la compra —falten patates, col, verdures per fer el brou i també carn, anava rumiant. El rebost s'havia buidat considerablement després dels àpats nadalencs i ara tocava omplir-lo de nou, tornant a la rutina dels menjars de diari. Quin fred que fa, tinc les cames inflades. La Dolors es fregava les mans i encongia el cos pels calfreds que sentia.

La Maria venia de les habitacions quan va entrar a la cuina i va començar a xerrar amb sa mare sobre la nena Rovira, que justament avui tornava a escola.

—La trobaré a faltar, després d'aquests dies. Sembla mentida com canvia la casa quan no hi és ella. Tot és silenci i tristor. L'hauries d'haver vist amb les ties de la senyora Eulàlia, ahir a la tarda: un àngel, és el que sembla, quan toca el piano per a les senyores! I tan senyoreta ja. Es fa gran. Tot el dia que va rere el senyoret Llorenç preguntant-li coses sobre la Facultat de Medicina. Ell se la treu del damunt, però jo crec que se sent afalagat. Oi que és graciosa, mare, l'Aurora?

La Dolors anava atrafegada amb uns tupins de les lleixes i no semblava sentir res. S'havia proposat canviar de lloc totes les olles, per tenir-les més a prop dels fogons.

De cop i volta n'hi va haver una que se li va escapar de les mans. Va caure a terra fent un soroll estrepitós.

—Què fas, mare? —va cridar la Maria posant-se les mans al cap. Aleshores va veure la seva mare a punt de defallir i, en un gest ràpid, la va sostenir per sota un braç—. Et trobes bé? Què tens, mare?

La Dolors es va deixar portar per la filla fins a la taula on menjava el servei. Allà va asseure's, mentre sentia la Maria que li feia preguntes, com una música de fons. Se sentia un fort dolor al pit, al bell mig. Només necessito reposar un moment. Ja passarà. És la mala nit, és el sopar d'ahir.

—Avui no estic fina, filla —va dir passant-se una mà per les temples. Havia començat a suar, malgrat el fred que sentia.

—Has dormit malament, oi? —va preguntar la Maria—. He sentit com et movies d'un costat a l'altre, tota la nit.

—I doncs, que no dormies pas, tu tampoc? Bones estem totes dues! —va provar de fer broma la mare davant el rostre amoïnat de la filla.

En aquell moment van entrar a la cuina la Carme i la Rosa, les dues minyones joves que hi havia a la casa, a més a més de la Maria. Carregaven un feix de llençols bruts i venien parlant.

—Els últims per rentar —deia la Carme, la més espavilada—. Les habitacions de convidats ja estan totes netes i els llençols de la nena Rovira són els últims que quedaven per canviar. Uf, quines ganes que tenia que s'acabessin les festes. Ara tornarem als dies tranquils.

En veure que la cuinera estava asseguda a la taula, i en adonar-se immediatament després que a terra hi havia un tupí esquerdat, escampats encara els bocins que se n'havien després, la Carme va exclamar:

—Verge Santa! Què ha passat?

La Maria va fer un gest per indicar que abaixés la veu. Els va dir que sa mare no havia dormit bé i que es trobava una mica marejada.

—No és res —es va queixar la Dolors davant d'aquelles jovenetes. La feien sentir vella, amb tants miraments. La Rosa va comentar que feia mala cara, la Carme va afegir que tenia un color molt pàl·lid, com terrós, apagat. La Maria li va posar la mà al front i va dir:

—Mare! Si estàs gelada! Que tremoles? T'has de ficar al llit immediatament.

No li van deixar dir res més. Totes tres noies es van repartir les tasques de la cuinera i la van enviar altre cop al llit. Era una mica la mare de totes, la més gran del servei. Malgrat que les minyones canviaven sovint a casa els senyors Rovira, la cuinera i la seva filla ja feia molts anys que vivien allà. Dominaven el petit regne del servei, i l'havien convertit en la seva pròpia llar. La senyora Eulàlia era una dona difícil, amb alts i baixos constants. Les minyones entraven i sortien d'aquella casa, però la Dolors i la seva filla s'hi havien fet un bon lloc. Si al senyor doctor li agradava com cuinava la mare, a la senyora Eulàlia li agradava com la filla es cuidava de la seva Aurora. La nena tenia tanta energia que la fatigava sovint, i comptar amb la Maria sempre disposada a endur-se-la, a jugarhi, a distreure-la, era una agradable sensació que la deslliurava de maldecaps.

El matí anava avançant i la Dolors empitjorava. Li havien posat unes mantes de més a sobre el llit però seguia amb la pell ben freda. I suava! Una hora devia haver passat des que la Dolors se n'havia tornat a jeure quan va cridar la filla. En un murmuri li va confessar:

—Tinc un dolor al pit que s'escampa per tot el braç

—mirava la filla espantada, gens acostumada a no poder-se ni aixecar. La veu va sonar feble quan va demanar a la filla—: I si avises la senyora? Potser el senyor doctor encara no ha marxat i em podria veure...

La Maria es va alarmar. Que sa mare li demanés de cridar el senyor doctor era mal assumpte. Li va preguntar:

—Però tan malament et trobes, mare?

La intensitat de la seva mirada li va donar la resposta i es va posar una mà al pit. Què passa, mareta? La Maria va sortir disparada a cridar la Carme, que traginava amb l'esmorzar dels senyors.

—Deixa això i queda't un moment amb la mare, si us plau. Vaig a avisar la senyora Eulàlia —va fer la Maria.

La va trobar asseguda a la taula del menjador. Sola. Va provar d'explicar-li la situació de manera ràpida i concisa, sense trencar a plorar, buscant amb la mirada qualsevol senyal que el doctor encara no havia marxat a l'hospital. La senyora Eulàlia va reaccionar de pressa: va tocar la campaneta i aleshores va aparèixer la Rosa.

—Vés a veure si el senyor encara no ha sortit. —Es va dirigir a la Maria i, amb certa contundència, li va manar—: Torna al costat de la teva mare i espera que vingui el senyor. Ell sabrà què fer.

La Maria va obeir i en tornar a l'habitació, va veure que la Carme li havia posat un drap xopat d'aigua al front, en un intent d'alleujar el seu malestar. Ara, la Dolors no tenia les faccions contretes del rostre com abans, sinó que s'havia relaxat una mica. S'estava molt quieta, semblava dormir, però quan la Maria s'hi va acostar ella va fer-li un gest perquè s'assegués. La Carme va marxar i les va deixar soles.

—Obre el calaix de la tauleta de nit —va dir la mare en un murmuri.

La Maria va obrir el calaix i la mare li va indicar que agafés la capsa de fusta que hi havia dintre. La Maria l'havia vist moltes vegades, aquella capsa, sabia que la mare hi guardava els diners, els estalvis que havia anat fent en aquells anys a casa els Rovira. Amb la capsa al damunt de la falda, va preguntar a la mare:

—Què vols que faci?

—Obre-la, filla —li va manar amb veu feble.

La Maria va obrir la capsa. La Dolors va provar d'incorporar-se una mica més i, en fer-ho, el rostre se li va transformar en un gest de dolor. Es va fregar el pit i va agafar-se el braç esquerre amb l'altra mà. La Maria la va renyar:

—Mare, no facis esforços fins que vingui el doctor —va mirar cap a la porta, angoixada—. Per què triga tant, el senyor?

La Dolors no semblava sentir la seva filla i concentrava tota la seva atenció en la capsa de fusta oberta. Ara va dir-li:

—Veus el sobre marró? Treu-lo.

La Maria, amb certa desesperació, va fer el que la mare li deia. Per què no ve el doctor? On és tothom? Del fons de la capsa en va extreure el sobre marró i, tal com li va indicar la seva mare, el va obrir. A dintre hi va trobar uns diners i també una fotografia. La va observar. Hi sortia un nen que s'assemblava moltíssim a en Lluís, al seu Lluís, justament en l'edat que s'havien separat. El cor li va fer un salt.

—Qui és? —va preguntar a la mare. Malgrat la semblança, les vestidures i el pentinat massa antic que portava el nen li deien que no era pas el seu germà de llet.

—Ha de ser el pare d'en Lluís, s'hi assembla molt. Les robes són massa antigues per ser-ne un germà.

—D'on has tret aquesta fotografia? —va preguntar la Maria, amb gran sorpresa.

La Dolors va fer un sospir i va agafar forces. Va explicar:

—Me la va donar una germana de la Caritat el dia que vaig anar a buscar el nadó. Estava segura que un nen com aquell me l'acabaria afillant, així que em va entregar la capsa que la seva mare va deixar al torn.

La Maria es mirava la fotografia, com si li pogués donar més informació. Va preguntar a la mare:

—Com és que mai me n'havies dit res? I en Lluís l'ha vista alguna vegada? Per què no l'hi vas donar a ell? Hi havia res més, a la capsa?

La Dolors va negar amb el cap.

—La vaig guardar amb la intenció de donar-l'hi algun dia, quan fos més gran... Però en haver de tornar-lo a la Caritat... vaig decidir quedar-me la fotografia. És l'únic record que en tindria. —Li va caure una llàgrima per la cua de l'ull i va relliscar fins al coixí—. Em perdones, filla, per haver-lo tornat? Sé com estimaves en Lluís. Jo també. Em vaig quedar la fotografia per poder-la mirar de tant en tant i recordar-me de les seves faccions. També... perquè pensava que potser algun dia, qui sap, el podria anar a buscar.

—Però no ho vas fer —va dir la Maria, molt seriosa, passant una mà per sobre la fotografia.

La Dolors va posar-se la mà al pit i se'l va tornar a fregar. Va tancar els ulls i va fer un sospir entretallat.

—Mare! Doctor! On és el senyor?

La Maria anava a sortir corrents de l'habitació per anar a buscar ella mateixa el doctor, però la Dolors va treure un braç de sota el llençol i li va agafar la mà.

—Filla... —li va dir amb molt d'esforç. Respirava

amb dificultat—: els diners que hi ha dintre el sobre són per a en Lluís. I també la fotografia. Vull que... si em passés res... vull que vagis a la Caritat i preguntis per ell. Són uns estalvis que he anat fent per a ell. Ja deu estar fet un home... Divuit anys, com tu. No són gran cosa, però potser li serveixen per començar una vida. Vull que li diguis que mai he deixat de pensar en ell. Que em perdoni, per l'amor de Déu.

La Maria va deixar la capsa, els diners i la fotografia a dins el calaix i va córrer a buscar ajuda. El doctor havia marxat. La senyora Eulàlia havia enviat la Rosa cap a la Santa Creu. No pateixis, noia, ja li he dit que s'afanyés. Tan aviat trobi el senyor, ell ens dirà què fer.

La situació va empitjorar molt de pressa: la Dolors havia tancat els ulls i es mantenia tan quieta que semblava inconscient. La Maria li murmurava i li acariciava una mà. Senyor, tingues misericòrdia d'ella, resava el servei al seu costat, tot esperant les indicacions del senyor doctor. Quan la Rosa va tornar de la Santa Creu, esbufegant, ja no hi havia res a fer. Una aturada cardíaca es va emportar la Dolors aquell matí fred de gener. El seu rostre, ara, havia adquirit una expressió tranquil·la, reposada; el seu cos s'havia sumit en el somni etern. El servei es va senyar i tots plegats van resar un parenostre.

Va trigar encara unes setmanes, la Maria, a decidir-se a anar a la Caritat. La mort de la mare l'havia deixat tan trasbalsada que amb prou feines havia tingut forces per continuar amb les tasques de cada dia. Amb gran sorpresa, assistia al fet que la vida continuava, com si res, al seu voltant. Ella havia assumit les funcions de la mare, de manera provisional. Treballava tot el dia, sense pausa, i això l'ajudava a no pensar en el que li havia passat. Però el dolor la consumia per dintre. De cop i volta era òrfena, com en Lluís. La seva vida, però, seguiria igual. La senyora Eulàlia havia estat molt considerada i, fins i tot, s'havia mostrat afectuosa amb ella. Li havia dit: mira, noia, aquestes coses passen a la vida i hem de fer el cor fort. Ets jove, treballadora, i en aquesta casa no et faltarà mai feina. L'Aurora és a escola però saps que la meva filla t'adora, no vull que pensis mai a marxar. M'has entès? Aquí hi tens la teva llar.

Un dijous del mes de febrer es va posar l'abric que abans havia estat de la mare i va sortir al carrer. Disposava de tota la tarda lliure, com cada setmana, i es va decidir a anar a la Casa de Caritat. Va caminar Rambla avall, portant la capsa de fusta embolicada sota el braç. De tant en tant s'aturava i s'ho repensava. Tenia l'estómac fet un sac de nervis. Tornar a veure en Lluís. Era possible? Quin aspecte devia fer? La darrera vegada que s'havien vist, tots dos eren uns nens, i ara... Què pensaria d'ella? La trobaria bonica? I si no la volgués veure? I si estigués ressentit amb ella per no haver-lo anat a veure mai, durant tots aquells anys? Potser millor no anar-hi. Però no, la mare li havia deixat una part dels seus estalvis i ella havia d'anar a complir la seva voluntat. El que succeïa és que, a la Maria, li feia tanta por retrobar-se amb el seu Lluís com desig n'havia tingut durant tota la seva vida, des que els van separar.

En arribar a la Caritat va fer el cor fort i va adreçar-se decidida a una monja que li va sortir a obrir.

—Vinc a visitar algú —va dir en un fil de veu.

—El nom?

—Maria Salvadó, senyora.

La germana va aclarir:

—És el nom de la nena? No m'és gens familiar.

—No, senyora, perdoni. Aquest és el meu nom.

—Doncs digui'm el nom del nen o la nena que ve a visitar —va dir la monja, impacient.

—Lluís Amadeu Julià —va respondre ella, lentament.

La monja la va fer passar a una saleta que hi havia al costat de l'entrada i va consultar un llibre de registres.

—Quina edat té el nen? Sap en quina secció es troba?

La Maria va dubtar una mica abans de contestar:

—No és un nen. Té divuit anys.

Es va posar vermella davant la mirada escrutadora de la monja.

—És la seva germana? —va preguntar la monja.

—Com si ho fos —va respondre la Maria.

—A veure...

La monja va fer un esforç per carregar-se de paciència, però abans que li comencés a preguntar qui era ella i per què volia veure un xicot d'allà dintre, la Maria es va explicar:

—La meva mare va ser la seva dida. En Lluís va viure amb nosaltres fins als set anys, quan ella el va haver de tornar. La meva mare... ha traspassat fa poc i jo haig d'entregar-li una cosa que ella li ha deixat.

La monja, en començar a entendre-ho, havia canviat l'expressió. Amb un to més amable, va dir:

—Aleshores és un expòsit. Vejam, doncs.

Es va posar unes ulleres i va consultar el llibre de registres.

—Lluís Amadeu Julià... Ja sé de qui parla —va dir de cop i volta la germana, aixecant la vista del llibre.

Va explicar aleshores a la Maria que en Lluís ja no vivia a l'asil. Que havia entrat, feia anys, d'aprenent en un taller d'un escultor molt conegut, l'Eusebi Arnau.

—És un artista molt important que també va estudiar a la Caritat fa molts anys. Un orgull per a la institució —va dir.

La Maria, però, havia sentit com els nervis de l'estómac se li havien desinflat de cop quan va saber que no podria veure en Lluís. Ara va preguntar:

—Em podria facilitar l'adreça d'aquest taller?

La germana va cridar una altra germana, la qual va avisar la mare superiora. La Maria s'esperava allà dreta prement instintivament el paquet que portava a sota el braç.

Finalment, i després d'informar-se acuradament dels motius que portaven la Maria a buscar aquell noi, la superiora va donar-li el condol per la pèrdua recent de la mare i va manar a la germana que li proporcionés l'adreça d'en Lluís. La mare superiora va fer-li la creu de la benedicció i la va acomiadar. Que Déu t'acompanyi, filla meva.

La Maria va caminar de tornada a casa amb un sentiment de disgust. Havia pensat que aquell dia tornaria a veure en Lluís, però encara hauria d'esperar. El proper dijous aniria a l'adreça que li havien donat: Eusebi Arnau. Escultor. Plaça Tetuan... Com si el paper li pogués donar més respostes, la Maria l'anava llegint una vegada i una altra. En Lluís, aprenent d'escultor. El seu Lluís. Com devia ser, després de tants anys?

El dia havia començat plujós i així s'havia mantingut durant tot el matí. Al taller del mestre Arnau els ajudants treballaven amb una llum més precària que la dels dies assolellats. Cadascun es trobava concentrat en la seva tasca, fos l'alt relleu encarregat per a una església propera, el bust d'un industrial important, un àngel per a un panteó familiar de Canet o un dels models de verges i sants que habitualment hi havia al taller, encarregats per l'arquitecte Domènech. En una d'aquestes verges, precisament, treballava en Lluís aquell dia plujós. S'havia passat el matí, i també la tarda anterior, aproximant el model de guix als dibuixos del mestre per a la Mare de Déu de Montserrat. Aniria a guarnir la façana del quart pavelló de ponent de l'Hospital de la Santa Creu i Sant Pau, i la figura —que no arribaria als dos metres d'alçada— s'allotjaria dins un templet de pedra encarregat a en Pablo Gargallo, igual que els dos àngels que, agenollats, anirien a tots dos costats de la Verge. Tal com la iconografia manava, la Mare de Déu anava acompanyada del nen Jesús, sostenia l'esfera i portava corona, igual que l'infant.

El mestre Arnau va venir després de dinar i va iniciar el seu recorregut pel taller supervisant cada feina, cada ajudant, cada cop de cisell. En arribar a l'espai que ocupava en Lluís, es va quedar al seu darrere observant, en silenci, mentre en Lluís seguia treballant. En Lluís sabia que havia de seguir fent fins que el mestre donés la indicació pertinent. Va passar una estona i el mestre es va avançar una mica per fer unes precisions sobre el rostre, la corona i certs detalls de la capa. Es va tornar a allunyar una mica de la figura i va somriure satisfet:

—Demà l'acabaré amb les escofines —va dir.

Els encàrrecs que Don Lluís els havia fet en el transcurs d'aquella primera fase de construcció del nou hospital, que havia durat força anys, estaven gairebé enllestits. Faltaven un parell més d'imatges per als pavellons de ponent i ja haurien entregat la totalitat de les escultures encarregades. La pregunta sobre quan es començaria a construir la resta de pavellons encara no tenia resposta, perquè això ja depenia de la Santa Creu. Si bé el llegat del banquer Gil havia estat liquidat de manera puntual i escrupolosa pel seu propi nebot, Don Leopold Gil, a mesura que es feien les obres, els diners que ara havia de posar la Santa Creu per sufragar la resta de pavellons no se sabia quan podrien arribar, ja que la vella institució ho havia de compaginar amb les despeses que, dia a dia, es donaven en el vell hospital.

El mestre Arnau va deixar que en Lluís acabés d'aproximar la figura de la Verge, tot prometent-li que un cop acabada li permetria ajudar-lo amb les seves medalles i els encàrrecs dels germans Masriera. Sabia del nou delit del deixeble per aprendre a treballar altres tipus de materials, sabia que aquell delit provenia de la seva nova amistat amb en Pablo Gargallo i dels últims treballs que ell estava fent al seu propi taller. El mestre Arnau era conscient que a en Lluís li quedava molt per aprendre, i que no tot l'hi podria ensenyar ell. Aquell noi havia entrat al taller feia més de cinc anys amb els ulls negres i brillants d'una bèstia espantada que es manté alerta, uns ulls que durant tot aquell temps ho havien observat tot amb l'interès que només alguns deixebles demostren. El mestre Arnau n'estava orgullós perquè, d'alguna manera, li recordava a ell mateix quan era jove. Potser ho feia el fet d'haver estat educats tots dos a la Caritat, o potser era aquell veritable amor per l'escultura que tan aviat havia demostrat. En Lluís havia nascut per ser escultor, d'això n'estava segur, i malgrat que li dolia pensar en el dia que el noi marxaria d'allà —perquè ja s'hi havia acostumat, perquè potser l'apreciava una mica més que als altres—, tenia el ferm propòsit, arribat aquest dia, d'haver-li ensenyat tot allò que ell mateix havia après.

La pluja va cessar finalment a primera hora de la tarda, i fins i tot una mica de blau del cel va apuntar entre els núvols, produint una certa claror tamisada a l'estudi. Va ser just en el punt en què en Lluís deixava la Verge i es dirigia cap a l'altra banda del taller, on ja treballava el mestre amb les seves peces de joieria, quan va veure una silueta femenina travessar el llindar de l'entrada. La noia es va aturar allà sense saber si havia d'entrar o esperar-se fins que algú hi acudís. En Lluís va mirar al seu voltant i va veure tothom enfeinat, així que es va dirigir on era ella per demanar-li per qui preguntava. Potser era una model que el mestre havia contractat, però no l'hi semblava. Potser era una clienta que venia a fer un encàrrec, però no en feia l'aspecte. S'hi va anar acostant mentre ella es fregava les mans, nerviosa, indecisa, i premia amb força un paquet embolicat sota un braç. Mirava per tots els racons com si busqués algú.

—En què la puc ajudar? —va preguntar en Lluís.

La Maria se'l va quedar mirant fixament mentre la boca se li obria per dir alguna cosa que no sortia.

—Ets tu! —va murmurar, per fi. Malgrat haver-se preparat per a aquell moment, la impressió va ser extraordinària. Davant seu hi tenia un home fet, un rostre que tenia els ulls d'un nen a qui ella havia estimat, però que havia canviat, i tant si havia canviat! Era una sensació força torbadora. Un desconegut que li era completament familiar.

En Lluís va somriure una mica, encara sense comprendre. La noia tenia el cap cobert amb un mocador i de sota en sobresortien uns rínxols petits. El mirava com si el conegués. Es va treure lentament el mocador i en van sortir uns cabells clars perfectament pentinats, uns cabells extremament arrissats que, si no fos pel sever pentinat, li recordaven algú. La noia va somriure, nerviosa, morta de vergonya, i aleshores en Lluís en va reconèixer les faccions:

—No pot ser! —va exclamar—. Maria?

Ella estava tan emocionada i avergonyida alhora, que només va poder deixar anar un riure nerviós.

—Mia! —va cridar en Lluís, encara sense acabar-s'ho de creure. Va dubtar un instant, i tot seguit es va deixar portar per un rampell i la va agafar per la cintura. La va alçar un pam de terra, com quan eren menuts, i tots dos es van fondre en una abraçada. La Maria va enfonsar el rostre en el seu coll, i va notar com les llàgrimes se li acumulaven als ulls aclucats. Quan tots dos van prendre consciència que havien passat a ser el centre d'atenció de totes les mirades de qui hi havia treballant al taller, es van separar l'un de l'altre, una mica torbats.

La Maria s'havia tret la capsa embolicada de sota el braç i ara l'aguantava amb totes dues mans. La mirava fixament per no mirar en Lluís als ulls.

—Has canviat molt —li va dir.

En Lluís va riure.

—Tu també, Mia. Estàs feta una doneta! Et veig molt bé.

La Maria, aleshores, va aixecar la vista per saber si ho deia de veritat. Què devia pensar d'ella? La devia trobar bonica? Després de preparar el dinar per als senyors i retirar-se a la seva cambra, s'havia passat molta estona davant del mirall. S'havia fet fins a tres pentinats diferents, enrabiada perquè aquell dia els cabells no volien deixar-se fer. Li havia semblat que estava horrorosa, la pell massa pàl·lida, els ulls enfonsats per unes bosses de no haver dormit la nit anterior, només de pensar que l'endemà veuria en Lluís. I en Lluís s'havia convertit en un noi força alt, d'espatlles amples, tan ben plantat que li semblava que cada vegada que el mirava als ulls li pujaven tots els colors.

—Seurem allà —va dir ell, agafant-la d'una mà com quan eren petits. La Maria es va deixar portar fins a un racó on hi havia dues cadires de rebre i una tauleta. El mestre Arnau va treure el cap per la porta del despatx on es trobava amb les seves peces dels Masriera. Va preguntar:

—Qui em demana?

—Ningú, mestre —va respondre en Lluís ràpidament—. És una visita per a mi.

El mestre es va interessar per la noia que venia a visitar el seu ajudant i s'hi va acostar.

—Li presento la Maria, senyor. La meva germana de llet —va dir en Lluís, una mica cohibit. Mai parlava sobre el seu passat. Ni tan sols recordava haver-li mencionat al mestre que, abans de la Caritat, ell va tenir una vida familiar a través de la dida i la Maria.

El mestre era un home de poques paraules, sobretot en presència de gent que no coneixia, així que, molt educadament, va estendre una mà a la noia, tant de gust, i modestament se'n va anar. Els va deixar allà asseguts, a les cadires de rebre del racó, el mateix lloc on uns anys abans en Lluís l'havia esperat a ell per coneixe'l i començar-hi a treballar.

—Què hi fas, aquí? —va preguntar a la Maria un cop van tornar a estar sols—. Com m'has trobat?

La Maria tenia el cor tan desbocat d'emoció que, malgrat que tenia la capsa agafada amb totes dues mans i la mirava obstinadament, provant de superar la vergonya davant de tant desconegut, s'havia oblidat completament que aquell era el veritable motiu que l'havia dut fins allà. Va respirar fondo, agafant forces per a la trista notícia que estava a punt de donar, i va dir a en Lluís:

—La mare és morta.

La notícia li va caure com una llosa. El rostre d'en Lluís, que fins ara havia estat de grata sorpresa, es va enfosquir de cop i volta i va abaixar-lo fins a clavar la mirada a terra. La Maria no sabia ben bé què fer. Si haguessin estat petits li hauria passat una mà pel clatell i li hauria acariciat els cabells negres, com sempre feia quan en Lluís es disgustava. Ell solia mirar a terra obstinadament i la Maria li passava la mà pel clatell i li deia paraules boniques, o li cantava. No hi havia una altra persona al món capaç de fer canviar en Lluís d'humor com la Mia. Però això era fa molt temps. La Maria, doncs, va començar a explicar-li com havia anat tot, des del matí en què la mare no s'havia trobat bé fins a la tarda, en què ja no hi va haver res a fer.

—La mare és morta, Lluís —va repetir—. M'he quedat sola.

En Lluís va aixecar el cap, finalment, i la va mirar directe als ulls. Li va passar una mà per la galta, i la Maria va sentir com tota la pell del clatell se li eriçava. En Lluís va dir-li, amb veu ferma:

—Tu no estàs sola, Mia. Em tens a mi.

A la Maria se li van negar els ulls i el va mirar com si es volgués disculpar. Tots aquests anys en Lluís havia hagut d'estar sol, sense saber res d'elles. L'havien abandonat, sí senyor, i ara ella no tenia cap dret a esperar-ne res, d'ell. Li va dir, amb un fil de veu:

—Tenia tanta por... Pensava que potser no em volies veure mai més.

—Com pots dir això, Maria? Ets la meva germana.

Ella va fer que sí amb el cap, provant de refer-se. Aleshores va recordar-se de la capsa que tenia a la falda, agafada amb totes dues mans, i l'hi va entregar a en Lluís. Va dir-li:

—La mare sempre et va estimar. No va deixar de pensar mai en tu. Abans de morir em va donar aquesta capsa i em va demanar que et busqués i te la donés. És teva.

En Lluís es va mirar el paquet embolicat i encara va trigar uns instants a decidir-se a obrir-lo. Finalment va retirar el paper, amb molta cura, i va obrir la capsa, lentament. Semblava com si li fes por retrobar-se amb el seu passat. A dintre hi va trobar la fotografia i el sobre. Primer va mirar la fotografia, i hi va veure un nen que s'assemblava molt a ell.

—Qui és? —va preguntar.

La Maria es va arronsar d'espatlles. Va respondre:

—Segurament el teu pare, per la semblança. Això és el que creia la mare, però no ho va arribar a esbrinar. Li van donar la capsa amb la fotografia quan et va recollir a la Maternitat, quan eres un nadó. —Com si excusés la dida, va dir—: Ella volia donar-t'ho quan fossis gran, perquè sabia que li faries preguntes que ella no et podia contestar. Després va decidir quedar-se la fotografia perquè li recordava a tu...

En Lluís va deixar la fotografia dins la capsa i va agafar el sobre. A dintre hi havia els diners. La Maria l'hi va explicar:

—Això ho va posar la mare. És per a tu. És part dels estalvis que va anar fent en aquests anys, pensant sempre que fossin per a tu.

Aquell negre líquid, intens, dels ulls d'en Lluís va començar a brillar de tal manera que la Maria va pensar que es posaria a plorar. Tenia ganes d'abraçar-lo, de consolarlo, d'asserenar-se ella mateixa per aquell dol compartit, a partir d'aleshores. D'altra banda, tenia ganes de cridar d'alegria de tan feliç com la feia haver-lo retrobat. Lluís, jo t'he enyorat tant. Com que en Lluís no deia res, la Maria va començar a explicar-li que no s'havia d'amoïnar per res. Que la mare a mi m'ha deixat ben arreglada i no em falta feina, gràcies a Déu. Que aquests diners són teus i en pots fer el que vulguis.

En Lluís s'havia quedat tan sorprès que ni tan sols somreia. Tenia un nus a la gola i una barreja de sentiments que l'havien deixat mut. Tots, absolutament tots els records amb la dida retornaven ara a la seva ment. La seva veu, la mà que l'agafava pels carrers de la Santa Creu, el cistell ple de menjar i l'olor que després feia el brou que els preparava per sopar; els sons d'una altra època en què havia estat molt feliç, en què s'havia sabut molt segur. Gairebé podia sentir la Dolors que li deia fill això, fill allò, cuida la teva germana, bona nit, fill, i un petó al front. El petó al front de la dida, de l'única mare que havia conegut. La mare és morta. No va deixar de pensar mai en tu.

En Lluís i la Maria van començar a veure's sovint. Al taller del mestre Arnau hi havia molta feina perquè enllestien les darreres peces per entregar a Sant Pau, però cada dijous en Lluís demanava permís per anar a passejar amb la Maria, que tenia la tarda lliure. Caminaven plegats Rambla avall fins a la Santa Creu, i es passejaven pels carrers que els havien vist córrer de molt petits, tot recuperant la infància. A la Maria li agradava explicar-li coses sobre la casa on treballava, una casa que en Lluís només havia vist des del carrer quan l'anava a buscar els dijous. Tenia uns grans finestrals que donaven a la rambla de Catalunya i, alguna vegada, tot esperant la Maria, en Lluís havia arribat a veure el perfil d'una dona, una mica grossa, que devia ser la mestressa. Era la casa d'un reconegut metge de Barcelona i tenien dos fills: el senyoret Llorenç, que estudiava per metge —com son pare—, i la senyoreta Aurora, per qui la Maria sentia veritable devoció. De seguida se'n va adonar en Lluís, de la importància que la filla dels senyors tenia en la vida de la Maria. D'alguna manera, va arribar a pensar, l'havia substituït a ell. Si de menuda havia tingut un germà amb qui ho compartia tot, de gran havia estat una nena la que havia ocupat el seu cor generós. Perquè la Mia era una noia que estava feta per adorar sempre algú.

—Em sembla que estic una mica gelós d'aquesta nena —li feia broma en Lluís, quan la Maria cantava totes les gràcies de l'Aurora Rovira.

La Maria reia de gust, i l'agafava del braç:

—Ja sé que és una bestiesa, però la sento com una germana petita. M'agrada estar amb ella, tenir-ne cura. Té la mare massa delicada dels nervis i no sol tenir gaire temps per a ella. El pare l'omple de regals i d'atencions, però acostuma a estar sempre molt enfeinat.

—Ja ho veig. L'estimes com una germana, és a dir, com a mi.

—Més o menys —deia la Maria, abaixant els ulls i enrojolant-se. En Lluís mai se n'adonava, però la Maria s'esforçava per ser més bonica. Si mai abans havia pensat en el seu aspecte per agradar als nois, ara la filla de la Dolors es passava cada dijous una llarga estona davant del mirall. Es pessigava les galtes, es pentinava els cabells enrinxolats, es retocava els vestits que, acuradament, s'havia cosit. La Maria es preguntava si, algun dia, en Lluís s'adonaria de com s'arreglava per a ell.

El mes de maig el mestre Arnau va fer entrega de la darrera imatge de més de dos metres que havia de presidir la façana del quart pavelló de ponent de l'hospital. Don Lluís Domènech i Montaner va enviar la factura pels treballs de l'escultor a Don Leopold Gil, el qual es va ocupar de fer efectives les mil dues-centes setanta-sis pessetes menys el cinc per cent de descompte acordat. La primera fase d'aquella obra monumental de l'arquitecte, que esdevindria el més gran hospital de tots els temps, gairebé tocava a la fi. Faltava enllestir algunes obres de terminació en els pavellons, que serien executades d'aquí a final d'any, però els treballs escultòrics que es feien al taller del mestre Arnau havien estat ja entregats i, fins a començar la següent fase de construcció de la resta de pavellons, al taller de l'Arnau tenien un cert temps de descans.

El mestre va pagar uns diners a en Lluís —més dels que ell havia esperat. Li va voler dir com n'estava de satisfet de la seva feina i li va recomanar que es prengués un temps de vacances. En Lluís no havia fet mai vacances i allò el va desconcertar. La sensació de sobtada llibertat, de no estar obligat a res en concret en les properes setmanes, va fer que passés uns dies força capficat. Quan va arribar el dijous va anar a buscar la Maria, i van passejar una estona pels carrers. Anava tan callat al seu costat que la Maria, després d'unes travessies, va preguntar-li, amoïnada:

—Ha passat res? Alguna mala notícia?

En Lluís es va aturar, va mirar a banda i banda del carrer i, esquivant els cavalls que passaven, els homes atrafegats, les venedores que se'ls creuaven i tot aquell reguitzell de gent que traginava coses al seu voltant, va buscar un racó al costat d'un portal d'un edifici. Va agafar la Maria amb totes dues mans i la va estirar fins allà. La mirava intensament, amb aquells ulls negres, i a la noia se li va accelerar el cor. Ell va dir:

—Mia, estimada. Ja he decidit què vull fer amb els diners que em va deixar la Dolors.

La Maria no va tenir esma ni per preguntar què vols fer; tan a prop com tenia el rostre del seu estimat. En Lluís va dir, solemne:

—Me'n vaig a París.

La Maria va notar com si un carro li acabés de passar pel damunt i l'hagués deixat estesa a terra, morta. Però allà estava, davant d'un Lluís que, altra vegada, tornava a perdre.

—Et trobes bé? —va preguntar-li ell, adonant-se que, de cop i volta, la Maria havia empal·lidit.

—Què vol dir que te'n vas a París? —va fer ella.

En Lluís li va explicar que feia molt temps que hi rumiava, com una cosa que, algun dia, volia fer. El que no s'esperava era que, dos dies enrere, un cop entregada i cobrada la darrera imatge de l'Hospital de Sant Pau, el mestre se li acostés i li oferís la possibilitat d'absentar-se durant un temps del taller. Hi havia estat donant moltes voltes, i finalment havia parlat primer amb en Pablo Gargallo i després amb el mestre.

—Ja t'he parlat moltes vegades d'en Pablo —va dir a la Maria, que provava de recuperar l'alè—. Ell ha viscut a París, coneix molts artistes. Hi té amics íntims vivint allà i m'ha dit que no tindré cap problema, que em proporcionarà uns noms i unes adreces de gent a qui puc anar a veure allà. Diu que puc llogar una habitació i un estudi i passar-hi uns mesos aprenent. París! T'imagines, Mia?

—Uns mesos? —va preguntar ella.

En Lluís va assentir amb el cap i va aclarir:

—El mestre m'ha donat permís.

—I després tornaràs? —va fer ella.

En Lluís va fer que sí com de passada, i va continuar explicant:

—El mestre Arnau m'ha recomanat anar a veure un escultor que té una escola. M'ha fet una carta de presentació, i m'ha dit que l'hi entregui en nom seu. Mia, potser m'hi poden acceptar com a alumne durant uns mesos.

—Uns mesos, només, oi? —va insistir la Maria.

—Què et passa, Mia? No te n'alegres per mi?

La Maria va provar de somriure, se sentia tan vulnerable. Tenia ganes de seure en algun lloc, però en Lluís la retenia allà dreta, en aquell portal, amb el rostre tan a prop del seu que per un moment va pensar...

—És només que... —feia esforços per no posar-se a plorar—. Ara que t'he recuperat, i ens tornem a separar.

En Lluís la va acaronar amb totes dues mans i li va fer un petó a la galta.

—Mia, jo no et deixaré mai. —L'hi va dir amb tanta tendresa que la Maria gairebé perd la poca força que encara sostenia el seu cos.

En Lluís era força més alt que ella, havia d'abaixar el cap per fer-li un petó. La Maria no creia que existís al món un home més encisador que en Lluís: les espatlles amples, el cos atlètic, aquells cabells esvalotats d'artista i un rostre que, malgrat que conservava l'essència de quan era petit, n'havia endurit les faccions. Estava segura que podia seduir qualsevol dona que es proposés. Ell va assegurar-li:

—Seran només uns mesos. Després tornaré i ens veurem com sempre, com aquests últims temps. Som una família, Maria, ens tenim l'un a l'altre. Saps que t'estimo com la meva pròpia germana i res ni ningú m'allunyarà ja de tu.

La Maria se'l va mirar i, a desgrat seu, es va posar a plorar com una bleda. En Lluís la va abraçar i li va murmurar a cau d'orella:

—No ploris, Mia. No tindràs temps de trobar-me a faltar que ja seré aquí de tornada.

La Maria va fer un esforç per refer-se. Se sentia estúpida. Es va eixugar les galtes abans d'assegurar-li:

—No em facis cas. Sóc una bleda i una egoista —va somriure—. La mare estaria orgullosa de tu. Seràs un gran artista, Lluís. N'estic segura.

En Lluís la va estirar del braç i li va dir:

—Au, passegem.

Tots dos van caminar en silenci, i mentre en Lluís ja es veia a París, la Maria pensava en com de prop havia estat de tocar el cel, pensant-se allà, en aquell portal estret, que en Lluís se li anava a declarar.

1916
Primavera

Havien passat uns anys i les obres del nou hospital, en el vessant de la Muntanya Pelada, tal com en deia la gent, havien quedat aturades. La Santa Creu vivia ofegada en el seu dia a dia, sense tenir gaire opció a invertir en els nous pavellons. Els administradors es reunien amb freqüència, i feien plans per al trasllat dels malalts als pavellons ja construïts anys abans. Uns pavellons preciosos, diàfans, de sales espaioses i sostres alts; decorats amb tota l'exquisidesa ornamental d'un Modernisme que començava a passar de moda entre les noves generacions d'arquitectes i artistes. No era fàcil mantenir-ne l'estat sense que es deterioressin alguns aspectes per causa d'estar desocupats. És per això que els administradors havien aconseguit convèncer el primer dels metges, el doctor Torras i Pujalt, del departament de medicina general de dones, per tal que aquell proper mes de juny hi traslladés el seu servei. El primer metge, acompanyat dels seus ajudants i un nombre reduït de germanes de la Caritat, que, amb la gosadia dels pioners, inauguraria finalment l'assistència hospitalària al nou i meravellós indret.

I mentre es feien els preparatius per al gran esdeveniment, la vida continuava amb tota normalitat al vell edifici del carrer Hospital. En Llorenç Rovira i en Marcel Riera eren dos alumnes interns de sisè curs de medicina que feien les pràctiques a l'Hospital de la Santa Creu. Cadascun havia aconseguit un lloc dins el servei d'un metge numerari que, dia rere dia, els ensenyava la professió. En Rovira pare, tot i disposar del seu propi servei de medicina general a la Santa Creu, no va voler ingressar-hi el seu fill tan aviat, convençut que l'experiència al costat d'altres metges li serviria per adquirir el bagatge necessari per a quan ell el necessités. Li va aconseguir, doncs, una plaça com a alumne intern al costat d'un antic company d'estudis, precisament el doctor Torras i Pujalt, aquell que aviat havia de traslladar-se al nou hospital.

En Marcel, per la seva banda, havia triat la cirurgia. Ho tenia meditat des dels primers temps a la facultat, i el pas dels cursos només l'havia refermat en el seu objectiu. La sala d'operacions l'atreia com cap altra cosa en el món. Ja des del primer moment, en les sessions quirúrgiques a les quals assistien tots els alumnes de medicina, havia prestat més atenció que ningú, i havia esdevingut dels alumnes més brillants i avantatjats. El seu somni d'entrar com a alumne intern d'un bon cirurgià havia quedat acomplert quan li van donar plaça al costat d'un dels millors: el doctor Enric Ribas i Ribas, posseïdor d'un servei de cirurgia a l'Hospital de la Santa Creu, en el departament d'homes.

Així doncs, tots dos amics havien anat a parar a la Santa Creu i, malgrat les diverses especialitats, seguien veient-se molt.

Era un matí radiant de principis de primavera d'aquells en què el cel sembla ple de promeses. En Marcel i en

Llorenç baixaven per la Rambla en direcció a l'hospital. Caminaven sense pressa, ja que encara era força aviat. Observaven el traginar de la gent que acudia a ciutat amb els carros plens de productes per vendre al mercat, els comerços que començaven a obrir, els davantals que es lligaven a l'esquena o s'embotonaven al davant, marrecs que corrien amunt i avall i dones que ja cridaven la seva mercaderia. La piuladissa que feien els ocells des de les branques dels arbres, a banda i banda de la Rambla, s'arribava a fer insuportable si un pretenia conversar. En arribar al nivell del carrer de l'Hospital, els dos nois van creuar amb molt de compte de no ser atropellats pel tramvia que ara passava i, esquivant un parell de carros plens de pollastres degollats i plomats, van endinsar-se cap al seu destí. En Llorenç anava insistint al seu amic:

—Avui no em donaràs cap excusa. A dos quarts de dues quedem a la creu del pati i véns a dinar a casa meva. El pare m'ho ha demanat en persona. Fa dies que no veig el teu amic, m'ha dit. La mare ha manat fer rostit. I també hi serà l'Aurora.

Sovint en Llorenç convidava el seu amic a dinar a casa seva. Al pare li agradava fer-li preguntes sobre el seu treball com a intern d'en Ribas i la mare semblava de més bon humor si hi havia convidats a taula. En Marcel, de vegades, es feia pregar, més per educació que per cap altra cosa, ja que només el fet de coincidir amb l'Aurora Rovira, aquella preciositat de setze anys que el seu amic tenia per germana, ja era un gran al·licient. En una casa que li semblava més aviat sempre trista, silenciosa, continguda, la noia brillava com un raig de llum i prometia, en poc temps, començar a donar veritables maldecaps a aquells que s'enamoressin d'ella.

En arribar a la Santa Creu, van creuar el llindar d'accés al pati i van saludar el porter. En Marcel va acompanyar en Llorenç fins al peu de les escales que pujaven al departament de dones. Allà li va encaixar la mà i, aleshores, amb posat cerimoniós, li va dir:

—Seré puntual, doctor Rovira. Com sempre, serà un plaer dinar amb vostè i la seva gentil família.

—Com t'agrada fer teatre! —va riure en Llorenç. I, seguint-li la broma, es va treure el barret i li va dir:

—A dos quarts de dues, doctor Riera! No se n'oblidi!

En Marcel encara es va entretenir uns minuts allà al pati, abans de creuar-lo en direcció al departament d'homes. Assaboria la primera hora del matí, el millor moment per observar el transitar de la gent que formava part de l'hospital: germans i germanes, alumnes interns, metges ajudants, auxiliars i tota mena de proveïdors de la casa que venien a farcir els rebosts i els magatzems, desfilant com un veritable exèrcit d'homes i dones que començaven la seva jornada, la major part d'ells en espera de l'arribada dels caps de servei. Aquests, gairebé tots metges il·lustres, posseïdors d'una càtedra a la Facultat de Medicina o bé professors agregats, es movien per les dependències d'aquell formiguer de sales repletes de llits i pobres malalts com si fossin a casa seva, coneixien tothom, saludaven els uns i els altres tot acostant-se al llit dels malalts, sota la mirada atenta de desenes d'ulls. Eren els éssers més esperats cada matí, després de nits de dolor, d'insomni o de gemecs que encongien el cor. Quan les seves passes se sentien des del fons d'una de les sales d'amples arcades de pedra on s'arrengleraven els llits, abans que ningú veiés la seva figura, ja n'hi havia que murmurejaven: arriba el senyor doctor!, arriba el senyor doctor!

En Marcel va pujar les escales de l'ala masculina i, travessant les diverses sales de malalts —amuntegats en quatre fileres, de tant d'espai com faltava—, va arribar a la sala de metges. Allà hi va trobar en Manuel Corachan, un dels cirurgians del servei del doctor Ribas amb qui en Marcel havia fet molt bona amistat. Uns quants anys més gran que ell —en Marcel n'hi calculava uns trenta-cinc—, en Corachan era un valencià que havia vingut a estudiar medicina a Barcelona i havia fet de barber per pagar-se els estudis. Anava sempre ben pentinat, amb la barba retallada i un bigoti del qual sobresortien les puntes alçades. Prim de cara, de mirada intel·ligent, tracte sempre cordial i, sobretot, un home fet per treballar de valent. En Marcel s'havia fixat de seguida en la seva destresa i rapidesa de moviments a l'hora d'operar. Feia una dècada sencera que treballava al costat del mestre Ribas i prometia arribar molt lluny. Era, en Manuel Corachan, el tipus de cirurgià que en Marcel aspirava a ser. Quan el noi va ingressar com a alumne intern en aquell servei de cirurgia, sent el més jove de tots els interns, Don Enrique el va situar al costat d'en Corachan i des d'aleshores se'n sentia profundament agraït.

—Bon dia, Marcel —va dir-li en Corachan en veure'l entrar a la sala de metges—. Tot just començava a fer el repàs de les històries clíniques. Seu.

Va indicar-li una cadira al seu costat i en Marcel, després de penjar el barret, es va afanyar a asseure-s'hi. Va posar els ulls als papers que en Manuel revisava. Des d'aquells primers dies com a intern, el ritual era sempre el mateix: tots els metges ajudants d'en Ribas, juntament amb els alumnes interns, feien un repàs previ de les històries clíniques dels malalts que el mestre els havia assignat. A la taula gran de la sala de metges enllestien les últimes anotacions abans que Don Enrique arribés, tot preparant adequadament la visita que farien amb ell a les sales dels malalts. Quan, un cop allà, el mestre s'aturés al peu del llit d'un malalt, quan preguntés al metge encarregat pel seu estat i l'evolució de la malaltia, així com pels resultats del tractament prescrit, calia que el metge ajudant tingués bona cura de tenir a punt tota la informació. Començaria per fer-li un breu repàs de la història clínica i tot seguit li donaria detalls del moment concret en el qual es trobaven. A en Marcel li agradava l'exigència del mestre Ribas, aquell tracte distant i alhora afable que professava amb els seus deixebles. A més a més de la llarga trajectòria que tenia a la Santa Creu, dels milers de casos que portava ja a l'esquena com a cirurgià d'aquella casa i que servien de material de primera mà per a tots aquells metges més joves que treballaven amb ell, el mestre ensenyava l'aspecte més humà i proper de la medicina: si bé la tècnica operatòria és important, li agradava dir, no constitueix la base d'un bon cirurgià, senyors. La tècnica ha d'anar fonamentada en el coneixement previ de la malaltia i també en el fet d'haver observat la constitució del malalt. Llegir els casos, escoltar, observar la persona, factors determinants abans d'obrir amb el bisturí. Un cop intervingut el malalt, senyors, cal que les cures postoperatòries es practiquin amb gran recel. Només si tot això es dóna, deia ell, el cirurgià podrà obtenir els bons resultats que espera.

Malgrat totes aquelles explicacions i prevencions, les ferides solien obrir-se i infectar-se amb facilitat, i és per això que cada dos dies els practicants com en Marcel es dedicaven a canviar apòsits a la sala de cures. Precisament va ser aquesta l'activitat que va ocupar bona part d'aquell matí de treball d'en Marcel. En l'habitació de les cures hi havia sempre una pudor insuportable deguda a les supuracions i embenatges bruts, a més a més dels vapors que es desprenien d'un bullidor on s'escaldaven sistemàticament tots els instruments. En Marcel va realitzar les cures a diversos malalts, amb aquell saber fer de qui ja porta temps practicant-ho: netejant ferides a «aixeta oberta», llençant els estris al bullidor i tornant-los a agafar per fer posar els embenatges nets que durarien un dia o dos més. El silenci apagat amb el qual treballaven els practicants a la sala només era trencat pel lament d'algun malalt que, de tant en tant, no suportava el dolor. La qüestió era mirar d'arrencar-li l'apòsit antic amb la màxima cura, però acostumava a trobar-se enganxat a causa del pus i la sang resseca. En arrencar-lo a carn viva, el gemec estava gairebé assegurat. En Marcel feia les cures tot pensant en l'endemà, ja que el mestre Ribas li havia dit que aquell dia seria ell l'encarregat de posar l'anestèsia en les sessions operatòries programades. Calia tenir molta cura, vigilar bé les ninetes del pacient durant tota la intervenció per comprovar que seguia adormit i, per sobre de tot, assegurar-se que el seu estat no patia cap contratemps i que el mestre podia operar amb les condicions adequades. Tindrien un cas de càncer de fetge i dues úlceres gàstriques. La majoria, com sempre, intervencions abdominals. Quan va haver enllestit l'últim embenatge del matí, va rentar-se enèrgicament les mans, va treure's la bata que s'havia posat per no embrutar-se el vestit i va sortir cap a la sala de metges. Els seus pensaments es van centrar, aleshores, en el dinar que tenia.

A dos quarts de dues en punt, en Llorenç esperava el seu amic recolzat a la reixa que envoltava la creu barroca del pati de l'hospital. Feia un sol espaterrant que li donava de ple a la cara. Ell aclucava els ulls i observava l'escala del departament d'homes, buscant entre els nois que hi baixaven en Marcel. L'escalforeta del sol primaveral li va fer sentir un sobtat instant de felicitat absoluta, com si res millor li pogués succeir que ser allà, esperant l'arribada del seu bon amic. En Llorenç era feliç en companyia d'en Marcel. De fet, quan ell hi era, en Llorenç semblava un altre: més viu, més enginyós, més parlador que en qualsevol altra circumstància; la vida prenia color quan en Marcel era a prop d'ell.

Finalment el va veure baixar per l'escala amb el seu vestit fosc, la seva armilla ben embotonada, una mirada clavada als graons que en Llorenç ja li coneixia, de quan anava rumiant. En Marcel va aixecar el cap en arribar a baix i distingir el seu amic.

—Com t'ha anat el matí? —li va preguntar, acostant-s'hi.

—Perfectament! —va respondre en Llorenç, de bon humor.

Van travessar el pati fins al carrer del Carme i, des d'allà, van iniciar el camí cap a casa en Llorenç. Anaven comentant els seus respectius matins, els casos que havien vist, les lliçons que el mestre els havia donat. Perquè a la Santa Creu, els alumnes interns de medicina aprenien coses sobre l'ofici cada dia que hi treballaven. Aquell bany de realitat que tocaven a l'hospital, que posava nom i cognom a cada malaltia estudiada a classe, els feia sentir importants, gairebé doctors, malgrat que faltaven encara uns mesos per obtenir el títol de llicenciat. L'objectiu de tots dos, aleshores, era que els deixessin romandre al mateix servei on havien estat fins ara, amb el mestre Ribas l'un, amb el mestre Torras l'altre, ja que allà se sentien a gust i feien el tipus de feina que volien fer. En Llorenç, per la seva banda, procuraria retardar al màxim el moment d'ingressar al servei del pare, ja que intuïa que aleshores res seria com abans. Perquè havia aconseguit superar l'aversió que, de bon començament, sentia per la medicina, el rebuig que li produïa indefectiblement la sala de dissecció i les seves terribles olors, durant els primers anys —i havia trobat fins i tot l'atractiu de l'ofici quan l'havia començat a practicar—, però si per a una cosa encara no estava prou preparat en Llorenç era per al fet de començar a treballar al servei del pare. Al seu costat, el noi encara seguia sentint-se poca cosa.

Només entrar a casa ja els va arribar la deliciosa olor del rostit que emanava des de la cuina. També van sentir una rialla coneguda, tot just van penjar els seus barrets a l'entrada.

—L'Aurora ja és aquí —va confirmar en Llorenç.

Si l'educació l'hi hagués permès, en Marcel hauria anat directament a la cuina, d'on havia sortit la rialla, i s'hauria sumat de bona gana a allò de què estiguessin rient l'Aurora i, possiblement, la cuinera. Però les normes de cortesia manaven seguir el seu amic fins a la sala, on es van trobar amb la senyora Eulàlia, asseguda com de costum al costat del gran finestral de la tribuna.

—Fill! —va exclamar ella, tot allargant una mà cap a en Llorenç. El noi la va anar a trobar. El seu to era sempre dramàtic, com el d'aquell que mai s'acaba de trobar bé. En Marcel ja l'havia conegut així de grassa, però algun retrat que havia vist li indicava que aquella dona no havia estat sempre així. De salut feble, amb els moviments força limitats per les seves carns abundants, la senyora Rovira es mantenia gairebé totes les hores del dia en aquell saló, prop de la finestra, on observava el transitar de la gent. Gairebé no sortia de casa perquè li suposava un terrible esforç. Les cames no l'aguantaven gaire estona dreta i s'havia acostumat a rebre tothom en el petit regne de casa seva. L'Eulàlia Rovira veia molta gent.

Cada tarda, a l'hora del te, acudien les visites. Tot un reguitzell de dames de l'alta societat barcelonina, les unes amigues, les altres parentes, la visitaven periòdicament i la mantenien al corrent de tot plegat. De fet, no hi havia senyora en aquella ciutat més ben informada que ella: sabia qui estava malalt, qui havia marxat de viatge, qui havia assistit al Liceu o els pretendents de cada filla de bona casa. De tan informada com estava, hi havia dames que la venien a consultar quan algun fill o filla era festejat per algú de qui no tenien prou informació. La senyora Eulàlia, en aquells casos, amb un posat comprensiu, proper, amb aquell to de confidència que tant li agradava i la feia sentir important, desplegava tota la llista de virtuts, defectes i detalls rellevants del pretendent en qüestió, elevant-se d'aquesta manera en jutgessa suprema d'un festeig que es produiria, o no, en funció del seu parer.

En Llorenç adorava la mare, de la mateixa manera que l'Aurora adorava el pare. Era així com, al llarg dels anys, els fills Rovira s'havien repartit l'estimació dels pares.

En Marcel va besar la mà de la mare del seu amic i, a indicació seva, tots dos nois van seure a la tribuna. Van xerrar de tot una mica, del matí que cadascun d'ells havia tingut a l'hospital i de les classes que els esperaven a la tarda a la facultat. En Marcel s'explicava mentre, de tant en tant, llambregava cap a la porta per si l'Aurora entrava. Però no va ser ella, sinó el doctor Rovira, qui aviat va fer acte de presència a la sala. Va saludar els nois i, fugisserament, la dona.

Va demanar per l'Aurora, i la dona, en un gest d'impaciència, es va excusar com si tingués ella la culpa que es trobés, des de feia estona, a la cuina amb el servei. Sense dir res, en Darius va fer sonar la campaneta que la seva esposa tenia al costat i, a l'instant, va aparèixer la

Carme, la minyona, la qual va rebre instruccions de cridar l'Aurora a dinar. Van passar al menjador i aleshores l'Aurora va entrar-hi com una ràfega de vent. Encara reia.

—Perdona'm, papà! —va exclamar alegrement la noia, mentre estampava un petó a la galta del senyor doctor. Es va excusar davant d'en Marcel per no haver anat fins ara a saludar-lo, tot explicant que feia massa dies que no havia vist la Maria, la cuinera de casa.

—He estat fora, saps? —va dir a un Marcel completament bocabadat. La mare li reprovava tanta proximitat amb el servei, el pare l'hi tolerava tot, i en Marcel només pensava en com l'Aurora començava a moure's i a parlar com una noia més gran. L'havia coneguda nena i ara... gairebé no se'n sabia avenir.

Es van asseure a taula mentre l'Aurora seguia explicant que havia estat a casa una tia, una cosina de la mare que vivia a Reus, i que s'ho havia passat tan bé.

—Hi vaig cada any, al principi de la primavera —va dir—. Així deixo la mare tranquil·la uns dies, oi, mareta?

Reia per sota el nas. Era ella qui desitjava marxar de casa, però l'Aurora tot s'ho feia venir bé. El pare escoltava la filla complagut de tenir-la altre cop allà. Quan ella no hi era, la casa semblava sumida en un trist silenci del qual ell fugia constantment. En aquell moment, la minyona va entrar amb una safata a les mans. Assistida per una altra, van passar d'un comensal a l'altre servint els entremesos al plat. Tots van començar a dinar. En Darius Rovira va fer moltes preguntes a en Marcel i al seu fill sobre els casos que tenien a les sales de malalts on practicaven. Va dedicar-se durant força estona a comentar aspectes quotidians de l'hospital, que en Marcel va pensar que devien avorrir sobiranament la mestressa, per la seva mirada absent. No era així en el cas de la filla del doctor, que ja els tenia acostumats a voler escoltar-ho tot sobre l'hospital. L'Aurora no era una noia corrent, això en Marcel ho sabia des que la va conèixer. De petita llegia tothora, escoltava les converses dels grans, arraconava pels passadissos de casa el seu germà i també a ell perquè, en els primers anys a la facultat, li expliquessin exactament què aprenien per esdevenir metges. Com són les classes? De què us parlen? Quins llibres us fan llegir? Quan començareu a visitar malalts? Preguntes que feien riure els dos estudiants de medicina perquè no eren gens habituals en una nena, per molt filla de metge que fos.

Incentivat per ella, a les postres en Llorenç va passar a donar els detalls del seu proper trasllat al nou hospital:

—En principi, el trasllat del servei del mestre Torras i tots nosaltres serà a finals de juny. Ens instal·larem al pavelló del Sagrat Cor. Te'n recordes, pare, de quan hi vam fer la visita? —va preguntar, prudent, buscant certa complicitat. El pare es mantenia en silenci, amb l'extrem del llavi superior mig apujat, en un deix clar d'escepticisme, a causa de la seva convicció que el nou hospital no estava encara gens preparat. En Llorenç va seguir explicant—: El mestre Torras ens ha dit que als interns ens pagaran una gratificació per haver d'agafar el tramvia per arribar fins allà dalt. Potser aconsegueix que més endavant ens posin una tartana, però això encara no és gens segur. Nomenaran un practicant que residirà a l'hospital. Les guàrdies les farem entre tres. El mestre ens ha fet confeccionar una llista amb tot allò que ell considera necessari de demanar als administradors, per abastir el pavelló. Potser, segons els seus càlculs, es podrà traslladar un nombre reduït de malaltes al principi, i durant els mesos següents, anar-lo augmentant. Allà, instal·lades, també hi haurà sis germanes de la Caritat i unes quantes serventes, a més a més del capellà.

L'Aurora va exclamar:

—És tan emocionant! Te n'adones, Llorenç? Sereu els primers metges del nou hospital! I és tan bonic. Com una ciutat jardí. —Es va dirigir al seu pare—: Oi, pare, que l'arquitecte Domènech l'ha anomenat així?

El pare va respondre a la filla:

—Sí, el projecte és ambiciós i quan estigui acabat serà una meravella. Ja ho deia el nostre estimat Robert, que l'arquitecte Domènech era el més adequat per a una empresa així —va dir, deixant-se portar una mica per la nostàlgia. Però de seguida va tornar al seu posat ple de pragmatisme—: De tota manera, no crec que aquest mes de juny s'hi pugui traslladar encara ningú.

En Llorenç tenia la ferma convicció que si el mestre Torras ho veia clar, era que sí que podria ser, però en cap moment li va passar pel cap discutir allò amb el pare.

Van prendre cafè a la sala, i quan el doctor Rovira va marxar cap a l'altra banda del pis, on tenia el consultori, la seva esposa, que s'havia mantingut prudentment al marge de la conversa, va semblar que revifava. Va demanar a l'Aurora que expliqués tafaneries de Reus i també va voler saber si en Llorenç tornaria gaire tard de la facultat, aquell vespre, ja que tenia ganes de lluir fill davant les seves visites d'aquella tarda. Després, havent-se esgotat una mica a causa de tanta xerrameca, va retirar-se a la seva cambra a descansar.

Quan els nois van haver marxat a classe, l'Aurora va tornar a la cuina per reprendre la conversa d'abans de dinar amb la Maria. No volia descansar, només desitjava que el temps passés de pressa fins que arribés l'hora de les visites. A diferència d'altres tardes, la d'avui es presentava excitant, ja que vindrien les seves amigues més íntimes a prendre el te amb les seves mares. Estava escrit que l'Aurora Rovira, l'Amèlia Llacuna i la Mariona Puigmartí havien de ser grans amigues des del dia en què les seves mares —amigues d'infància, també— havien decidit portar-les al mateix col·legi: les monges de Loreto.

L'Aurora va entrar a la cuina i hi va trobar la Maria recollint els darrers plats. Era tan metòdica i endreçada com, temps enrere, ho havia estat la seva mare, la Dolors, a qui l'Aurora recordava bé. La Maria es trobava tan sumida en els seus pensaments, allà sola, que ni tan sols es va adonar que l'Aurora havia entrat. En veure-la, li va preguntar:

—No descanses una mica?

—Descansar! De què? D'un matí avorrit? D'un dinar que hauria allargat més estona si no fos perquè tothom ha marxat? Ai, Mia, quina sort tenen els nois! Sempre tan ocupats. Si no fos perquè aquesta tarda vénen les meves amigues, em moriria de fàstic!

—Que n'ets, d'exagerada.

—No ho sóc. La mare i les seves amigues em torturen constantment.

A la Maria se li va escapar una mica el riure per sota el nas, però no va dir res. Feia temps que a la noia Rovira se li entravessava allò de fer de joguina de la mare. Davant les senyores que la visitaven, l'amfitriona exhibia la filla com si d'un trofeu es tractés. La feia asseure's al piano i tocar uns quantes peces, mentre les dames iniciaven el seu murmuri: quina cintura més fina, que bonica s'està tornant; és una barreja del pare i de la mare, mentien les dames, sabent que a qui de veritat s'assemblava era al pare. Tenia els seus pòmuls marcats, les mateixes celles, en un dibuix perfecte, els llavis una mica mòrbids propis de la joventut, i aquella elegància de moviments. Serà un bon partit, donarà al seu espòs uns fills adorables, d'aquella mena de criatures que semblen àngels. Però l'Aurora també sabia que, quan la mare no escoltava, les senyores xiuxiuejaven: té massa caràcter, i això no agrada gens als homes. L'Aurora se'n reia, de totes elles i de la seva manera de ser. Les seves aspiracions, cada cop més, s'allunyaven secretament de tot allò en què creien i predicaven aquelles dones.

—Com estan la senyoreta Amèlia i la senyoreta Mariona? —va interessar-se la Maria, mentre acabava d'endreçar els plats.

—No ho sé, Mia, fa una setmana sencera que no les veig! Ens haurem d'explicar tantes coses...

La Maria se la va mirar de reüll i va somriure. Sabia que a la nit l'aniria a cercar per explicar-li les novetats. Així era l'Aurora des de ben petita: tot allò que li passava, ho comentava amb ella; tot allò que rumiava, ho discutien plegades. No era pas que la noia Rovira busqués la seva opinió o aprovació; s'acontentava que l'escoltés amb aquella devoció, amb aquell interès sincer i, sobretot, sense jutjar-la com ho feia tothom. Amb la Maria, l'Aurora hi podia parlar com amb cap altre membre de casa seva.

A dos quarts de cinc van arribar les visites. La senyora Catalina, amb la seva filla Amèlia, va ser la primera, seguida de la Mariona i la seva mare. Van asseure's, les senyores, a la tribuna de la sala, mentre les noies se'n van apartar una mica. Començaven a tenir aquelles converses de les quals no volien fer partícips les mares, com ara quan parlaven de nois, de noves coneixences, quan començaven a dissenyar el seu futur i confessar-se les seves més íntimes aspiracions. Senyoretes de vida còmoda, de bones maneres i conversa agradable a les quals faltaven pocs anys per estar preparades per al matrimoni. L'Aurora estimava incondicionalment les seves amigues, però se sentia tan diferent... Ho havia sabut darrerament, o potser ho sabia des de sempre: tot allò a què l'Amèlia i la Mariona aspiraven s'allunyava enormement dels seus objectius.

—Com t'ha anat per Reus, aquests dies? —va preguntar-li l'Amèlia.

L'Aurora els va explicar els dies a casa la tia, com era de bonica la casa i els seus jardins.

—Em sembla que cada any us ho explico, però la llum del capvespre sobre els arbres del jardí és tan encisadora...

La Mariona va ofegar una rialla:

—Has tornat molt romàntica, Aurora! No deu ser que t'has enamorat d'algun reusenc? —va preguntar amb picardia.

—I ara! —va queixar-se l'Aurora—. Encara no he trobat ningú que m'agradi.

—Doncs jo sí! —va declarar la Mariona, enrojolant-se a l'instant. Va apartar la vista cap a les mares, no fos cas que alguna l'hagués sentit.

—No cal que em diguis qui t'agrada, noia, que ja ho sé —va fer l'Amèlia, en un xiuxiueig. Totes dues noies es van mirar i, seguidament, es van tombar cap a l'Aurora. Van esclatar en una rialla.

La senyora Catalina va preguntar des de la finestra:

—Nenes, de què rieu tant? Au, acosteu-vos a prendre el te amb nosaltres.

—Ja va, mare —va dir l'Amèlia, conformada. Es van aixecar, però abans de reunir-se amb elles, l'Aurora, picada per la curiositat, per allò que a ella se li havia escapat i a l'Amèlia no, va retenir-les pel braç. Els va preguntar:

—M'ho direu, o és que tenim secrets, ara?

—No, dona —va fer l'Amèlia—. És que a la Mariona li fa vergonya dir-t'ho.

—I per què? —va preguntar sorpresa, l'Aurora.

L'Amèlia va llançar una mirada ràpida a la Mariona, la qual va donar-li el consentiment amb el cap i, aleshores, l'Amèlia va dir en veu baixeta, apropant-se més a l'Aurora:

—És el teu germà. A la Mariona li agrada en Llorenç.

Van prendre el te amb les mares, van escoltar educadament la seva xerrameca i l'Aurora i l'Amèlia van tocar unes peces al piano a quatre mans mentre la Mariona cantava dreta, al seu costat. Quan la llum del dia dequeia, va sonar el timbre de casa. L'Eulàlia Rovira es va posar una mà al pit i amb somriure triomfant va dir:

—Em pensava que ja no vindria!

—Qui, Eulàlia? És el teu fill? —va preguntar la mare de la Mariona.

La mestressa va fer que no amb el cap, ja que en Llorenç arribaria més tard. Era evident que s'havia reservat una visita sorpresa i no els n'havia dit res.

—Què són aquests misteris? —va preguntar, divertida, la senyora Catalina.

L'Eulàlia Rovira va fer sonar la campaneta i de seguida va acudir la minyona.

—Vés a obrir, i fes passar la senyora Jofre a la sala.

—La Glòria Jofre? —van fer totes dues amigues a l'uníson.

La mestressa va confirmar amb el cap:

—Acaba de tornar de París —els va explicar.

—Com has aconseguit que vingui? No acostuma a visitar ningú —va comentar la mare de la Mariona, en un murmuri—. Diuen que no li agrada la companyia femenina. Ens troba avorrides!

—T'oblides que la seva mare i la meva eren grans amigues —va replicar la senyora Eulàlia. Es ventava el pit generós amb moviments curts i enèrgics, donant-se certa importància.

Les tres noies joves miraven amb interès les seves mares, que parlaven baixet i de pressa abans que la dona misteriosa entrés a la sala. Haurien fet un munt de preguntes, si no fos perquè ja no hi havia temps. Qui era la Glòria Jofre? Com és que mai n'havien sentit a parlar? Un instant abans que la visita entrés, l'amfitriona no es va poder estar d'afirmar, amb certa malícia:

—Diuen que té un nou amant!

Es va fer un petit silenci, el temps va quedar sostingut. Una dama força elegant, amb una jaqueta de quadres entallada i faldilla a joc, rematat el seu cap ben pentinat amb un barret del mateix color morat que tot el conjunt, va travessar amb passes fermes la sala fins on es trobava la mestressa de casa.

—Eulàlia, estimada. Quant de temps!

Es van fer un petó a cada galta, sense tocar-se ben bé a causa del barret d'ella, i aleshores la mestressa va fer acostar una cadira a la minyona per tal que la nova visita tingués seient. La tarda, de cop i volta, s'havia tornat del tot interessant, va pensar l'Aurora Rovira, asseguda al seu costat.

La senyora Jofre devia tenir la mateixa edat que les altres senyores allà presents, però no s'hi s'assemblava en res, ni en el vestir, ni en el parlar, ni en l'estar. Aquella dona era summament elegant, com les altres, però a la manera més mundana, amb una gosadia que saltava a la vista des del primer instant. Un cop l'amfitriona va fer les presentacions pertinents, es va interessar per la qüestió més important, de la qual parlaven tots els diaris malgrat que elles no els llegissin pas:

—Digues, Glòria: com està la situació a París? —va fer l'Eulàlia.

La senyora Jofre va sospirar:

—El desgast de la guerra és evident. Ja fa dos anys que va començar. París està ple de mares i esposes que esperen la tornada dels seus soldats. És desesperant el munt de joves que estan morint, o que tornen mutilats!

Va mirar la concurrència, calculant què sabien aquelles mares i filles del patiment. Va prosseguir:

—Tenim molta sort, aquí, de no saber el que és patir. La *grande guerre*, l'anomena tothom a França. I jo l'anomeno la *guerre absurde et misérable*! L'ambició i l'estupidesa masculines ens han portat fins aquí!

Les senyores no gosaven obrir boca. Les noies joves la tenien ben oberta, com els ulls que contemplaven aquella dona que venia de París i alternava alegrement el català i el francès. Els va parlar de la batalla de Verdun, al nord-est de França, que havia començat al febrer i que, segons deien els entesos, no es podia perdre de cap manera, ja que allò podia significar perdre la guerra contra els alemanys. En boca de tot París estava un tal general Pétain, nomenat recentment comandant en cap d'aquella batalla en la qual, de moment, els alemanys ja havien obtingut algunes victòries. Pétain apareixia en totes les converses, assegurava la Glòria Jofre, com l'home capaç de donar un tomb a la situació.

La dama els va parlar de la vida a París, dels temes de conversa més candents en les tertúlies de cafè, però no els va explicar res d'ella mateixa, de la vida que feia allà. A Barcelona corrien rumors que aquesta dona, eternament soltera, filla d'una bona família de la ciutat que havia decidit viatjar tota sola pel món, feia vida bohèmia a París, on s'havia instal·lat feia uns anys. Es deia que, en esclatar la guerra, s'havia quedat allà per esperar un soldat, al qual després havien mort. Afirmaven alguns que la Glòria Jofre escrivia llibres sota un pseudònim masculí i que, en més d'una ocasió, s'havia vestit d'home per introduir-se en ambients de dubtosa moral. Novel·les picants, deien alguns, que escrivia; poesia eròtica, asseguraven d'altres. Afirmaven que es relacionava amb tots aquells artistes de les avantguardes, la majoria dels quals havien fugit de l'Europa en guerra. Ella mai confirmava rumors, no acostumava a parlar sobre el que feia o deixava de fer, en primer lloc perquè no solia quedar-se gaires dies a Barcelona, i en segon lloc perquè, quan hi era, no visitava els cercles socials. Si algú preguntava, la Glòria Jofre es limitava a somriure i assegurava que la seva vida era massa avorrida per explicar-ne res.

A l'Aurora Rovira li va produir una forta impressió conèixer una dona tan diferent de totes les que fins ara havia conegut. No va tenir ocasió de parlar-hi a soles, però si ho hagués fet, segurament li hauria confessat tot allò que ella no volia ser i li hauria preguntat, a una dona com ella, de quina manera es podien desafiar les convencions socials i forjar-se un camí diferent, on es pogués sentir viva, on l'arribada a l'edat madura no signifiqués una petita mort. Així ho veia ella cada cop que hi pensava, quan observava la vida i les aspiracions de totes les dones velles i joves que l'envoltaven i sentia que un foc la cremava per dintre, una necessitat imperiosa de rebel·lar-se contra tot allò. Escoltava en Llorenç i en Marcel parlar de la facultat, escoltava el pare comentar certs casos de les seves pacients; la vida, per als homes, era sempre interessant, mentre que per a elles, les dones, consistia tan sols en un passar l'estona cosint, brodant, tocant el piano i desitjant que una visita inesperada com la d'aquella tarda els donés tema de què parlar. L'Aurora volia una altra cosa per a ella i, per primera vegada, tenia al seu davant l'exemple d'una vida diferent. Li hauria agradat tenir més edat, conversar-hi sola una estona, saber més de la seva vida, no pas per un afany tafaner, sinó per aprendre i observar.

La Glòria Jofre no es va quedar gaire estona. Excusant-se, aviat va fer el gest de marxar. Instintivament, l'Aurora es va aixecar també i, abans que la mare digués res, es va oferir a acompanyar la visita fins a la porta. Va ser un breu instant, no van parlar gairebé gens ja que no hi havia ni el temps ni la confiança de fer-ho, però en obrir la porta l'Aurora li va preguntar:

—Senyora Jofre, ens tornarà a venir a veure?

La dama es va mirar amb curiositat aquella joveneta bonica d'ulls anhelants.

—Quina edat tens? —es va interessar.

—En faré disset.

—Per què vols que torni? —va preguntar-li, sense embuts.

—Vostè és tan diferent de... totes.

L'Aurora va notar com els colors li pujaven a les galtes i es va afanyar a dir:

—Vull dir que els dies són sempre tan avorrits aquí! Vostè explica coses de fora, coses interessants. M'agradaria saber més coses sobre la guerra a Europa, sobre el món sencer.

La senyora Jofre l'observava atenta. Va fer-li una altra pregunta:

—Ja has pensat què vols fer?

L'Aurora no sabia exactament a què es referia. Va dir-li:

—Vol dir d'ara endavant?

La senyora Jofre va assentir amb el cap, i va afegir:

—Vols estudiar alguna cosa o tens previst un bon casament?

Aquella dona era molt directa, mai ningú li havia parlat així.

—Sóc molt jove —va fer l'Aurora, donant la resposta automàticament, com feia sempre que algú li deia que bonica que era i que aviat trobaria pretendent.

La senyora Jofre li va tocar la galta encesa, va dedicar-li un somriure i va sortir. Abans, però, que l'Aurora tanqués la porta, es va tombar per advertir-li:

—No ets tan jove per no saber quin camí vols triar.

Va baixar les poques escales fins al replà, conscient de la mirada que la noia Rovira tenia clavada al seu damunt.

Els diumenges que feia bon temps en Lluís portava la Maria d'excursió a l'Hospital de Sant Pau. Agafaven el tramvia d'Horta i, després, caminaven una estona fins a arribar allà on s'alçava, superb, el gran pavelló de l'administració. Als voltants tot eren camps i la gent havia convertit aquell lloc en el seu esbarjo familiar dels diumenges. Sempre hi havia alguna família que encenia un foc i feia una costellada que fumejava cel amunt, impregnantho tot d'un aire festiu; d'altres venien amb el cistell sota el braç, estenien un llençol a terra i s'hi ajeien mandrosos, mentre algú començava a llescar el pa. El vi corria generós de mà en mà, les converses pujaven de to, la canalla saltava entre matolls i, de vegades, algú improvisava una mica de ball. Com a paisatge d'aquells diumenges festius, els pavellons del futur hospital construïts ja feia uns anys, encara buits, sofrien el desgast del temps. En Lluís se'ls mirava i respirava, com ells, la tristesa de qui espera una eternitat. Quan arribaran els malalts, i els metges, i les germanes i els germans de la Santa Creu?, preguntava la Maria a un Lluís que no sabia respondre-li. Quan es construiran tota la resta de pavellons que l'arquitecte va projectar? A en Lluís se li trencava el cor de veure com transcorrien els anys i les obres no s'acabaven de fer. De treballs escultòrics se n'anaven fent, com les dues escultures de menys de dos metres que el mestre Arnau havia entregat a Don Lluís a començaments d'any —per afegir a la façana del pavelló de l'administració—, o el monument al gran benefactor de l'hospital, el banquer Pau Gil, que, després de molt de temps de ser encarregat, quedaria finalment enllestit d'aquí a pocs mesos i que tenia la fi de presidir l'entrada a l'hospital. Però de nous pavellons només se'n construïa un, el tercer de l'ala est, finançat per un home ric anomenat Rafel Rabell. La resta de les edificacions esperaven els diners de la Santa Creu per esdevenir una realitat.

En Lluís no guanyava gran cosa amb els seus encàrrecs, però no es podia pas queixar: retornat a Barcelona arran de la guerra a Europa, s'havia instal·lat en un petit local del carrer Comerç que li servia per viure i per treballar. El mestre Arnau li donava feina, l'amic Gargallo també, i encara li quedava temps per experimentar amb les seves pròpies idees, i començava a despertar cert interès en alguns crítics de la ciutat. Després de malviure a París, en aquells anys plens d'intensitat artística i de bohèmia que l'havien fet l'home que ara era, més madur, més experimentat, més coneixedor tant dels plaers com de les misèries humanes, els seus treballs havien progressat molt. Quan rebia un encàrrec es limitava a seguir les directrius que l'arquitecte o el mestre escultor li donaven, però quan treballava tot sol, per lliure, el seu petit taller del carrer Comerç esdevenia el món sencer on el dia i la nit es trobaven sense fi i res més importava que no fos treballar, aconseguir aquella forma, aquell rostre, aquella expressió que ell tenia impresa a la seva ment. Els dits se li omplien de tinta quan feia esbossos preliminars, com si una força estranya el posseís; acabava extenuat de l'energia que emprava per modelar el fang fins a aconseguir la forma i després el guix, l'escarpa, el cisell, la lluita de l'home, cos a cos, amb els elements per aconseguir fer aflorar l'ànima de la matèria. Perseguia plasmar els sentiments més íntims, copsar la perfecció impossible de l'art. Estudiava de manera incansable la fesomia dels homes i les dones que trobava pel carrer. De vegades passejava hores senceres —com s'havia acostumat a fer per París— pels carrers més tèrbols de Barcelona amb els ulls encesos d'un boig, d'un il·luminat, que espurnejaven amb una passió gairebé criminal quan descobrien aquella ganyota, aquell rostre que havia buscat, sense ni tan sols saber-ho. Qualsevol cosa que el sacsejava, que li arribava directa a l'ànima: una mirada de bèstia ferotge provinent d'una mare en protegir el seu infant, un rostre d'un pobre vell cansat de tanta misèria, l'avidesa d'un marrec a punt de robar una fruita caiguda d'un carro, la por, el dolor, el sofriment, però també la tendresa, l'amor, la luxúria que no tenen edat ni classe social. Tot interessava a un Lluís que, des que havia tornat de París, semblava haver viscut una vida sencera.

La Maria ho notava en els seus ulls i en la seva actitud. En Lluís havia tornat molt canviat. És com si sempre hagués estat aquella persona, aquell artista de cap a peus, malgrat que fins ara la vida no li hagués donat l'oportunitat de demostrar-ho. El percebia més viu que mai, en Lluís traspuava energia, passió, era l'home més atractiu de la terra. La Maria gairebé es desfeia quan ell li agafava la mà per baixar del tramvia, quan li feia un petó de germà a la galta, quan respirava a prop seu o quan un floc del seu cabell llarg i negre tocava per casualitat un centímetre del seu cos. Ell mai li parlava de dones, però la Maria estava segura que n'hi havia hagut més d'una. Només calia fixar-se com el miraven les altres noies arreu, i com ell responia amb un instint animal, ràpid, subtil, intuïtiu, seduint-les amb una simple mirada, amb un somriure, fent-les enrojolar-se amb una facilitat sorprenent. Tantes coses que no m'has explicat de París i que no m'explicaràs mai, pensava la Maria. Mirava de no pensar-hi, s'esforçava a ser alegre, enginyosa, divertida quan estaven junts, perquè ell mai es cansés d'estar amb ella.

En Lluís havia tornat de París arran de la guerra a Europa. En els primers mesos d'esclatar, en què la Maria no havia tingut cap notícia d'ell, es va amoïnar molt. Però l'any passat havia tornat, juntament amb el seu amic Pablo Gargallo, a qui la Maria encara no havia conegut. El seu amic s'havia casat el mes d'agost passat, en un dia en què la Maria treballava i no hi va poder assistir. Tot seguit, en Gargallo s'havia posat malalt i en Lluís havia explicat a la Maria que s'havia instal·lat a Tiana per una temporada llarga, a casa la mare d'un bon amic seu i d'en Lluís, en Cinto Reventós, que alhora era el seu metge. Un dia et portaré a Tiana a coneixe'ls a tots, Mia, li assegurava en Lluís. Et presentaré en Pablo i la seva dona, una noia molt maca, francesa, que es diu Magalí. També en Cinto i el seu germà Ramon, que és poeta i una persona molt enginyosa. Veuràs com et diverteixes. Però en Lluís encara no l'hi havia portat mai. La situació d'en

Pablo servia a en Lluís per explicar a la Maria el que ell ara no volia fer: no em vull casar, no vull tenir una família que depengui de mi perquè jo ara sóc lliure, puc fer el que vulgui i viure amb pocs cèntims. No necessito gairebé res. Si t'expliqués a París com vivia... Quan acabi la guerra a Europa hi tornaré. Hi he deixat força amics, allà. La Maria sentia el seu cor esquerdat en mil bocins quan en Lluís li parlava així, es desesperava, li entraven unes ganes terribles de plorar, però se les aguantava fins a arribar a casa. Un cop allà, les altres minyones la sentien sanglotar de nit i s'hi acostaven. Maria, has d'espavilar. Demostra a en Lluís el que sents per ell, una noia ho sap fer, això. No ho veus, que si no ho fas qualsevol dia se t'avançarà una altra de més viva? Un noi com en Lluís no durarà gaire temps sense parella. La Maria es desesperava encara més, les feia fora de la seva cambra, només vull dormir. Amb el cap enfonsat al coixí, la noia pensava que tenien raó, però tot plegat l'aterria: no sóc prou bona per a ell, per això no troba mai el moment de presentar-me els seus amics. S'avergonyeix de mi, jo no sóc ningú. Si li demostro de quina manera l'estimo... és segur que em rebutjarà. I si el perdo? No suportaria no veure'l! Almenys el tinc com a amic..., m'aprecia com a una germana, quina desgràcia!

Aquell diumenge van fer com tants altres: van anar d'excursió a Sant Pau, van ajeure's sobre un llençol i van parlar de la setmana tot menjant-se el pa i els embotits que la Maria havia preparat amb tanta cura. Van recollir-ho tot força aviat, perquè en Lluís volia passar per casa el mestre Arnau abans que es fes fosc. Van agafar, així doncs, el tramvia de tornada i van caminar fins a casa els senyors Rovira. Just quan s'acomiadaven, allà davant del portal, es va obrir la gran i pesada porta d'una revolada i, de dintre, en va sortir una Aurora amb les galtes completament enceses.

—Maria! —va exclamar com si hagués tingut un ensurt—. Ja ets aquí! Quina hora és? T'haig d'explicar una cosa! Però ara no puc. Haig de marxar. Vaig a casa l'Amèlia. Tornaré aviat. Promet-me que tindràs temps per a mi aquest vespre. T'haig de parlar.

Tot això ho va dir com en un rampell, seguit i ràpid, sense cap pausa. En acabar, es va adonar de la presència d'en Lluís i, aleshores, va semblar un altre cop la senyoreta de casa bona que era: li va dedicar un somriure enlluernador, li va estendre la mà perquè ell l'hi besés, i els va dir:

—Disculpeu-me, tots dos. Estic tan contenta! Bé, me n'he d'anar. Tant de gust, a reveure.

Es van quedar allà plantats mentre la noia Rovira s'introduïa en el cotxe del seu pare, situat al davant mateix de l'edifici. El cotxer va fuetejar el cavall i aquest va començar a moure's.

—És una bellesa —va dir en Lluís, impressionat. La Maria va sentir una fiblada al pit. Va girar-li l'esquena i se'n va acomiadar amb certa pressa.

—Adéu, Lluís! —li va dir, gairebé sense mirar-lo als ulls—. Fins diumenge.

Però en Lluís li va cridar, des del portal:

—Diumenge no podré venir, Mia!

La Maria es va tombar i es va quedar quieta un instant. Ell l'hi va explicar:

—Vaig a veure en Pablo, a Tiana. Aquesta vegada no t'hi puc portar, ja que probablement m'hi quedaré a passar un parell de dies. La propera vegada et prometo que vindràs amb mi!

La Maria es va empassar d'un glop el disgust. Va respirar, abans de dir:

—D'acord, d'acord, la propera vegada, doncs.

Al vespre, l'Aurora la va anar a buscar. Ella estava enfeinada amb el sopar però a l'Aurora no semblava fer-li res estar-se a la cuina, darrere d'ella, incapaç d'esperar fins després de sopar per explicar-li tot el que li havia passat.

—He parlat amb el pare, Mia. Ha estat increïble! Encara no em crec que l'hi hagi dit. M'haig de pessigar.

—Què és el que li has dit? —va preguntar la Maria, sense treure els ulls de la cassola que tenia al foc. Adorava l'Aurora, Déu n'era testimoni, però ara mateix la noia li feia nosa, i de quina manera! Amb prou feines tenia esma per acabar d'enllestir el sopar i retirar-se a l'habitació. Ni tan sols menjaria res, es tancaria a la seva cambra i es deixaria emportar per la tristesa i la impotència de tot allò que li succeïa i que no sabia com resoldre amb en Lluís. Ara es temia el pitjor: potser ell li donava excuses; potser ell no li presentaria mai els seus amics perquè, de fet, s'avergonyia d'ella.

L'Aurora estava tan engrescada amb allò que li havia passat que estava molt lluny d'adonar-se del malestar de la cuinera. Va continuar:

—L'he anat a veure, després de dinar, al seu despatx. Li he demanat de parlar-hi en privat i primer s'ho ha pres com una broma, però aleshores ha vist que parlava seriosament i m'ha fet cas. Seu, m'ha dit, i aleshores l'hi he dit.

—El què, li has dit? —En el to de la Maria hi havia certa impaciència, gens habitual en ella, però l'Aurora no ho va notar.

—Fa molts dies que hi dono voltes. Sobretot després de conèixer aquella dona... ja saps, aquella coneguda de la mare de qui et vaig parlar.

—La Glòria Jofre —va fer la Maria, de manera automàtica. L'Aurora n'hi havia parlat tantes vegades que sabia perfectament a qui es referia. La senyora Jofre havia causat una profunda impressió en la noia Rovira, això quedava ben clar. I des d'aleshores que s'havia mostrat molt agitada. La seva actitud amb la mare, ja una mica rebel de costum, havia empitjorat. Emmurriada a estones, excessivament eufòrica en d'altres, la Maria sabia que feia dies que l'Aurora en rumiava alguna de ben grossa i que tard o d'hora l'hi faria saber.

—Li he dit al pare que vull estudiar medicina.

La Maria va deixar la cassola a un costat i la va mirar amb sorpresa. Que l'Aurora hagués estat capaç de guardar-se per a ella un secret com aquell, sense dir-lo ni tan sols a la Maria, era un fet absolutament nou i donava fe de la seva importància.

—Aquesta sí que no me l'esperava!

L'Aurora va somriure triomfant.

—Maria, de veritat havies pensat alguna vegada que jo seria com la mare?

Aquella pregunta tenia massa malícia per a la minyona, la qual va decidir no respondre. L'Aurora va continuar amb to ferm:

—Hi ha altres noies que han estudiat medicina i ara ja són llicenciades. No seré pas la primera!

—Però si encara ets massa jove per...

—No tant, Maria, no tant —va respondre-li contundent—. Hauré d'acabar els estudis preparatoris, i preparar-me molt bé per poder accedir a la facultat. Però qui diu que no en sóc capaç?

Tenia un posat tan desafiant que la Maria no va gosar contrariar-la. L'Aurora, metgessa, va pensar. És possible?

—El senyor doctor t'ha dit que ho pots fer? T'hi deixaran anar?

L'Aurora no li va poder dir que sí perquè el pare no

s'havia mostrat tan obert i comprensiu, d'entrada, com ella hauria desitjat. Però no li havia dit un no rotund; el fet era que no s'hi havia negat. Només li havia contestat que encara era jove, que ja li marxaria del cap i que, si no li marxava —tal com ella havia insistit—, ja en tornarien a parlar d'aquí a un temps. Ara mateix eren a la primavera i aviat vindrien les vacances d'estiu. Marxaria a Camprodon amb la mare, com sempre, i a la tornada ja en parlarien, si ella hi seguia pensant.

—El pare creu que és un rampell i que ja em passarà —va dir l'Aurora—. Però no em passarà, Mia, n'estic molt segura. Després de l'estiu no tindrà més remei que accedir-hi, perquè no hi ha una altra cosa al món que desitgi més. Estudiaré medicina, Mia, com en Llorenç, com el pare. Ja ho veuràs.

La Maria va acabar de fer el sopar donant voltes a tot plegat. L'Aurora, la seva petita Aurora! Qui li hauria dit? Sabia que, si ella s'ho proposava, podia fer tot allò que volgués. Metgessa! Mare de Déu Santíssima! Què n'hauria opinat la seva mare? I què n'opinaria la senyora Rovira? La conversa amb l'Aurora la va salvar d'una nit trista i feixuga. Les seves rebequeries amb en Lluís li van semblar petites al costat de tanta determinació. Al cap i a la fi, veuria en Lluís d'aquí a dos diumenges i, com sempre, ell seria bo i afectuós amb ella. L'Aurora li havia fet veure que calia ser més valenta, més agosarada. Calia arriscar per aconseguir el que un volia, així que potser d'aquí a dos diumenges, qui sap, trobava la manera de fer-li notar a en Lluís allò que ell no veia... Quina noia, l'Aurora! Que forta i segura de si mateixa. Arribarà molt lluny, va pensar. Només esperava que, en el seu ascens, la seguís tenint tan propera com sempre. Amb el seu coratge, li donava forces a ella.

Avançada la primavera va començar a fer calor de veritat. Els dies es van anar allargant i les nits esdevenien més curtes. La revetlla de Sant Joan va marcar finalment el tret de sortida de l'estiu i, com cada any, les famílies barcelonines van cobrir els mobles de casa amb llençols, van treure dels armaris la roba lleugera i van marxar carregades de voluminosos baguls cap als llocs d'estiueig. Hi passarien tres mesos sencers de vacances. Els esperaven els banys d'aigua, les passejades a mitja tarda, els vespres de festa i les noves amistats, els festejos dels fills dels uns i les filles dels altres; i no tornarien a la ciutat fins que arribés el moment d'inaugurar la nova temporada d'òpera, amb la qual el cicle tornaria a començar.

Però a la ciutat hi restaven els homes, grans i joves, als quals encara els quedaven molts dies de feina abans de les merescudes vacances. Quinze dies, com a molt, al juliol o a l'agost, es prendrien els senyors doctors de la Santa Creu, incapaços de deixar per més temps els seus malalts en altres mans. Acomiadades les dones i part del servei, a casa els Rovira hi quedaven el pare i el fill, cadascun abocat al seu dia a dia i provant de coincidir el mínim indispensable.

Eren ja a les acaballes de juny quan va iniciar-se el temps d'espera per a en Llorenç Rovira i el seu amic Marcel: aviat coneixerien el dictamen final dels seus mestres, que els havia de convertir en metges llicenciats. Ells, de vacances no en farien, o almenys no ho esperaven pas. Tant l'un com l'altre només pensaven a mantenir el seu lloc de treball dins el servei on fins ara havien estat com a alumnes interns. En Llorenç anhelava quedar-se amb el mestre Torras, malgrat que sabia que algun dia seria cridat al servei del pare. De moment, però, el doctor Rovira deixava fer al seu fill, sobretot ara que s'acabava de traslladar amb l'equip del doctor Torras al nou Hospital de Sant Pau i en podia extreure informació de primera mà. I en Llorenç ho aprofitava, i gaudia del fet de formar part d'aquest reduït grup de pioners al nou hospital. Li faltava en Marcel, és clar, perquè els serveis quirúrgics de la Santa Creu romandrien encara un temps al vell edifici del carrer Hospital. Perdia el fet de poder veure's a diari amb el seu amic, però tenia la ferma esperança de recuperar aviat aquells moments, ja que el trasllat de tots els serveis a Sant Pau no podia trigar gaire temps.

El moment favorit d'en Llorenç en aquells primers dies al nou hospital era la curta passejada que havia de fer des del lloc on baixava del tramvia fins a la porta del recinte hospitalari. Era un camí de terra ple d'entrebancs, on els carros encallaven les rodes dia sí i dia també, així que el més adequat era servir-se de les cames per superar aquells metres fins a l'hospital. Les vistes eren les millors de la ciutat, s'arribava a intuir el mar més enllà de la boirina de primeres hores del matí i s'apreciava, com si d'una imatge fantasmagòrica es tractés, la silueta retallada de l'altre gegant arquitectònic en construcció, just al davant de Sant Pau: el temple de la Sagrada Família, en el qual treballava des de feia anys l'arquitecte Gaudí. En Llorenç caminava fins al reixat d'entrada del nou hospital, tres portes de ferro forjat flanquejades per dos grans pilars que sostenien, cadascun d'ells, els dos símbols que donarien nom a la institució: la Santa Creu i Sant Pau. En aquell punt, la vista s'alçava fins al punt més elevat de la torre que coronava el gran pavelló de l'administració, un lloc on estava projectat ubicar-hi un gran rellotge que no només marcaria l'hora als metges i futurs malalts, sinó també a tot el nou barri del Guinardó, que, algun dia, ompliria de cases i veïns aquells camps que ara envoltaven

Sant Pau. A en Llorenç li calia travessar l'edifici principal per arribar fins a l'avinguda que s'obria al darrere, una avinguda que separava els pavellons d'infermeria de l'ala oest i els de l'ala est. Aquell on s'havien instal·lat amb el doctor Torras era el primer de la banda est, que tenia projectat dedicar-se a la cirurgia dels homes però en el qual, de moment, acomodarien les primeres malaltes que arribessin. L'havien batejat com a pavelló del Sagrat Cor, malgrat que també se l'anomenava del Sant Salvador, com el sant esculpit per l'Eusebi Arnau que presidia la façana davantera. Només entrar al pavelló, un vestíbul donava accés al despatx mèdic, a l'esquerra, mentre que a mà dreta s'obria la bellíssima rotonda envidriada, plena de llum natural, que esdevindria la sala de dia, on les malaltes podrien deixar el llit per una estona i rebre les visites dels seus familiars. El mestre Torras ja havia encarregat els mobles que decorarien l'espai, però encara no havien estat entregats.

Cada matí, en Llorenç creuava el vestíbul i accedia a la gran sala d'infermeria, amb capacitat per a vint-i-vuit llits, que dominava l'espai central del pavelló, format d'una sola planta i semisoterrani. Imaginava les primeres malaltes i es veia a ell mateix com a metge ja llicenciat, movent-se amb certa seguretat. Era una sala de grans dimensions, amb un sostre de volta on es comptaven fins a vuit arcs lleugerament apuntats. El revestiment de les parets amb ceràmica li conferia un aire net i polit, d'acord amb la higiene imperant als nous i moderns hospitals d'Europa —tal com explicaven—, i les finestres a tots dos costats, a força alçada, deixaven entrar tanta llum que l'espai es veia encara més gran. Els llits per a les futures malaltes ja havien estat col·locats i les sis germanes i les quatre serventes preparaven els llençols, les mantes, els gibrells, els estris de neteja i tot allò necessari per a la seva arribada. S'havia de produir aquell mateix matí, així que es respirava un cert nerviosisme general. El mestre Torras encara no havia arribat, però ho faria ben aviat i calia estar preparat. Allà es trobaven ja de guàrdia el metge ajudant, a més a més dels practicants que formaven part de la visita, com el mateix Llorenç.

—Rita, Emília, Teresa, Maria i Rosa —va recitar un dels practicants, en veu baixeta, quan en Llorenç es va sumar a tot el grup. Eren els noms de les cinc malaltes que estaven a punt d'arribar, probablement uns noms que els administradors de la Santa Creu anotarien en els seus annals per al record. L'endemà ells mateixos en persona farien la primera visita a les malaltes, acompanyats de la mare superiora, el farmacèutic major i el prior de la Santa Creu, un acte ple de solemnitat on el mestre Torras faria de mestre de cerimònies.

—Les tres primeres ocuparan els llits número dos, tres i quatre —es va sentir dir a la germana Arnau, que, amb una llista a la mà, repassava la disposició de les malaltes seguida de la resta de germanes.

Mossèn Granés supervisava l'altar, instal·lat provisionalment al mateix pavelló, on es farien de moment les misses i es donaria la comunió a les germanes i als feligresos. Ell havia estat nomenat mossèn del nou hospital i, com la resta del personal, provava de familiaritzar-se amb aquell espai limitat que concentraria, durant els primers temps, la totalitat de l'activitat a Sant Pau.

En Llorenç se sentia animat, aquell hospital li feia respirar aire pur, netedat, esdevenia un veritable palau sumptuós en comparació amb les fosques i mal ventilades sales de la Santa Creu. Semblava que allà, en aquells pavellons artísticament decorats, en aquell entorn enjardinat i amable, no hi podia haver lloc per als polls, les secrecions purulentes, la brutícia i la suor pròpia dels pobres malalts. Aquella era una part de l'ofici que en Llorenç detestava profundament i que sovint havia entrat en conflicte amb la seva extrema sensibilitat i el seu constant afany de bellesa. Quantes vegades havia anhelat, en els seus primers anys d'estudi de la medicina, que el deixessin tranquil, que no l'obliguessin a ser allò per a què no havia nascut. Quantes vegades havia somiat a ser lliure i esdevenir poeta, músic, pintor. Però no havia pogut triar. Tanmateix, a mesura que els cursos avançaven i, sobretot, a través de les seves pràctiques com a alumne intern, un fet extraordinari se li havia manifestat al davant: el meravellós retorn del cos malalt a la salut. Aquell fet, a poc a poc, malalt rere malalt, l'havia acabat reconciliant amb aquell ofici que en un principi no va creure's mai capaç de fer.

1921

A l'estiu calorós del 1920, coincidint amb el trasllat d'un segon servei de medicina general al nou hospital —el del doctor Freixas—, els metges de la Santa Creu van ser testimonis d'una veritable crida ciutadana per part dels senyors administradors de la Santa Creu: més que mai, els calia buscar la manera d'aconseguir els diners per prosseguir les obres a Sant Pau. Calia acabar de construir els pavellons projectats per l'arquitecte Domènech i Montaner i traslladar-hi la resta de serveis al més aviat possible, ja que els murs de l'antic hospital, com els batecs del cor d'un home massa vell, semblaven dir prou a cinc segles d'existència. Era necessari apel·lar a la caritat dels barcelonins, encendre la flama de la compassió en tots aquells que poguessin contribuir a aixecar el nou hospital de la ciutat, i és per això que a l'estiu els administradors de la Santa Creu havien acudit al pintor Joan Llimona, el qual els va regalar un dibuix a color amb una imatge que parlava per si mateixa: des de la porta mig oberta de la Santa Creu, una germana hospitalària observava impotent un ancià que s'allunyava, recolzant-se amb dificultat en una noia jove, després de no haver pogut ser acollit a l'hospital, per manca d'espai. «No hi ha llits», deia un rètol penjat a la porta. Se'n van fer un bon nombre de còpies; a les parròquies de cada barri, es van col·locar unes bacines amb el cartell ben visible, i no van ser pocs els notaris de Barcelona que, encertadament, van penjar la litografia d'en Llimona a la mateixa sala on les famílies burgeses redactaven el seu testament.

Tot això va ajudar a incrementar els fons de la santa institució, i els metges van començar a esperar amb impaciència i il·lusió renovada el seu trasllat gradual. Però la campanada va arribar l'any següent, quan va córrer la veu que els senyors administradors estaven a punt de tancar negociacions amb l'Ajuntament per vendre-li l'edifici del carrer Hospital. A la fi arribaven els diners per prosseguir de veritat amb la construcció dels pavellons restants, tot i que l'antic edifici no quedaria desocupat fins al cap de cinc anys, segons va preveure l'arquitecte. Seguirien, doncs, treballant els uns a la Santa Creu i els altres a Sant Pau, com ho estaven fent darrerament, però eren molts els metges, practicants, germans i germanes que van començar a mirar-se aquells murs de pedra, aquelles sales compartimentades fins a l'extrem, aquells passadissos, escaletes, portes, finestres i grans arcades, aquells patis i terrasses on els malalts s'airejaven i passejaven sovint, aquelles cuines, aquella farmàcia, aquells dispensaris i les dues sales d'operacions on s'acumulaven els torns com una visió d'allò que aviat esdevindria un record.

I entre tots ells, una nova alumna interna, que cursava tercer de medicina i acabava de ser admesa al servei de pediatria de la Santa Creu: l'Aurora Rovira havia aconseguit convèncer el pare i tots aquells que n'havien dubtat que s'havia proposat ser metgessa i que res ni ningú la podria aturar. El pare havia passat de la broma amable a la incredulitat, de l'escepticisme a la veritable sorpresa, però, acostumat com estava a no negar-li absolutament res a una filla que adorava pel simple fet de ser el seu més bell reflex, s'havia proposat fer-li costat. Li havia deixat fer primer curs amb la condició d'anar sempre escortada per l'Antonio, el xofer, fins a la porta de la facultat. Per a disgust de l'Aurora i també d'un parell de noies més que, agosarades com ella, s'havien inscrit a medicina, la gran majoria dels alumnes barons es posaven drets cada cop que una d'elles accedia a l'aula. Es donava una situació empipadora per a aquelles noies que només buscaven normalitat, però a segon curs tothom s'hi havia anat acostumant, i quan a tercer l'Aurora va entrar en el cos d'alumnes interns que feien pràctiques a la Santa Creu, ja eren força els qui no l'observaven en passar. Aleshores havien estat els nens i nenes de les sales de l'hospital els qui l'havien mirat amb curiositat: acostumats als senyors doctors i als seus ajudants, sovint li preguntaven si era infermera i per què no portava les mateixes robes que les monges de l'hospital. Elles, d'altra banda, suposaven el pitjor maldecap de l'Aurora Rovira, sobretot les dues germanes de sala —la de Sant Narcís i la de Santa Anna, on ella visitava al costat del mestre Martínez García—, que, amb el pes de l'autoritat dels anys a l'hospital, no pensaven posar les coses gens fàcils a una aprenent de metgessa.

Sort en tenia d'en Marcel i les seves estones al pati de la Santa Creu, on l'Aurora es confessava a l'amic de son germà, que, amb el temps, havia esdevingut també amic seu. Des que havia entrat a fer pràctiques al vell hospital, l'Aurora solia compartir amb en Marcel totes les seves preocupacions; l'hi explicava tot, l'hi preguntava tot, perquè no hi havia noia en tot aquell món d'homes amb més ganes d'aprendre i de progressar que l'Aurora Rovira. I en Marcel l'escoltava i l'admirava, més que mai. Si de més jove havia vist en la germana petita del seu amic una bellesa inigualable, ara ja feia temps que, a més, hi veia la dona amb qui imaginava el seu futur. Però aquest pensament se'l reservava per a si mateix. Potser més endavant, solia dir-se, més endavant. En Marcel Riera era ben conscient que ara mateix l'Aurora Rovira només tenia ulls per a la medicina. Tal com acostumava a fer anys enrere amb en Llorenç, quan tots dos eren alumnes interns i el seu amic encara no havia estat traslladat a Sant Pau, es trobava amb l'Aurora cada dia a la creu barroca del pati i, durant una estona, xerraven de totes les coses de l'hospital.

Acabaven d'encetar el mes d'octubre de l'any 1921 i la tardor es feia notar en el groguenc de les fulles dels arbres del pati. Els vells s'asseien als bancs, els nens jugaven a cuit i amagar i potser algun agosarat, com succeïa des del principi dels temps, s'acostava amb sigil a espiar els morts del corralet. De tant en tant, una ràfega de vent feia ajustar l'abric als privilegiats que en portaven, mentre alguna monja o algun germà de la Caritat travessava el pati apressadament. L'Aurora va baixar les escales, provinent de la sala de Santa Anna, on hi havia les nenes. En Marcel ja era al costat de la creu, fumant-se un cigarret. El matí havia estat intens, amb un cas d'apendicitis i dues úlceres gàstriques. En veure-la baixar, de seguida va llegir-li aquella expressió que indicava novetats. Ella el va veure i s'hi va acostar:

—Per fi —li va dir—. Tenia tantes ganes d'explicarte... hi ha bones notícies!

Els ulls de color blau fosc espurnejaven. No podia ser

més bonica, va pensar en Marcel, sense acabar-s'hi mai d'acostumar.

—Què ha passat? —va preguntar.

—És sobre Sant Pau. Saps què m'ha arribat per mon pare?

—Si no em dónes pistes... —va fer en Marcel.

L'Aurora l'hi va anunciar:

—El doctor Girona, un vell conegut de la família, ha fet una important donació molt generosa a l'hospital. Diu el pare que construiran un pavelló de malalties no infeccioses destinat a les nenes, a Sant Pau. L'anomenaran Santa Victòria, en record de la filleta que va perdre el senyor Girona, i quan estigui enllestit hi traslladaran el servei.

En Marcel no va dir res. La sola idea de renunciar algun dia a aquelles trobades diàries amb l'Aurora el neguitejava. Li constava que als cirurgians encara els faltava esperar molt fins al seu trasllat. Va dir:

—Però encara no l'han començat.

—No!, tot plegat és molt recent. Això sí, no trigaran a posar la primera pedra i, després d'això, potser uns mesos... T'imagines, Marcel? Un pavelló tot nou per a les nenes, amb un jardí reixat on podran jugar. El dia que puguem treure els nens d'aquí i portar-los a Sant Pau, estic segura que tot anirà millor.

—Només espero que també ens hi traslladin als cirurgians, al mateix temps —va remugar en Marcel—. No m'agradaria pas que em deixéssiu tot sol aquí. Primer en Llorenç, ara tu...

L'Aurora va deixar anar una rialla alegre. Estava contenta.

—Tots hi acabarem anant a parar, a Sant Pau! —va assegurar.

—Tens raó. És que me'n moro de ganes —va dir en Marcel. Sobretot si hi has de ser tu, va pensar.

L'Aurora es va interessar per les operacions d'aquell matí, i en quin grau el doctor Ribas hi havia deixat intervenir en Marcel. Estava al corrent de tots els canvis que, en els últims temps, s'havien produït a la secció de cirurgia, ja que en Marcel l'havia tingut prou informada: primer va venir la mort del doctor Raventós, que va fer que el doctor Pujol passés a ocupar-se de la cirurgia dels homes mentre que en Ribas i tot el seu equip passaven a fer la cirurgia de dones. Així havien estat ben bé dos anys, fins que ara feia uns mesos el doctor Àlvar Esquerdo, el gran cirurgià i ginecòleg de la Santa Creu, havia mort d'un infart. Aleshores el doctor Pujol havia passat a ginecologia, i havia quedat així la plaça vacant per dirigir el servei de cirurgia d'homes. Tothom apuntava el deixeble més destacat de Ribas, precisament aquell al costat del qual en Marcel havia passat els seus primers anys: en Manuel Corachan. Durant el temps en què va durar la incertitud, mentre en Corachan rumiava per formar el seu propi equip, que s'ocuparia dels homes, en Marcel va confessar a l'Aurora el seu desig de formar-ne part. No és que desmereixés el gran mestre, en Ribas, però tenia amb en Corachan molta afinitat i l'atreia la seva empenta i gosadia, que, intuïa, faria revolucionar el servei de cirurgia d'homes de la Santa Creu. Però va resultar que el mestre Ribas no volia prescindir d'en Marcel, i en Manuel Corachan va formar el seu equip amb tres metges ajudants que no l'incloïen a ell. No s'ho va prendre del tot malament, en Marcel, ja que la petita i secreta decepció venia acompanyada del fet de saber-se molt valorat pel mestre Ribas. I allò havia quedat expressat amb el fet que, arran de la marxa d'en Corachan, el mestre l'havia posat al seu costat en operacions importants. Li agradava la precisió i rapidesa amb el bisturí que, de tant en tant, li deixava demostrar, de la mateixa manera que havia advertit de seguida la serenor d'en Marcel davant d'una hemorràgia, un síncope, o qualsevol altre dels trastorns del pacient, que de vegades calia afrontar.

—Però no parlem tant de mi —va fer en Marcel, després de detallar el seu matí a la sala d'operacions—. Vull que m'expliquis com estan els teus nens i les teves nenes.

A l'Aurora se li va il·luminar el rostre. Malgrat que tot just era el primer curs que feia les pràctiques al servei del doctor Martínez García, sentia que allò era exactament el que volia fer la resta de la seva vida: els seus nens i les seves nenes, com deia en Marcel de broma, esdevenien els habitants dels seus somnis i pitjors malsons. L'Aurora Rovira provava d'aprendre a tractar aquells petits i malaurats pacients, a entendre i saber detectar les diverses patologies que veia dia a dia en la visita al costat del mestre, a llegir els símptomes, a observar el tractament que el mestre Martínez indicava a les germanes hospitalàries, i assistia constantment amb neguit a la seva recuperació o desenllaç fatal. Sabia que aquell ofici l'obligava a separar-se emocionalment de les criatures malaltes, que mai, per cap circumstància, havia de fer visible el cor compungit o les ganes de plorar davant aquells ullets de dolor, pels quals s'escolava el darrer sospir d'una vida curta, d'unes condicions de vida penoses, d'una llarga llista de mancances que ella mai havia conegut. Provava de fer el cor fort, de demostrar-se a si mateixa i a tots els qui l'envoltaven que era capaç de prendre distància, de mirar-s'ho tot amb l'ull clínic i ple de sentit pràctic que s'exigeix al bon metge, però a les nits se li apareixien els petits rostres, i aleshores es deixava emportar una mica, només una mica, per aquella tristesa, aquella mena de ràbia i d'impotència, alhora que li creixien les ganes immenses de canviar el món.

Com sempre els succeïa, l'estona al pati se'ls feia més curta del que haurien volgut, així que només en el moment final, abans d'acomiadar-se, l'Aurora va fer referència al sopar que tenia aquell vespre a casa de la seva amiga Mariona.

—També hi serà l'Amèlia, l'altra amiga meva. Te'n recordes, que te la vaig presentar una vegada?

—Vagament —va dir en Marcel, com sempre que l'Aurora li mencionava alguna altra noia.

—Sí, home, aquella tan bonica i elegant. De sempre que tots els nois li han anat al darrere, però saps una cosa? Ja s'ha promès. I saps amb qui?

En Marcel va negar amb el cap.

—Amb en Josep Trueta.

Primer va fer com si no sabés de qui li parlava, però aleshores va associar aquell nom amb un dels metges ajudants que havien entrat al servei d'en Corachan. Un noi molt alt, de cos atlètic, de cabells clars.

—Sé qui és. S'acaba de llicenciar, em sembla —va apuntar en Marcel.

—Sí, ha fet els últims dos cursos en un de sol —va explicar l'Aurora. Es va acostar una mica més a en Marcel i li va xiuxiuejar a l'orella—: Té pressa per casar-se amb l'Amèlia!

En Marcel va notar com s'encenia per dintre, només de percebre el seu alè tebi. Cada cop que ella se li acostava més del compte, que el fregava sense voler o li dedicava aquell somriure enlluernador, ell es fonia de plaer i desitjava amb totes les seves forces agafar-la, envoltar-li la cintura amb les seves mans i estrènyer-la cap a ell; besar-la, aleshores, sense parar, per tot el temps d'espera i de desig contingut. Li hauria declarat el seu amor més sincer, li hauria proposat de casar-s'hi, si no fos perquè la intuïció li deia espera, Marcel, espera un temps més. Reprimint, doncs, els seus instints més primaris, el noi es va acomiadar de la seva amiga i tots dos van tornar a la feina.

Era una de les escasses excepcions en què l'Eulàlia Rovira sortia de casa. Només si es tractava d'un sopar d'etiqueta com aquell, a casa dels seus amics Puigmartí, podia fer l'esforç que li suposava moure el seu cos pesant i aparatós. Capes de mussolina de seda provaven de fer més lleugera aquella figura, de tapar o dissimular allà on la carn s'havia instal·lat en excés. De maquillatge no se'n posava mai més del compte perquè, malgrat les decepcions, l'avorriment, la deixadesa dels últims anys relegada a la seva gàbia particular, l'Eulàlia no havia perdut pas el bon gust. Menyspreava les dones que s'excedien amb el maquillatge i provaven d'ocultar les imperfeccions, els disgustos, les seves misèries. Dones que esdevenien vulgars, un tret que ella sempre havia deplorat.

En Darius Rovira, el causant de la seva trista existència, havia sortit ja de casa i s'esperava al carrer, on l'Antonio hi tenia el cotxe a punt.

Ni tan sols pot baixar amb mi les escales, somicava l'Eulàlia davant del mirall, únic testimoni al qual havia acabat per confessar la seva agonia. El meu home fa temps que m'ha deixat d'estimar. Potser mai va arribar a fer-ho. S'ho va dir un bon dia, davant del seu propi reflex, i des d'aleshores havia deixat de lluitar per estar bonica i agradable per a ell. Havia deixat d'esperar que s'hi fixés, que li somrigués una mica de tant en tant, que la fregués distretament, tendrament, tot passant una mà per l'espatlla, com en els primers temps de casats. L'Eulàlia havia trobat el seu consol en el menjar, i s'hi havia abocat. Res li importava ja perquè, de tota manera, en Darius no s'hi fixaria. Només en ocasions com aquell vespre l'Eulàlia es neguitejava davant del mirall: com em veuran els altres? Què diran del meu vestit? Per al seu disgust, no aconseguia amagar res de res. La modista és una inepta. Demà mateix la despatxo i me'n busco una altra.

Dos cops lleugers a la porta de la seva cambra i es va obrir. L'Aurora va treure el nas:

—Mare, el pare s'està posant impacient. És al cotxe i diu que t'afanyis. Estàs a punt?

Feliç joventut! L'Eulàlia va donar una ullada a l'aspecte radiant de la seva filla. Els cabells brillants, del color de la mel, li queien amb unes ones marcades que li arribaven arran de clatell, emmarcant el perfecte òval del seu rostre. Unes celles ben dibuixades i un llavis color carmí. La figura esvelta, igual que son pare, vestida a l'última moda de París amb un dels models que en Darius s'havia ocupat personalment d'encarregar-li. La joguina del pare, la nineta dels seus ulls, enfosquia i enlletgia tot allò que hi hagués al seu voltant. Però l'Aurora ni tan sols se n'adonava. La mare va donar el darrer cop d'ull al mirall, va agafar els guants del tocador i va sospirar fastiguejada.

—Anem, filla.

Van baixar juntes les escales.

—I en Llorenç? —va preguntar l'Eulàlia, abans d'arribar a la porteria.

—No te'n recordes, mare? Aquest matí ha avisat que vindria tard de l'hospital. L'Antonio vindrà a recollir-lo després de deixar-nos a nosaltres. No pateixis, que ha promès arribar a temps per sopar.

El pare, la mare i la filla van pujar al cotxe nou que s'havien comprat. Un model Ford negre, dels pocs que es veien circulant per la ciutat. L'Antonio havia hagut de deixar el cavall i aprendre com funcionaven aquelles màquines noves i complicades d'engegar. La insistència de l'amo, tanmateix, li havia fet veure que si ell no era capaç de fer front als nous temps, d'adaptar-se als nous vehicles de les famílies importants de Barcelona, el senyor doctor prescindiria dels seus serveis sense miraments, de la mateixa manera com ho havia fet amb el pobre cavall que, en altres èpoques, havia estat motiu d'orgull.

La família Puigmartí vivia en una luxosa mansió a la part alta de la ciutat, de camí cap a Sarrià. Des de sempre que el seu patriarca havia portat amb tota naturalitat el seu títol de baró i, a diferència d'altres, no només es dedicava a treballar sinó que era posseïdor d'una de les fàbriques tèxtils més productives de la comarca. En Ricard Puigmartí era un home afable, proper i temperamental quan tocava, que sempre s'havia entès prou bé amb en Darius Rovira. És per això que el doctor, a mesura que en Llorenç s'havia anat fent gran, i en veure els ullets que la pubilla Puigmartí feia davant d'ell —detall que al pare no li havia passat gens desapercebut—, havia vist en aquella amistat amb els Puigmartí una feliç oportunitat de lligar el seu cognom a la noblesa catalana. El desig havia anat creixent en el seu interior però no l'havia compartit amb ningú, ja que es reservava per a una conversa que, en breu, mantindria amb el seu propi fill. Ho tenia tot rumiat, calia preparar-ho amb molta cura per tal que en Llorenç no l'espifiés. Depenia d'ell que tot sortís bé i que, d'una manera natural, en Llorenç Rovira es convertís en el pretendent favorit del baró per a la seva filla. No és que la Mariona fos cap bellesa, així que era poc d'esperar que en Llorenç s'hi hagués sentit atret, però en Darius sabia millor que ningú que tots els ingredients en una mateixa candidata eren gairebé sempre un impossible.

En Llorenç va sortir de l'Hospital de Sant Pau per dirigir-se al sopar. Estava profundament trasbalsat, i si algú l'hi hagués preguntat no hauria sabut què respondre. El cert era que, des que aquell migdia havia anat a veure el doctor Freixas, instal·lat al pavelló de Sant Leopold, la resta del dia ja no havia fet res de bo. S'havia passat la tarda obsessionat amb la imatge d'aquell noi que, mentre era allà, havia entrat al pavelló acompanyat de la seva mare. I no entenia ben bé per què, però no podia deixar de pensar en ell.

Era migdia quan el doctor Torras l'havia enviat a Sant Leopold:

—Busqui el doctor Freixas i demani-li de signar la llista conjunta de material.

Tots dos caps de servei, en Torras i en Freixas, únics habitants dels nous pavellons, miraven de sumar esforços cada vegada que feien una petició a la Santa Creu, en un intent d'estalviar viatges, transport i, sobretot, una considerable pèrdua de temps. En Llorenç hi havia anat, i en veure una germana li havia demanat pel mestre Freixas, la qual li havia indicat que l'esperés al despatx. I mentre es trobava allà esperant-lo, havia vist com una dona i un noi jove accedien al pavelló. Havia dubtat un instant, però en no veure enlloc la germana se'ls havia adreçat ell mateix.

—Per qui demana, senyora?

La dona li havia preguntat pel doctor Freixas.

—Vinc pel meu fill —havia afegit.

Havia estat aleshores quan en Llorenç havia començat a observar el noi. Era ros com un estranger, d'uns disset o divuit anys probablement, de pell molt blanca, aspecte fràgil, i uns ulls encesos que el miraven amb intensitat a causa, segurament, d'unes dècimes de febre.

—I diu que vol veure el doctor Freixas? —havia preguntat en Llorenç estranyat. Si bé era cert que, en aquells dies, eren moltes les persones que acudien a l'Hospital de Sant Pau pensant-se que allò era un sanatori per a tuberculosos —i probablement aquell noi tenia un principi de tisi—, la visita d'en Freixas a l'hospital era de dones. D'altra banda, en Llorenç s'havia fixat en la manera de vestir de la dona i el fill, i s'havia adonat que no es tractava d'una família precisament pobra, com la majoria dels qui acudien a l'hospital. Deu ser un pacient distingit, havia reflexionat, un d'aquells que pagaven per un tracte millor durant la seva estada a l'hospital.

Una mica irritada per la manca de resposta d'aquell jove doctor que no feia més que observar-los, allà quiet, la dona havia insistit:

—Seria tan amable d'avisar-lo, el senyor doctor? Venim de molt lluny, senyor.

En aquell precís instant havia aparegut la germana de sala i s'havia fet càrrec de la situació. Havia fet passar mare i fill a la rotonda, on tenien la sala de dia, tan bonica i lluminosa com la del pavelló del Sagrat Cor. Però el noi no havia deixat de mirar cap on era en Llorenç ni un sol moment. Aquell rostre ullerós, d'un blanc porcellana, aquella mirada febrosa sota unes pestanyes llargues i boniques com les d'una dona, en Llorenç no se l'havia tret del cap en la resta del dia.

Mentre al vespre baixava el camí de l'hospital amb la tartana, a la qual havien posat feia poc unes cortinetes de llona perquè no hi passés l'aire fred de l'octubre, en Llorenç seguia preguntant-se qui era aquell noi i si el tornaria a veure. El més probable era que en Freixas l'hagués enviat a la Santa Creu, o potser, si coneixia bé la família, a algun sanatori de fora la ciutat, si allò era el que necessitava. De tota manera, ell no n'havia de fer res, així que valia més treure's aquell malalt del cap. Però mentre es dirigia al sopar d'etiqueta organitzat a casa dels Puigmartí, hi seguia pensant.

Només quinze comensals en una taula meticulosament arreglada al més gran dels tres salons de la casa. Uns centres de camèlies blanques, com esquitxos de llum enmig d'un fullatge verd fosc. Els joves, a un extrem; els pares, a l'altre. En Ricard Puigmartí presidia la taula amb aquell saber fer de les famílies benestants de Barcelona, acostumades a rebre gent important. Al seu costat, la seva esposa es mostrava molt satisfeta de tenir la companyia d'una de les seves amigues íntimes, l'Eulàlia Rovira, amb qui darrerament també compartia el dolor per la pèrdua de la seva altra amiga, la Catalina, que havia mort al seu pis. I havia estat la pròpia filla, la pobra Amèlia, qui l'havia trobada. Des d'aleshores, la noia —tan jove com era, encara— havia assumit el paper de la mare, ocupant-se de la casa, el pare i els germans. D'això ja en feia un temps, i tots provaven de fer el cor fort i tirar endavant. L'Amèlia, a més a més, havia tornat a somriure gràcies al seu prometatge amb aquell metge anomenat Josep Trueta.

—Quin goig que fa aquest jovent! —va xiuxiuejar

l'amfitriona a en Darius Rovira, assegut al seu costat. El doctor s'esforçava per ser amable amb la que podia esdevenir la seva consogra:

—La seva filla s'assembla a vostè —va dir-li en Darius, afalagador—: S'ha convertit en una noia molt bonica, si em permet dir-ho. Segur que comença a tenir molts pretendents.

La senyora Puigmartí va ofegar el riure, complaguda per les paraules d'aquell home, la picardia del qual només es deixava veure de tant en tant. Tothom deia que era tan tibat, que al Liceu només saludava unes quantes persones i feia veure que no havia vist les altres. I era veritat, però a l'amfitriona sempre li havia agradat el marit de la seva amiga.

En Ricard Puigmartí va alçar una copa, en aquell moment, per brindar pels seus convidats, demostrant amb la seva alegria que el vi li havia pujat força al cap. Una bona manera d'evadir-se per una nit —tal com després va confessar als homes en el *fumoir*—, de les preocupacions que els industrials com ell patien en aquells dies.

—No vull parlar d'aquestes qüestions al davant de la meva senyora —els va confessar—, perquè s'esvera i s'ho passa molt malament. Però l'estat de tensió que vivim a les fàbriques des que els obrers es van començar a rebellar no és el millor ambient per treballar. Tot plegat està millorant molt des que tenim nou governador civil, en Martínez Anido —va reconèixer en Puigmartí—, amb uns sindicats lliures que fan la seva feina i defensen els patrons del perill dels agitadors d'obrers, però continua havent-hi morts, seguim amb aquella sensació d'inseguretat en sortir al carrer... Tot per culpa de quatre brètols que van trencar la pau que es vivia a la fàbrica! Segueixen provant de fer-nos la vida impossible, però no ho aconseguiran. Ara una vaga, ara una comissió que ve a reclamar millors condicions de treball... Què volen, aquesta gent? Agraïts de tenir feina, haurien d'estar! La guerra a Europa ens va portar molt negoci, sí senyor, però després va venir la crisi, la pujada de preus, la minvada de les exportacions... No se'n fan càrrec. Volen treballar poques hores i guanyar molt, com si això fos rendible! Alguns fabricants amics meus, a qui aprecio de veritat, segueixen amenaçats pels pinxos de la CNT. I quants n'han matat, ja? —En Puigmartí va mirar la concurrència, atenta a cada paraula que deia. Amb un deix de menyspreu al llavi superior, va definir el tarannà d'aquella mena de sindicalistes—: Una colla de vividors que enreden l'obrer més dòcil, el que ha treballat bé tota la vida, fins que li han omplert el cap amb mentides i ximpleries. Delinqüents comuns al servei dels sindicats, pistolers de mala mort, pagats per la CNT i companyia. Jo, per la meva part, només augmento els jornals als obrers que em demostren que no estan afiliats a cap sindicat.

—Tants atemptats... Els ciutadans no tenen descans ni pau. Però en Martínez Anido sap el que fa: la llei de fugues, sindicats lliures... aviat tornarem a viure tranquils —va voler dir en Darius, per animar en Ricard Puigmartí. No és que a ell l'afectés directament aquell tema, perquè les úniques obreres amb les quals solia tractar en Darius jeien malaltes als llits de la Santa Creu i, per tant, eren molt lluny de cap reivindicació laboral. Però sí que era cert que a en Darius l'enutjava profundament el desordre, i a Barcelona ja feia temps que es vivien temps complicats.

Quan els homes es van tornar a reunir a la sala amb les dones, en Darius es va proposar estudiar minuciosament l'actitud de la Mariona Puigmartí amb el seu fill. Qualsevol detall li podia mostrar el grau de possibilitats que tenia per al seu propòsit, i ajudar-lo a anar més de pressa o més lentament per assolir-lo. Calia fer les coses ben fetes, pas a pas, i sobretot mirar que en Llorenç no ho espifiés tot amb la seva poca gràcia per a aquelles qüestions. No sembla fill meu, pensava en ocasions. Tan tou, tan indecís sempre, tan cec per veure les bones oportunitats. L'Aurora va cridar el seu germà perquè s'unís a elles. Parlaven les tres amigues del promès de l'Amèlia.

—Tu el coneixes, oi, Llorenç, en Josep Trueta?

—Hi he coincidit poc —va respondre ell.

—Doncs haurem de quedar i anar tots plegats a algun lloc —va proposar la germana, fent l'ullet a la Mariona. Ella es va enrojolar a l'instant, però en Llorenç ni se'n va adonar.

L'Amèlia no podia deixar de parlar del seu promès:

—Ens vam conèixer fa dos estius a Castellterçol —va explicar a en Llorenç—. La seva germana Júlia i jo ens vam fer molt amigues. Allà, als estius, som una colla de gent i ens ho passem molt bé. Hauríeu de venir algun cop.

—Sí! Podríem visitar-vos, oi, Llorenç? —va exclamar l'Aurora—. Tu també hi vindràs, Mariona. Així ja no faltarà ningú.

La Mariona va fer un gest a la seva amiga per tal que s'aturés. A pesar que sabia que les intencions de l'Aurora eren bones, volia que fos el mateix Llorenç qui s'adonés, a poc a poc, dels seus sentiments. Ell, amb un cert aire desmenjat, va respondre a la seva germana:

—No ho sé, Aurora... nosaltres passem l'estiu a Camprodon. No crec que hi puguem anar, a Castellterçol.

—Mira que n'ets, de trist, quan vols! —va fer la seva germana, enrabiada—. No m'esguerris els plans. Segur que les properes vacances hi podem anar uns dies.

En Llorenç es va limitar a arronsar les espatlles, sense cap ganes de discutir.

—De tota manera, encara falta passar tot l'hivern —va concloure.

L'Aurora va pensar que la seva amiga Mariona ho tindria difícil amb el seu germà, ja que ell no mostrava cap interès especial per ella. De fet, no havia vist mai en Llorenç interessar-se per ningú en concret, però potser era a causa de la seva profunda timidesa. Estem ben arreglats, va pensar. De moment va deixar estar el tema i va seguir preguntant a l'Amèlia pel seu promès:

—Així deies que en Josep està molt content amb el doctor Corachan.

—I tant! De fet, en Josep sempre ha sabut que volia ser cirurgià, des que va començar els estudis. El que passa és que son pare el va convèncer de fer les pràctiques amb un metge internista, ja que així aprendria la base abans que la tècnica.

En Llorenç va somriure, sorprenent-se de com parlava l'amiga de l'Aurora, tenint en compte que no devia saber res de medicina. Va comentar, fent costat a la sàvia decisió del pare d'en Trueta:

—Segur que les pràctiques a medicina general li han servit per entendre millor els símptomes i l'ajudaran a interpretar millor les dades. És el mal d'alguns cirurgians: no fixar-se més en els malalts i passar a tallar i a cosir de seguida —repetia de boca dels mestres internistes que havia tingut.

Tanmateix, la Mariona va quedar impressionada. Tot el que deia en Llorenç li semblava meravellós, malgrat que no l'entengués.

Aquella nit, mentre la família Rovira tornava a casa amb el Ford, sota un cel enlluernat per una lluna blavosa, una mica irreal, no només el patriarca omplia els seus pensaments amb plans de boda per al seu fill, sinó també l'Aurora, pensant en la il·lusió que li faria tenir la seva amiga per cunyada.

La Maria caminava cap a casa arrossegant-se una mica pel cansament, després d'una tarda intensa a la Santa Creu. Se li havia fet més tard del compte ja que, malgrat la rigidesa d'horaris que imperava a les sales de pediatria, la germana Teresa sabia el bé que la Maria feia a aquelles criatures i la deixava quedar una estona més. Des que en Lluís havia tornat a marxar a viure a París, deixant-la altre cop sola, amb un sentiment d'impotència, de desconsol terrible per no haver estat capaç de fer-li veure que ella l'estimava —no d'aquella manera fraternal com ell pensava, sinó com una dona estima un home—, la Maria s'havia acabat confessant a l'Aurora. Ja no aguantava més amb aquella pena i necessitava que algú l'ajudés. Què se'n farà, de mi, Aurora?, li havia dit en marxar en Lluís. Ell mai em veurà com jo desitjo, perquè ell es fixa en una altra mena de dona. Jo no tinc res, jo no sóc res.

L'Aurora s'havia amoïnat molt en veure-la així d'ensorrada.

—No pots quedar-te sempre a casa, Mia —l'havia advertit—. Has de sortir, distreure't, fer la teva vida. No pots viure sempre esperant en Lluís.

Va ser a partir d'aquell dia que la noia Rovira es va proposar buscar-li alguna ocupació que l'omplís, i no li va costar gens de trobar-la. Un dia la va anar a veure a la cuina per explicar-l'hi:

—A la Santa Creu hi ha molts nens i nenes malalts que no tenen ningú que els faci companyia. Les hores de visita dels familiars són molt restringides, i els nens s'avorreixen i se senten sols. Hi ha voluntaris que hi van de manera més o menys regular.

La Maria s'hi va interessar:

—I què fan, exactament, aquests voluntaris? —va preguntar.

—Molt senzill —va dir l'Aurora—: porten un llibre, uns contes, i els llegeixen als nens durant una estona. Les germanes els anomenen els llegidors voluntaris.

I després d'uns dies de rumiar-s'ho, la Maria s'havia acostat a la Santa Creu per anar a veure les sales dels nens. Només entrar, ja se li va encongir aquell cor generós i ple de tendresa per oferir en veure els llitets, les carones petites, els ulls atemorits, els cossets malalts. Portava uns llibres de contes sota el braç i s'havia presentat tímidament a la germana com a voluntària llegidora. Des d'aleshores ja feia uns anys que hi anava cada setmana amb tanta regularitat com si d'una feina remunerada es tractés.

I pensant-se que era ella qui més tenia per oferir, s'havia sorprès en adonar-se que eren ells, els nens i les nenes de l'hospital, qui més li acabarien donant. Cada cop que hi anava, li omplien el cor d'alegria perquè només veure-la aparèixer a la sala ja cridaven: És la Mia! Ja ha arribat! Què ens llegiràs, avui? En el mateix hospital on de petita esperava veure sortir la mare de les cuines, ara hi havia descobert tot un món. Just al barri on havia crescut, on havia jugat amb en Lluís. El fet de sentir-se necessitada per aquells nens i aquelles nenes l'havia alleujat del dolor punyent de la llarga absència d'en Lluís.

En arribar a casa aquell vespre va sopar una mica de restes del dinar dels senyors i de seguida es va disposar a retirar-se a la seva habitació. Estava sola. En tota la casa no hi havia ningú, ja que la família sencera havia anat al sopar d'etiqueta dels Puigmartí. Les dues minyones, alliberades de qualsevol obligació, havien anat a veure els seus parents. No es va adonar del sobre que l'esperava en un racó de la cuina fins que ja anava a apagar el llum. Va sentir una glopada d'emoció, com cada cop que rebia una carta d'en Lluís. Segurament la Carme l'havia deixada allà abans de sortir. Va agafar la carta i se'n va anar a la seva cambra a llegir-la amb tranquil·litat. El ritual era sempre el mateix: primer l'ensumava una mica, com si hagués de portar els aires de París; després l'obria lentament, mirant de no trencar el sobre, perquè després la tornaria a guardar a dintre; aleshores pinçava un full, dos fulls, i els extreia amb molta cura del sobre; la Maria els desplegava, hi passava una mà pel damunt notant el relleu de la tinta; somreia, perquè en Lluís premia molt fort en escriure i les paraules quedaven força marcades damunt del paper. Va començar a llegir tot allò que en Lluís li explicava sempre de la seva vida a la capital francesa, li relatava els seus progressos, les darreres escultures venudes. També s'interessava per ella, si estava bé, si seguia a casa els Rovira i com de bonica devia estar la noia de la casa. Quants anys té, ja?, li preguntava, deu ser una dona bellíssima, l'Aurora Rovira. Algun dia, quan torni, m'agradaria fer-li un bust. La Maria va sentir una punxada al bell mig del pit i es va prémer aquell punt amb força. Quan ella li escrivia cartes, ja no solia parlar-li de l'Aurora perquè havia notat que en Lluís n'estava enlluernat. No és que tal fet la sorprengués —qui no adorava la noia Rovira?—, però n'estava tipa de llegir floretes que mai anaven dirigides a ella. Tanmateix, en Lluís insistia, i preguntava com li anaven els estudis de medicina. Una futura metgessa, Maria! Així seran les dones del futur, li assegurava. Deia que a París les noies eren ben diferents i que s'obrien camí cap a un món més igual on també elles eren artistes, tenien ofici i opinió pròpia sobre tot. Aquestes dones són admirables, Maria, són un exemple dels nous temps.

Es va ajeure una estona i va apagar el llum, però la son li havia marxat arran de llegir la carta. Com ho havia escrit, allò, en Lluís? Les dones del futur. Va tornar a encendre el llum i es va aixecar de nou. Es va posar la bata i va anar a treure el nas al passadís per si sentia arribar l'Aurora. No devia faltar gaire perquè tots tornessin del sopar. Va passar una estona curta i aleshores va sentir soroll provinent del rebedor. Eren els senyors. Va esperar-se prudentment a la cuina, preveient que potser l'Aurora hi entrava en qualsevol moment, com feia sempre abans d'anar al llit. Unes veus esmorteïdes, un tancar i obrir portes i silenci. Tot seguit unes passes silencioses, la porta de la cuina es va obrir i va aparèixer l'Aurora.

—Maria! —va cridar—. M'has donat un ensurt!

Els llums eren apagats i l'Aurora havia pensat que la cuinera ja dormia.

—Em sap greu, no era la meva intenció.

—No passa res, dona. Què tens? No pots dormir? Et trobes malament? —va preguntar-li l'Aurora, en veure la seva expressió emmurriada.

Davant de tantes preguntes la Maria va somriure i va fer que no amb el cap.

—Res... —va contestar ella—, és que t'esperava.

La Maria li va explicar que havia anat a llegir als nens, com cada setmana. Li va parlar de l'Elena, l'Anna, la Josefa i l'Andrea i també dels nens —del Martí, en Benito i aquell petitó de dos anys acabat d'ingressar per una meningitis. No calia aclarir-li qui era cadascun, perquè ella mateixa en tenia cura des que feia les pràctiques amb el doctor Martínez. De fet, era gràcies a l'Aurora que la Maria sempre estava al corrent de l'evolució dels petits malalts. Coneixia a través d'ella els que tenien possibilitats de viure, els que sortirien ben aviat i també aquells pobres minyons que, malauradament, acabarien deixant aquest món. La Maria els tractava a tots igual, llegia contes en un racó amb aquells que es podien aixecar del llit i s'asseia al costat dels que no es podien moure o, fins i tot, semblaven adormits. Es passava l'estona llegint-los històries, parlant amb ells, de vegades els cantava una cançó d'aquelles que la mare li cantava a ella i a en Lluís quan eren petits, i mai permetia que una llàgrima llisqués per la seva galta quan coneixia el trist desenllaç que esperava a un petit malaltó.

La Maria va parlar a l'Aurora de la seva llarga tarda a la Santa Creu, per anar a parar després al motiu veritable pel qual l'havia esperat:

—Aquests darrers dies he estat rumiant... —va començar a dir—. Et volia demanar la teva opinió.

—Sobre què, Mia?

Va dubtar un instant, com si l'avergonyís allò que anava a dir, però finalment es va decidir:

—He estat pensant en les germanes hospitalàries i les infermeres que les ajuden. —La va mirar als ulls directament i li va preguntar molt seriosa—: Creus que jo podria... vull dir que si a tu et sembla que jo... En fi, que m'agradaria fer alguna cosa més per aquests nens. Poder assistir-los com ho fan les germanes i les seves ajudants.

—Vols dir fer d'infermera, Maria?

La cuinera va assentir fermament amb el cap.

—No deixaria aquesta casa, és clar. Però potser tu podries convèncer la senyora perquè em permetés estudiar algunes tardes a l'Escola de la Santa Madrona o a l'Escola d'Infermeria de la Mancomunitat.

—Veig que t'has informat de valent —va dir l'Aurora, pensativa.

La Maria es va afanyar a aclarir:

—No te n'havia dit res perquè només era una idea. Però ara ho vull fer de debò.

L'Aurora la va abraçar sobtadament, tan impulsiva com sempre que mostrava els seus sentiments. La Maria va sentir com el cor li bategava de pressa de tanta emoció. Ja està, ja ho he dit. Li ha agradat la meva idea i segur que m'ajudarà. Només de pensar que podia, algun dia, arribar a ser infermera, entrar com a auxiliar de les germanes hospitalàries de la Santa Creu, tenir cura personalment dels seus nens i les seves nenes, li entrava un coratge desconegut. L'ombra del dubte planava, alhora, per damunt seu en albirar que, si estudiava per ser infermera, arribaria el dia que hauria de triar: o seguir a casa els Rovira, o ingressar a la Santa Creu. Però allò era córrer massa, pensar més del compte. Ara per ara, només ho volia intentar. Com ho havia escrit, allò, en Lluís? Les dones del futur... Ella també podia esdevenir-ne una.

Dos cursos generals i quatre mesos suplementaris d'especialització. A triar entre puericultura, malalts mentals i laboratori. A diferència de la Santa Madrona, l'Escola d'Infermeria de la Mancomunitat estava regida per dones i allò reconfortava la Maria. Les pràctiques solien fer-se a l'Hospital Clínic, però l'Aurora li havia assegurat que també les podria fer a la Santa Creu. S'hi va inscriure, amb el vistiplau de la senyora Rovira i el suport absolut de la seva filla Aurora. No només hi aniria unes tardes a la setmana sinó que assistiria a totes les classes necessàries. L'Aurora havia convençut la seva mare per agafar una ajudant de cuinera que supliria la Maria sempre que ho necessités. La filla de la Dolors era una més de la casa i si calia fer una bona obra no hi havia millor candidata. Així ho va vendre la filla a la mare i ella hi va accedir. Ho explicava a les seves amistats, com la seva bona obra de l'any, a més a més de lluir-se per les coses interessants i sorprenents que passaven a casa seva. Ja se sap, en família de metges... la vocació de cuidar malalts s'escampa.

Va haver de passar un any de prometatge abans de fixar la data del casament. En Llorenç Rovira es va declarar a la Mariona poc després d'aquell sopar i tot seguit van començar a festejar. En cap moment es va plantejar contradir el pare, i s'ho va prendre com una obligació més. Sabia que el dia de comprometre's amb algú del gust del pare estava a punt d'arribar i, dintre de tot, s'ho va prendre bé. Al cap i a la fi, la Mariona Puigmartí era una bona noia i, malgrat que físicament no li deia res, almenys la coneixia de feia molt temps, era prou agradable i sempre el feia sentir còmode. Era molt elegant, vestia exquisidament, i si bé la passió no l'havia sentida mai per cap dona, en Llorenç pensava que, amb el temps, ja vindria l'amor.

Havien fet un bon grup i sortien sovint a divertir-se tots plegats: l'Aurora, l'Amèlia i el seu promès, i els futurs senyor i senyora Rovira, i en Marcel Riera. Anaven al cinema, a jugar a tenis, o a qualsevol altra activitat de moda en aquells feliços anys vint. El promès de l'Amèlia, en Josep Trueta, s'havia guanyat fàcilment l'amistat dels nois. Tots tres eren ara metges de la Santa Creu —en Llorenç havia acabat deixant el servei d'en Torras, cridat pel seu pare, i havia tornat així a l'antic hospital. Solien trobar-se cada matí al pati i, juntament amb l'Aurora, que seguia les seves pràctiques a les sales dels nens, comentaven els casos dels seus respectius departaments. En Josep i en Marcel eren tots dos cirurgians, així que la seva feina s'assemblava, malgrat que l'un la feia al servei d'en Ribas i l'altre al d'en Corachan. Feia temps que en Marcel s'havia començat a especialitzar en intervencions abdominals —un intestí, una matriu, un estómac eren el seu dia a dia—, mentre que el doctor Corachan havia anat enfocant en Josep Trueta cap a una especialitat que tot just naixia als hospitals de Barcelona: la cirurgia de les extremitats. El noi mostrava un profund interès per aquesta especialitat i sovint en parlava amb en Marcel, amb qui guanyava cada dia més afinitat. Tots dos nois vivien entregats al seu ofici, abocats al delit de la sala d'operacions, mentre que en Llorenç s'ho prenia d'una altra manera, sobretot des que el seu lloc era al costat de son pare. Al pati, tots plegats comentaven les incidències del dia però també planejaven futures excursions, noves pel·lícules per anar a veure tota la colla, i sobretot, quan l'Aurora no hi era present, conspiraven sobre com fer que la noia accedís, a la fi, a les intencions d'un enamorat Marcel.

Quan faltaven només uns dies per al casament d'en Llorenç i la Mariona, els nervis estaven a flor de pell. Tothom parlava dels preparatius, eren els primers amics a casar-se i aviat els seguirien l'Amèlia i en Josep. A en Llorenç se'l veia emmurriat, pensatiu, més callat que de costum. No hi fa res, deien tots, és natural abans del casament. Però la veritable raó era que el noi Rovira es trobava així des del dia en què va descobrir, en una sala de l'hospital, la presència d'un rostre que li era conegut. Havia passat un matí a l'ala dels homes. Ell no solia trepitjar aquella part de l'hospital, centrat com estava en les dones de l'altre costat. Travessava un passadís amb malalts afectats de les vies respiratòries per anar a buscar un metge que el pare li havia indicat quan de cop i volta havia sentit uns ulls clavats a sobre seu. S'havia girat instintivament i havia descobert el malalt que l'observava amb atenció. En Llorenç l'havia reconegut a l'instant: era el mateix noi que un any abans s'havia presentat amb la seva mare al pavelló de Sant Leopold. Sense voler, profundament consternat per haver-lo retrobat, conscient de les moltes vegades que l'havia somiat —sense poder-se'n explicar ben bé el motiu—, en Llorenç es va anar dirigint lentament cap al seu llit. El va envair un sentiment de confusió. Què podia dir, exactament, a aquell desconegut? El mirava perquè el recordava, o senzillament hi havia posat els ulls distretament? Fent ús de la seva autoritat com a metge —des que portaven bata blanca a l'hospital, tothom reconeixia els doctors, sense distingir-ne, però, l'especialitat—, va agafar amb gest pràctic la tauleta que penjava del llit i en va observar les anotacions: hi havia un seguit d'indicacions del metge per al germà de la Caritat que n'havia de tenir cura; hi havia descrita una dieta alimentària completa, que solia donar-se als afectats de tisi per guanyar pes; hi havia un nom, encapçalant tota aquella lletra: Narcís Colomer. En Llorenç se'l va quedar mirant uns instants; ell l'observava. I aleshores es va acostar al seu capçal. Pels braços que li sobresortien del llençol, pel pit una mica enfonsat, a en Llorenç li va semblar que el noi estava més magre, més vell fins i tot, que l'altra vegada que l'havia vist.

—Te'n recordes de mi? —li va preguntar.

El noi no va dubtar. Va moure el cap silenciosament, en senyal afirmatiu. Malgrat els ulls enfonsats i el seu aspecte desmillorat, conservava la bellesa elegant d'un príncep. Qui ets?, es preguntava un Llorenç que, sota la bata blanca, tremolava lleugerament. Per què et somio, de tant en tant? Es va sorprendre a si mateix quan va dir-li, com si ell l'hi hagués demanat:

—Et vindré a visitar. Quan pugui.

El noi va esbossar un somriure radiant, mostrant-li unes dents blanques, magnífiques, que contrastaven amb el seu aspecte general. Nerviós, de cop i volta, insegur de tot allò que aquell noi produïa en ell, se'n va acomiadar maldestrament, per allunyar-se d'allà tan de pressa com va poder.

Al cap d'uns dies va decidir tornar i, quan ho va fer, en Narcís Colomer ja no era al seu llit. En Llorenç va experimentar una estranya sensació de buidor, un temor irrefrenable a no veure'l mai més. Confós, va buscar-lo per tota la sala, va estar a punt de preguntar al germà encarregat però, finalment, no va gosar. Després d'uns dies neguitós, de sentir-se francament malament, en Llorenç es va proposar fermament d'oblidar-ho tot. Un episodi que no tenia el més mínim sentit, es va dir, un deliri propi del seu estat de nerviosisme a causa del casament imminent. Des d'aleshores, va concentrar totes les seves energies en el feliç esdeveniment.

En Llorenç i la Mariona es van casar a l'església de Santa Anna, propera al barri de l'hospital, i tot seguit van marxar quinze dies a França, Alemanya i Holanda. A la tornada, es van instal·lar en un pis molt bonic al carrer de Balmes, no gaire lluny de casa els pares Rovira, on el noi acudia a les tardes a fer d'ajudant al consultori del pare. Els mesos van anar passant en una Barcelona de gran crispació social entre patrons i treballadors. Sovint se sentien notícies sobre atemptats enmig del carrer, pistolers que mataven un patró o d'altres que disparaven contra els agitadors sindicals. Els obrers convocaven jornades senceres de vaga i pobre d'aquell que anés a treballar en un dia així. Alguns metges de la Santa Creu acudien a l'hospital conduïts pel seu xofer i, en aquells dies assenyalats, els calia penjar el cartell de «doctor» en un lloc ben visible si no volien que el conductor fos esbroncat pels vaguistes. Eren temps convulsos en què tothom mirava pels seus interessos de classe, deixant al descobert les fortes desigualtats d'un país empobrit per les successives guerres colonialistes de l'últim segle, i amb una massa obrera molt influïda per la lluita social que es lliurava a tot Europa, arran de la Revolució Russa, i, a Catalunya, sobretot, a través dels anarcosindicalistes. Uns treballadors que reclamaven més drets, menys abusos dels seus patrons, mentre aquests s'ho miraven amb crispació i reclamaven, al seu temps, un govern que fes front a la intolerable situació. I a la tardor del 1923 hi va haver el que alguns fabricants com el pare de la Mariona, en Ricard Puigmartí, esperaven: amb el vistiplau del rei Alfons XIII, el general Primo de Rivera, capità general de Catalunya, va executar un cop d'estat militar. El sindicat obrer que donava més maldecaps als patrons, la CNT, va ser prohibit de seguida, igual que els partits polítics que, segons les noves autoritats, eren els causants directes del descontrol general. Es tractava de restablir l'ordre a base d'un govern nou i una autoritat gens disposada a negociar res. El pare de la Mariona i els altres industrials van veure els obrers retornar a la fàbrica dòcilment, sota pena d'anar a comissaria si feien merder. Ara tornarem a treballar com cal!, van començar a dir els patrons, satisfets.

Alguns d'aquests obrers s'anaven a curar les ferides a la Caixa de Previsió i Socors, una companyia italiana d'assegurances d'accidents, de la qual el doctor Corachan era el cap de cirurgia general. Ell va donar feina al seu deixeble, en Josep Trueta, com a ajudant. Un salari mensual fix de dues-centes cinquanta pessetes per anar unes hores a la setmana a curar dits i altres lesions provocades per accidents de treball. Això va permetre al noi, finalment, de casar-se amb la seva estimada Amèlia. La cerimònia es va fer dos mesos més tard del cop d'estat: els joves promesos es deien el sí a l'església de la Concepció, un any després del casament de la Mariona i en Llorenç. Un dia ple d'emoció en què no va faltar alguna llàgrima per l'absència de la Catalina, la mare de la núvia. La parella va fer un viatge per diversos països d'Europa i a la tornada va començar la seva vida de casats en un pis de la Gran Via, just a sobre d'on vivia el pare de l'Amèlia amb els seus altres fills. D'aquesta manera, la noia podria atendre totes dues cases sense haver-se de desplaçar. A partir d'aleshores, el grup d'amics es va començar a reunir amb freqüència a la nova llar dels Trueta.

Si bé era cert que la pau va tornar a les fàbriques i als carrers de la ciutat des del directori militar, alguns burgesos de Barcelona i d'arreu del país que, en els primers temps, havien respirat alleujats amb el cop autoritari d'en Primo de Rivera, a poc a poc van començar a sospitar dels seus mètodes: a mesura que passaven els mesos, que transcorria aquell 1924, el general mostrava una clara i creixent animadversió per tot allò que fes olor de catalanisme, un fenomen que no parava de créixer des de feia massa temps i que amenaçava de trencar la unitat d'Espanya. Calia posar fi al sentiment identitari d'un poble que tenia una llengua pròpia, així que es va decidir prohibir el català en tots els actes oficials; també a les escoles —on s'obligava a ensenyar en castellà—, així com a missa, en els anuncis publicitaris i en les relacions comercials. També la bandera catalana va ser assimilada com a símbol separatista i, conseqüentment, prohibida. El gran cop d'efecte polític va arribar amb la destitució del president de la Mancomunitat, el conegut arquitecte Josep Puig i Cadafalch: aquesta institució, que des de feia deu anys havia fet possible un cert autogovern a Catalunya, a través de la qual s'havien construït carreteres, línies de ferrocarril, infraestructures elèctriques i telefòniques que feien arribar la llum i el telèfon a cada poble, que havia fet néixer escoles, biblioteques i un seguit d'institucions culturals arreu del país, va veure substituïda la seva presidència per un industrial proper al dictador que no tenia cap altre objectiu que iniciar-ne el desmantellament. Totes aquelles institucions o entitats sospitoses de ser «desafectes a la pàtria», tal com les anomenava el dictador, van anar sent clausurades, i vigilada la premsa per uns censors militars. Res se li podia escapar de les mans, a un Primo de Rivera que, a poc a poc, va anar perdent bona part dels seus defensors.

La indignació anava pujant de to a mesura que les llibertats es veien minvades, i alguns joves com en Marcel i en Josep Trueta, que amb el temps havien anat intimant molt —paral·lelament a l'incomprensible allunyament d'en Llorenç, poc després de ser un home casat—, no es podien quedar indiferents. Tot sovint es trobaven per comentar les prohibicions més absurdes que portaven els diaris, se sorprenien davant d'aquella ira contra la llengua que parlaven a casa seva, des de sempre, i es posaven les mans al cap cada cop que tenien notícia de la clausura d'una entitat, d'una associació, d'un diari, pel simple fet de mostrar un sentiment patriòtic o una tendència perillosament d'esquerres. Tots dos amics intuïen que allò no podia durar gaire temps perquè, forçosament, la gent s'acabaria enfrontant a la situació.

Els dos nois compartien criteris polítics però, a més a més, els havia anat unint una creixent afició per l'esport. A través d'en Trueta, en Marcel en va començar a practicar amb gran assiduïtat. De vegades quedaven per anar a nedar al Club Natació Barcelona, o jugaven a tenis, o anaven a practicar aquell esport de moda i que tant els apassionava: l'atletisme. A base de practicar totes aquelles activitats, en Marcel va començar a tenir un aspecte més saludable. Se sentia més segur del seu cos i tenia més bona planta que mai. No era tan alt com en Trueta, però tenia unes bones espatlles i un posat cada cop més atlètic. Se sentia fort, percebia que podia menjar-se el món sencer si s'ho proposava i, sobretot, cada vegada sentia més proper el moment de declarar-se a l'Aurora.

Després de tota una jornada a l'hospital, en els mesos de primavera en Marcel es va acostumar a fer llargues caminades pels carrers de la ciutat. Sortia de la Santa Creu i es dirigia Rambla avall fins al port. Li agradava seure en algun lloc des d'on es poguessin veure arribar els vaixells, i imaginava llargs viatges i noves experiències. El mestre Ribas li havia promès temps enrere que el portaria al Congrés de Cirurgia de Londres i ho havia complert. El fet de sortir del país, conèixer per primera vegada Anglaterra i ser presentat a totes aquelles eminències mèdiques que operaven en una altra banda del món amb mètodes similars als que ells practicaven li va causar una profunda impressió. Es va adonar de tot el que hi havia per conèixer i descobrir més enllà de les fronteres del seu país; va arribar a pensar a proposar a l'Aurora de casar-se ben aviat, en aquell mateix estiu de l'any 1924 o en la propera tardor, just després de la llicenciatura d'ella. Ja no creia que pogués esperar més. Va pensar a suggerir-li de marxar plegats, sent ja tots dos metges, per iniciar una vida de noucasats fent un aprenentatge en aquella meravellosa ciutat de Londres, que, gràcies al Congrés, havia conegut. Podia parlar amb en Ribas, demanar-li que intercedís per una plaça temporal com a metge agregat al servei quirúrgic d'algun d'aquells amics seus, i buscar al mateix temps un servei de pediatria on l'Aurora pogués adscriure's durant el mateix període. Després, tornarien i formarien la seva pròpia llar, construirien allò que tantes vegades ell havia imaginat al llarg de tots aquells anys d'estimar-la en secret. Sabia que fins que l'Aurora no es llicenciés, ella no en voldria ni sentir a parlar, de casament, però intuïa que ella l'estimava, que amb ell es trobava molt bé, que la feia riure, que li agradava explicar-li les seves coses, que hi confiava plenament i que no li costaria gens ni mica d'imaginar, com ell, una vida plegats.

Tenia el seu discurs molt meditat. Volia deixar-li ben clar, de bon principi, que ell mai la faria renunciar a la seva professió. Tenia la intenció de fer-li veure que no trobaria cap home com ell, que l'entengués, que la conegués, que sabés tan bé el que la feia feliç i allò a què ella no estava disposada a renunciar. Li havia sentit a dir, davant de les seves amigues, que ella mai es casaria ni tindria fills, perquè cap home podria comprendre el que significava per a ella la medicina. Però en Marcel ho tenia molt clar. I si l'ombra del dubte creuava, per casualitat, els ulls de la seva estimada Aurora, en el moment en què ell se li declarés, ja tenia pensada la seva resposta: no tindrem fills fins que tu no ho desitgis, o no els tindrem si és això el que tu vols. No t'amagaré que m'agradaria ser pare, algun dia, però per sobre d'això hi ha el meu amor cap a tu. Si tu m'estimes, Aurora, si tu vols compartir la teva vida amb mi, jo seré l'home més feliç de la terra i no demanaré res més.

Va arribar el dia assenyalat per a tal fita. En Marcel havia passejat llargament el dia abans. Havia vist dos vaixells arribar al port de la ciutat i ho havia llegit com un bon pressentiment. Només en Josep Trueta sabia de les seves intencions. El seu amic havia organitzat un sopar a casa seva precisament per aquell vespre, sense desvelar a ningú que podia esdevenir una feliç celebració. Un sopar íntim, Amèlia, fa dies que em ve de gust, li havia dit a una esposa massa perspicaç, que de seguida va endevinar el veritable motiu del sopar. Per si de cas, prepararia un àpat d'aquells dignes de record.

A primera hora del matí en Marcel va entrar a la sala de Sant Narcís preguntant per l'Aurora i, en trobar-la que acabava d'arribar, li va proposar d'anar plegats al sopar. Et recolliré a casa teva una mica abans del compte i així podrem passejar una estona. Què et sembla? L'Aurora hi va accedir sense un bri de sospita, tot i que en Marcel es mostrava visiblement nerviós. Ella va treballar tot el dia, concentrada en els seus nens i nenes de la Santa Creu, i tot seguit es va dirigir a casa, on es va rentar i canviar de vestit. El sopar li feia molta il·lusió perquè feia massa dies que no veia les seves amigues. Tan enfeinada havia estat aquella primavera que ni tan sols s'havia adonat que faltava poc per a l'estiu. Aquell no seria un estiu qualsevol. Si tot anava segons el previst, aquell seria l'estiu de la seva llicenciatura. Per fi havia cursat els sis cursos de medicina i ara obtindria el títol tan fervorosament desitjat. Estava orgullosa, gairebé ho havia aconseguit. I això que, en un principi, tothom havia pensat que se'n cansaria, que no aguantaria pas. El doctor Martínez li havia assegurat la plaça com a metgessa auxiliar al seu servei, un cop s'hagués llicenciat, així que continuaria a pediatria, tal com ella havia volgut. Aquesta especialitat de la Santa Creu aviat es traslladaria al pavelló de Santa Victòria al nou Hospital de Sant Pau, i l'Aurora frisava per formar part d'aquella nova etapa en què els nens i les nenes malalts podrien guarir-se en un lloc més adequat, perfectament ventilat, amb unes zones enjardinades que farien les delícies dels petits. En aquell dia de primavera, sentia que la vida li somreia i que, ara sí, el seu futur començava a dibuixar-se de debò.

En Marcel va trucar al timbre i l'Aurora no el va fer esperar. Li venia molt de gust passejar una estona amb ell i explicar-li tots aquells bons pensaments. Compartir-los amb en Marcel era sempre un plaer. Ell sabia escoltar-la. Ell era un bon amic. De fet, era el millor amic que tenia, a banda de la Mariona i l'Amèlia. Després d'ajustar-se el barret nou, un model recentment importat de París que encaixava perfectament al seu cap, de cabells acabats de tallar *à la garçon* —com portaven les més agosarades—, va sortir al carrer en companyia d'un Marcel força callat. Van començar a caminar sense pressa, gaudint d'una tarda en què el sol encara lluïa de valent. L'Aurora parlava i en Marcel l'escoltava, una mica absent. De tant en tant, ell observava el seu perfil elegant, tan graciós amb aquell barret, completament encisador. Només de pensar que d'aquí a una estona l'Aurora podia esdevenir la seva promesa, el cor li bategava de pressa. Quin deu ser el millor moment? En arribar a la Gran Via, van travessar el carrer. Si feia uns anys el nombre de carruatges guanyava amb escreix el dels automòbils, la balança s'estava invertint a un ritme molt ràpid, ja que cada senyor de Barcelona en volia tenir un. Davant del recentment inaugurat cinema Coliseum, aquell edifici majestuós que, segons els experts, havien construït inspirant-se en els temples barrocs de Roma, en Marcel va proposar d'asseure's en un banc.

—És que encara és aviat per pujar a casa els Trueta. I et vull parlar d'una qüestió.

L'Aurora es va asseure al banc. Nerviós, ell va provar de llegir en el rostre de la seva estimada si sabia de què li volia parlar, però res li va fer pensar que fos així. L'Aurora observava la gent passar i somreia, aliena al neguit d'en Marcel. No serà fàcil, va pensar ell. Van restar uns moments en silenci, mentre ell buscava les paraules. Tant que les havia assajat i, ara, semblaven haver-li fugit. Com començar? Va empassar-se la saliva i, finalment, va dir:

—Aurora. Fa molts anys que ens coneixem. Recordo la primera vegada que et vaig veure, quan jo començava medicina i el teu germà em va convidar per primer cop a casa vostra.

—Si en fa, d'anys! —va exclamar l'Aurora, alegrement—. Jo era una nena, encara.

En Marcel va fer que sí i va tornar a empassar-se la saliva. Va continuar:

—He esperat molt... —Li va agafar una mà entre les seves dues i, aleshores, per primer cop, l'Aurora el va observar de veritat. Va semblar que finalment s'adonava del que li anava a dir. En Marcel, encoratjat, va prosseguir—: Malgrat que me'n moria de ganes des de fa temps, no he volgut precipitar-me. Aurora, d'aquí a ben poc seràs llicenciada. Estic tan orgullós de tu! Ets la meva millor amiga i et respecto molt, ja ho saps.

Amb un to ple de prudència, l'Aurora va respondre-li:

—Tu també ets el meu millor amic.

El mirava amb una expressió temorosa, gairebé sense parpellejar. En Marcel sentia que el cor li sortiria del pit en qualsevol moment. Va decidir no allargar-se i, aleshores, va preguntar-li:

—Et voldràs casar amb mi?

Va semblar que el món s'aturava en aquella Gran Via on els amics d'en Marcel i l'Aurora els esperaven dalt del pis a sopar. Podia ser un gran dia, un vespre de celebració amb aquells que més desitjaven la unió d'aquella parella que semblaven fets l'un per l'altre.

L'Aurora va començar a dir:

—Què t'ha fet pensar que jo... Perdona'm, Marcel, deu ser culpa meva —va sospirar—. Una confusió. Una terrible confusió.

En Marcel va sentir com si es trobés arran d'un precipici, a punt de caure. Una sensació aguda de vertigen el va fer trontollar, inclús allà assegut.

—No hi ha cap confusió, Aurora. Jo t'estimo. I he pensat que tu... que nosaltres...

Sentia la seva pròpia veu en la llunyania. Com si la ment se li hagués allunyat del cos i s'ho mirés tot des d'una certa distància. L'Aurora va deixar-se anar de la mà que en Marcel li tenia agafada. Tota ella es va encongir una mica en senyal de protecció, com feien els nens i les nenes de la Santa Creu quan passava el senyor doctor.

—No puc, Marcel. Em sap tan de greu...

Ell es va ensorrar. Tenia frases preparades, arguments per rebatre qualsevol dubte que li pogués sorgir. Però havia rebut un no d'entrada, massa ràpid, massa convençut. Com si tot plegat hagués estat una terrible equivocació. Així ho havia expressat, l'Aurora? Era incapaç de pensar amb claredat. En Marcel va sentir-se ridícul, traït, allà enmig dels jardins de la Gran Via, just al davant del cinema Coliseum, on, algunes vegades, havien anat tots plegats al cinema: en Josep i l'Amèlia, en Llorenç i la Mariona... Quin sentit tenia, tot plegat, si l'Aurora no havia pensat mai en ell com l'home que podia estimar?

Aquell vespre de primavera, ni l'Aurora Rovira ni en Marcel Riera es van presentar al sopar. A casa el matrimoni Trueta, només la Mariona i en Llorenç van degustar l'excel·lent àpat que, amb tanta cura, havia preparat l'amfitriona. No hi va haver cap brindis, perquè no hi havia res a celebrar.

La Maria havia rebut carta d'en Lluís on li deia que tornava a Barcelona. Li explicava que, com ja devia saber, l'arquitecte Domènech i Montaner havia mort feia uns mesos, tot just ara que les obres de l'Hospital de Sant Pau tornaven a funcionar a ple rendiment. El mestre Arnau havia escrit a en Lluís per comunicar-l'hi, alhora que li demanava si podia donar-li un cop de mà amb els treballs escultòrics dels nous pavellons. En Lluís descrivia a la seva carta com l'havia afectat la notícia de la mort de l'arquitecte. Li havia vingut de seguida a la memòria el dia que el va conèixer. Te n'he parlat alguna vegada, Maria?, li preguntava a la carta. El mestre Arnau em va portar per primera vegada a les obres de l'hospital i allà hi havia Don Lluís, amb aquell vestit fosc que portava, mirant-s'ho tot a través de les seves ulleretes. Dibuixava extraordinàriament bé, era metòdic, seriós, rigorós en la seva feina. El mestre m'ha dit que, en els darrers anys, havia anat deixant els treballs arquitectònics en mans del seu fill Pere i del seu gendre. Don Lluís era un gran home, Maria, i deus saber que també era un polític important. És per això que no se li han fet els funerals que es mereix —en Primo de Rivera sabia del seu fervent catalanisme. Feia anys que vivia allunyat de tot i de tothom, a la seva casa de Canet. El mestre diu que allà cuidava la dona malalta mentre enllestia els seus estudis sobre arqueologia i història de Catalunya. Un gran patriota, sí senyor, i sobretot un gran artista. És cert que els anys del Modernisme ja han passat, que ara s'imposen nous corrents en l'art i l'arquitectura, però ningú pot negar-li l'extraordinari talent.

La Maria llegia aquella extensa carta d'en Lluís —quatre fulls pel davant i pel darrere!— cada vespre en ficar-se al llit. Resava un parenostre i demanava el mateix que feia anys: torna-me'l sa i estalvi, nostre Senyor, i fes que m'estimi.

En aquells dos anys anteriors en què la Maria havia assistit a l'Escola d'Infermeres de la Mancomunitat, havia obtingut el seu títol professional just abans que l'escola fos clausurada per les autoritats militars, havia ingressat a la Santa Creu com a auxiliar d'infermera de la germana encarregada de la sala de Santa Anna i havia començat a tenir cura d'aquelles nenes a les quals abans llegia. La Maria no havia explicat res a en Lluís. Volia que fos una sorpresa per a quan tornés; volia sorprendre'l de tal manera que, quan la veiés un altre cop, descobrís la nova Maria, una d'aquelles dones modernes de les quals ell li havia parlat per carta. S'havia tallat els cabells, seguint els consells de l'Aurora. No li quedaven com a ella, és clar, però havia guanyat força en la mirada i feminitat. Havia après a vestir-se millor, a arreglar-se una mica i a moure's com feien les dones en aquella Barcelona dels anys vint. No era cap joveneta, n'era conscient, però als seus trenta-dos anys encara feia de bon veure. La seguretat d'uns estudis i una professió com la d'infermera l'havien transformat per dintre i per fora, i només desitjava que tornés en Lluís perquè ho pogués apreciar.

El dia que ell li havia dit que tornava, la Maria va demanar permís. Aquell dia va arreglar-se durant llarga estona davant del mirall, abans de sortir al carrer. Seguia vivint a casa els senyors Rovira perquè l'Aurora hi havia insistit molt. Ja no feia de cuinera, ja no treballava fixa a la casa, però la senyora Eulàlia li havia permès seguir ocupant la seva cambra si a canvi l'ajudava els dies festius. Com a externa que era a la Santa Creu, ja li anava bé aquella entesa, fins que es traslladessin a Sant Pau. Alesheres sí que hauria de deixar la casa i traslladar-se a viure a l'hospital. Va demanar opinió a l'Aurora sobre el seu aspecte, abans que ella marxés a treballar i, amb el seu vistiplau, va dirigir-se a l'estació.

Un cop allà, va anar a la taquilla, on un senyor li va indicar, molt amablement, el número de via pel qual arribaria el tren de París. S'hi va encaminar, va escollir un banc on asseure's a esperar i s'hi va instal·lar. Durant una estona va estar distreta amb el transitar de la gent. Alguns arribaven, d'altres carregaven maletes i s'acomiadaven a l'andana d'algun familiar. El revisor, el maquinista, els mossos jovenets que corrien amunt i avall quan un tren arribava, buscant clientela. Un rellotge que penjava de l'estació va indicar que el tren de París estava a punt d'arribar. Es va posar una mica nerviosa, un nus a l'estómac de l'emoció. Es va retocar els cabells, sota el barret que l'Aurora li havia regalat uns mesos abans. El gegant de ferro negre, que escopia fum, va aproximar-se a l'andana a poc a poc, reduint la velocitat a mesura que entrava a l'estació. Es va aturar al seu davant i, dels primers compartiments, van començar a sortir-ne passatgers. La Maria es va posar dreta i es va allisar el vestit. Estava tan nerviosa! Buscava la figura d'en Lluís amb mirada ràpida, d'un vagó a l'altre, per no perdre detall. Del tercer vagó en va baixar un home de figura alta i esvelta, amb un vestit clar. Portava un barret del mateix color.

—Lluís! —va cridar la Maria, aixecant el braç per ferse veure entre la multitud.

En Lluís, encara a dalt del vagó, la va veure de seguida i, dedicant-li un ampli somriure, li va començar a fer gestos amb la mà. Va semblar dir alguna cosa al seu darrere, potser un company de viatge amb qui havia coincidit. Mentre la Maria provava de superar la barrera de gent que s'havia anat acumulant al seu davant, persones com ella que anaven a rebre algun ésser estimat, no va perdre de vista ni per un instant el rostre somrient d'en Lluís. El barret d'una dona li va anul·lar la visió per un moment, però ja era molt a prop. En superar l'obstacle del barret, ja tenia en Lluís al seu davant. Es van fondre en una abraçada i a la Maria li va semblar, per fi, que tocava el cel. No s'ho podia creure. Havien passat uns anys des de l'última vegada.

—Deixa'm que et miri bé —va fer ell, apartant-la lleugerament—. Has canviat molt, Maria! Estàs preciosa!

La Maria va riure de gust i va fer una volta sobre si mateixa, coqueta. Però aleshores va veure que al costat d'en Lluís hi havia una dona. Una dona molt bonica, d'aspecte afrancesat, que no s'apartava d'allà. La gent al seu voltant s'havia anat dispersant, però la noia es mantenia al costat d'en Lluís i els somreia a tots dos. La Maria va fer un pas enrere; en Lluís va agafar la mà d'aquella noia bonica i l'hi va presentar:

—Mia, vull que coneguis la meva esposa —va anunciar-li, orgullós.

La noia es va aproximar a la Maria i li va estampar un petó a la galta.

—Em dic Arlette —va dir amb un marcat accent francès—. Tenia moltes ganes de coneixe't. Louis m'ha parlat molt de tu.

En Lluís se la mirava encisat. La Maria va provar de somriure a aquella noia malgrat la daga que sentia clavada al cor. Un cop més notava com el món s'ensorrava als seus peus. Estúpida Maria!, es cridava a si mateixa per dintre. Què t'esperaves?

Van caminar tots tres cap a fora de l'estació. La Maria s'arrossegava. A la sortida, en Lluís es va ocupar de trobar un taxi, on van col·locar la maleta voluminosa que ell carregava. Les dues dones es van acomodar en el seu interior i tot seguit hi va entrar ell. Van travessar la ciutat mentre la parella s'admirava de com havia canviat la ciutat.

—No recordo haver vist mai tants automòbils a Barcelona. I quants edificis nous! —s'exclamava en Lluís. Aleshores assenyalava alguna de les moltes terrasses que s'havien instal·lat al centre, amb l'arribada del bon temps, i deia—: Mira, Arlette, allà t'hi portaré. Ja veuràs com no enyores gens ni mica París.

La Maria estava més callada del compte, però en Lluís ni tan sols se'n va adonar, perquè ell recordava la vella Maria, més tímida, insegura, poca cosa al cap i a la fi. Sense poder-ho evitar, la Maria havia tornat a mostrar-se tal com era abans, malgrat tot el que havia canviat en els darrers anys. Ja no tenia ganes d'explicar a en Lluís les novetats, dir-li tot el que havia estat fent, anunciar-li el secret que havia guardat per comunicar-l'hi en directe i veure la seva expressió. Tant de temps esperant el moment en què en Lluís sabés que ella, la Maria, s'havia convertit en una dona moderna; que ja no era una minyona sense estudis sinó una infermera professional; que ja la podia mirar com a una dona digna de ser estimada per un artista com ell. Però, malauradament, havia fet tard.

En Marcel va rebre la confirmació que esperava: d'aquí a una setmana havia de presentar-se a un dels serveis quirúrgics d'un hospital de Londres, on el mestre Ribas tenia un bon amic. L'havien acceptat com a metge agregat durant una temporada, així que calia preparar les maletes. En un principi, quan en Marcel havia acudit al seu cap —després de la deplorable escena amb l'Aurora— i li havia exposat el desig de marxar, de buscar una plaça a Londres per exercir la cirurgia durant un temps allà, el mestre Ribas no s'ho havia pres gens bé. No volia perdre un ajudant com en Marcel. Conscient del seu talent, ja l'havia retingut al seu costat quan en Corachan havia format el seu propi servei. A més a més, feia un temps que el seu deixeble també l'ajudava dues tardes a la setmana en la seva clínica privada, on l'activitat s'havia incrementat gràcies a haver adquirit uns aparells molt perfeccionats de roentgenteràpia profunda, amb els quals tractaven el càncer i altres malalties. Si deixava marxar en Marcel, hauria de buscar un substitut que l'ajudés a l'hospital, i també a la clínica, i allò l'enutjava molt. Però no podia lluitar contra el neguit d'un jove metge d'aixecar el vol. Ell mateix ho havia fet en el seu dia i, d'aquella experiència, n'havia tornat molt enriquit. Era innegable l'aprenentatge que el noi faria a fora, així que en Ribas no només hi va accedir sinó que, alhora, li va oferir el seu ajut. Va escriure a un bon col·lega de Londres que ja havia tingut ocasió de conèixer en Marcel, quan ell el va acompanyar al congrés de feia un any, i li va demanar que li busqués un lloc. En Marcel es va mostrar profundament agraït amb en Ribas. Se'n va acomiadar amb un «Fins aviat, mestre», visiblement emocionat, ja que era conscient de l'etapa que es disposava a tancar de la seva vida. Dels amics, només es va acomiadar d'en Josep Trueta. Ni tan sols va anar a veure en Llorenç, ja que volia esborrar tot allò que tenia a veure amb l'Aurora. Pensava que, només d'aquesta manera, aconseguiria treure-se-la definitivament del cap.

Quan va saber que havia marxat a Londres, l'Aurora no s'ho va prendre gens bé. Va acusar en Trueta de no dir-li ni piu, es va enfadar amb l'Amèlia perquè segur que ho devia saber. També és molt amic meu, es va queixar, o almenys ho ha estat fins ara. El que ha succeït entre nosaltres només és una terrible equivocació que no pot posar punt final a tots els anys d'amistat. Però, malgrat que no estava acostumada que les coses no sortissin com ella volia, es va haver de conformar.

El 1925 va transcórrer lent i feixuc, sense grans alegries per a ningú, tret del matrimoni Trueta, que havia tingut una nena preciosa que van anomenar com la mare, Amèlia. El grup d'amics, tanmateix, ja no se solia reunir a casa seva, ni anaven al cinema ni a cap lloc. D'una banda, en Llorenç i la Mariona feia molt temps que havien deixat a un costat la vida social, fastiguejats de l'eterna pregunta que els feia tothom: quan ens donareu novetats? I els fills, que no arriben? D'altra banda, l'Aurora vivia plenament abocada als seus nens i nenes malalts, rebutjant invitacions a festes i altres activitats que havien perdut interès. En Marcel va passar tot l'any a Anglaterra i ningú sabia del cert quan pensava tornar.

Al desembre, el servei de pediatria de la Santa Creu es va traslladar, a la fi, al nou hospital: al pavelló de Santa Victòria; inicialment concebut només per a les nenes malaltes, hi van instal·lar també els nens. A la gran sala d'infermeria que dominava el cos central del nou pavelló es van col·locar els llitets de les catorze nenes, així com les sales d'aïllament al fons; els nens van ser ubicats al semisoterrani, en una gran sala de finestres elevades que deixaven entrar força llum. Malgrat que no era un pavelló tan ricament decorat com els altres —a la mort de l'arquitecte Domènech, el seu fill Pere havia hagut d'ajustar pressupostos—, Santa Victòria era un indret meravellós en comparació amb les sales del vell hospital.

La Maria s'hi va traslladar amb les germanes hospitalàries, les altres infermeres i les serventes, i va deixar finalment la casa dels seus senyors. L'Aurora es va entristir molt, la casa li semblava ara terriblement buida, però es va consolar pensant que seguiria veient la seva estimada i fidel Maria cada dia, gràcies al fet que treballarien totes dues al mateix lloc. Infermera i metgessa es van consagrar a les seves respectives feines, fugint, a través de la plena dedicació als seus nens malalts, d'aquella desagradable sensació de solitud que s'havia anat instal·lant en el cor de l'una i de l'altra.

Amb la primera nevada de l'any va arribar una nova malalta a Santa Victòria. L'hi va portar una tia que se'n feia càrrec, a falta de pare i de mare. La dona venia angoixada perquè aquella neboda seva tenia cura dels seus fills mentre ella anava a treballar a la fàbrica. Qui els cuidarà, ara?, es lamentava la dona. La nena es mantenia callada al seu costat, el cap lleugerament inclinat i la mirada una mica absent, probablement a causa d'una febre alta. Les cames li fallaven i una germana la va fer seure. La nena es deia Elena; tenia nou anys. En el moment d'ingressar, l'Aurora estava de guàrdia, així que la va atendre ella. Va confirmar la febre alta, i li va cridar l'atenció el fet que el seu pols era força lent. Tenia símptomes prou visibles d'un fort decaïment i, a més a més, es queixava de dolor abdominal.

—Fa dies que gairebé no menja res —va remugar la tia—. Prou que li he dit que es posaria malalta si no menjava i fixi's, doctora, ara qui cuidarà dels meus fills?

L'Aurora la va fer fora de bones maneres de la sala de reconeixement i en acabar l'exploració ja tenia una ferma sospita del diagnòstic. La nena la mirava amb uns ulls molt oberts, però no semblava atemorida. Pobra criatura, va pensar l'Aurora mentre li passava una mà pel front provant d'inspirar-li tranquil·litat. Nou anys i ja sembla vella. Va cridar la germana Teresa i va confirmar el seu ingrés. Li van treure les robes, la van rentar i desinfectar i li van posar la camisa neta de l'hospital. La nena es deixava fer sense dir res, només encongint-se de tant en tant quan la panxa li feia massa dolor. L'Aurora va demanar a la germana que la posés en una cambra d'aïllament, ja que —tal com li va murmurar a l'orella— podia tractar-se d'un cas de febre tifoide. A ella no li va semblar bé que l'Aurora decidís abans que el doctor Martínez la veiés.

—Podria posar-la en un llit provisional i quan vingui el senyor doctor... —va començar a suggerir.

L'Aurora va ser educada però contundent, quan va respondre-li:

—No, germana. M'estimo més ser prudent. La pot

instal·lar a la cambra del fons de tot, sé que està buida. Jo mateixa l'hi explicaré a Don Pere quan arribi.

La germana va fer el que li va manar i, aleshores, l'Aurora es va dirigir al vestíbul on havia fet esperar la tia, que es fregava les mans nerviosa. En veure la doctora es va posar dreta:

—No se la deuen haver de quedar? —va dir angoixada.

—Em temo que sí —va respondre-li l'Aurora. Va avisar-la que almenys s'hi estaria uns dies, una setmana o potser més—. Cal fer-li unes proves, veure com evoluciona...

La tia ja en va tenir prou. Es va mostrar agraïda amb la doctora però tot seguit es va afanyar a marxar. De cop i volta se li havia girat feina. Qui cuidaria ara dels seus petits? Ni tan sols va demanar de veure la nena, abans de marxar.

La Maria va ser designada per atendre la nova malalta. Un cop preparat el llit, la nena es va introduir entre els llençols que cruixien de nets i de seguida va començar a notar l'escalfor de la manta. Va sospirar feblement i, fins i tot, va semblar que somreia. Però aleshores va obrir molt els ulls i, mirant la Maria, que seguia a l'habitació comprovant que no faltés res, va preguntar:

—I ara qui cuidarà els meus nens?

La Maria va mostrar sorpresa davant aquella nena que parlava com una dona adulta.

—No pateixis —li va dir—. Tu mira de fer el que et diuen i et curaràs aviat. Quan estiguis més forta ja podràs tornar-te'n a ocupar. La teva tia ja se les arreglarà.

La nena va negar amb el cap i aleshores va fer una ganyota:

—Fa mal... —va dir en un murmuri tan baix que la Maria ni tan sols la va sentir. Va demanar d'anar de ventre i, segons havia indicat la doctora, la Maria va mostrar-li aquella diarrea verda, com un puré de pèsols.

El doctor Martínez va arribar a l'hospital una hora més tard i, després que l'Aurora el posés al corrent, va encarregar practicar un hemograma a la nova pacient. Els dies van anar passant i la febre no millorava, sinó tot al contrari. Els resultats de la prova van confirmar una baixada de glòbuls blancs, refermant les sospites del diagnòstic inicial que havia fet l'Aurora. Quan ja feia una setmana que l'Elena era a l'hospital, les diarrees van començar a desprendre sang. La nena estava molt espantada, però no deia res a ningú. Procurava menjar quan li portaven l'arròs o un puré que deien que li aniria bé. Però després de veritables esforços, amb prou feines aconseguia empassar-se'n la meitat.

—Així no anem bé —es lamentava la Maria, amoïnada. Cada matí ella li prenia la temperatura i s'esperava que arribés l'Aurora. La doctora li auscultava el pitet estret i esquifit, enmig d'un silenci contingut; l'Elena mai es queixava. Sense voler-ho, la nena s'anava guanyant l'afecte de l'una i de l'altra, que, a falta de cap familiar que la visités, venien a fer-li companyia de tant en tant. Allà tota sola, aïllada de les altres nenes de Santa Victòria, l'Elena passava la major part del temps mirant les quatre parets amb ulls grans i ullerosos.

Un dia van començar a aparèixer-li unes taques al tòrax, d'un color vermellós-violaci i, en veure-les l'Aurora, es va témer el pitjor: els símptomes de la febre tifoide es complien un a un.

La Maria anava a llegir-li un conte cada vespre, quan acabava el seu torn de treball. Si l'Aurora encara era a l'hospital, de vegades se'ls ajuntava. La Maria llegia, la nena escoltava atenta, agraïda per aquella sobtada companyia, només traient el cap de sota la manta i obrint molt els ulls. L'Aurora es mirava l'escena recolzada en una paret i seguia la tendra veu de la seva estimada Maria sentint com la transportava a la seva pròpia infància. Una veu que sempre l'havia acompanyat.

En un d'aquells vespres de la segona setmana d'ingrés, un cop acabat el conte, la nena va preguntar:

—Ha vingut, la tia, a veure'm? —Mirant a l'una i a l'altra, va afegir—: Potser jo dormo, quan ella ve...

L'Aurora va fer que sí amb el cap, segura:

—Un parell de vegades. Quan tu dormies.

La nena s'hi va conformar, tot i intuir la mentida de la doctora. La tia ja devia haver trobat algú altre, probablement una nena sana i forta del barri, per cuidar els seus petitons. Qui volia visitar algú que probablement moriria en aquell hospital? Com si de cop i volta ho hagués entès tot, l'Elena va dir, en un to tan pràctic i conformat com el d'una vella que s'hi acomoda:

—Quan em moriré, doctora?

La Maria es va sobresaltar i ràpidament li va agafar una mà que sobresortia de la manta.

—Filleta meva! Quines coses de dir! —va fer.

L'Aurora la va reprendre una mica i li va manar de posar-se a dormir.

—Si procures menjar més i fas bondat, aviat et sentiràs millor.

En sortir de la cambra, la Maria li va preguntar:

—Aurora, no se'ns morirà, oi?

Però la doctora no podia amagar-li els seus dubtes. La criatura no evolucionava gens favorablement.

La setmana següent, l'Elena passava llargues estones del dia dormint, a causa d'una febre que, lluny de marxar, seguia pujant. Patia tan mal de cap que solia estar-se molt quieta. El dolor a la panxa era l'única cosa que, de tant en tant, la feia remoure's al llit. A punt de complir la tercera setmana a l'hospital, una germana va entrar a migdia a la seva habitació: venia carregant una safata amb el menjar, però alguna cosa la va fer ensopegar i la safata va caure a terra fent un soroll escandalós. Però l'Elena ni tan sols es va moure. La germana va cridar la Maria, la qual va fer venir la doctora.

—No es desperta! —va dir la infermera.

L'Aurora va provar de fer-la reaccionar sense èxit i, aleshores, el doctor Martínez —acabat d'arribar— va acudir-hi. Va inclinar-se sobre el cosset immòbil, va pessigar-li una mà. Res. Un altre pessic al braç, una punxada una mica forta... La nena no responia als estímuls dolorosos. Tots dos metges es van mirar. El doctor Martínez va negar amb el cap:

—La infecció ha d'haver arribat al cervell —va dir a l'Aurora—. La pacient ha entrat en coma.

La Maria, que era al seu costat, provava de reprimir el plor.

L'Elena va aguantar uns dies dins aquell son profund fins que el seu cos petit, deshidratat, desproveït de tot el necessari per viure a més a més d'una mica d'afecte, va dir prou. Cap familiar va plorar per la seva mort. Ni tan sols van venir a recollir la roba amb la qual havia ingressat. La Maria i l'Aurora van quedar profundament colpides per aquella mort que, malgrat que no havia estat la primera a l'hospital, ni malauradament seria l'última, les havia impressionat de debò. No va ser la malaltia en si —a la qual ja estaven acostumades—, sinó aquell espectre que havia dansat grotescament a la cambra de l'Elena des del dia que va arribar: la soledat.

Elles mateixes se sentien molt soles. Cadascuna a la

seva manera, amb les seves pròpies misèries, havien esdevingut dues dones soles. Si bé la Maria hi convivia d'una manera més tranquil·la, més resignada, a l'Aurora aquella sensació l'havia agafada desprevinguda. Fins ara no s'havia plantejat mai que el fet d'estar sola la pogués molestar. Des de joveneta, quan les seves amigues parlaven d'enamorar-se d'un noi, quan somiaven a formar una família, ella més aviat se'n reia, despreocupada, conscient que els seus objectius eren ben diferents. Des del dia que va decidir estudiar medicina va ser conscient que el camí no seria fàcil, que seria observada per tots i rebutjada també per alguns. Però no l'amoïnava en absolut, se sentia forta i capaç, en aquells dies, i l'amor esdevenia més aviat un destorb. És per això que havia rebutjat en Marcel sense ni tan sols deixar-lo acabar. Perquè l'ensurt que li va donar amb aquella proposició, just a les portes de la seva llicenciatura, havia estat massa fort. No podia negar-se a si mateixa que eren moltes les ocasions —passejant pels carrers, conversant al pati de la Santa Creu— en què havia sentit alguna cosa per ell, una estranya i incòmoda sensació de neguit, de pessigolleig, de felicitat absoluta en ser al seu costat, però sempre s'ho havia espolsat automàticament de sobre. De cap manera estava disposada a renunciar a ser metgessa i a dedicar la seva vida a res més que no fos l'hospital. Sabia que enamorar-se, casar-se, tenir fills... l'allunyaria de la seva futura professió. Quan en Marcel li va proposar matrimoni, ell va cometre un terrible error perquè ella no estava gens disposada a deixar-ho tot per ell. Fins i tot s'hi havia enrabiat, quan després va desaparèixer d'aquella manera, sense ni tan sols acomiadar-se'n. L'havia començat a enyorar, conscient que potser no tornaria. Amb el temps havia anat repassant aquella escena que havia suposat el seu trencament, adonant-se que ella, fet i fet, no l'havia deixat explicar-se. I si el seu matrimoni no implicava forçosament la renúncia a la professió? Per què havia pensat que una persona com en Marcel, que la coneixia millor que ningú, la faria abandonar allò que més anhelava? On estava escrit que una metgessa no pogués combinar una vida de parella amb el seu ofici, igual que ho feien els homes? L'any i mig que feia que en Marcel havia desaparegut de la seva vida, construint-ne probablement una altra a Anglaterra, l'Aurora es va començar a plantejar que potser el terrible error havia estat aquell no rotund seu, i que s'havia tancat probablement una porta que mai més es tornaria a obrir. El cor de l'Aurora plorava per una nena a qui no havia pogut salvar i que havia mort tota sola en un llit d'hospital, i alhora plorava per un amor que havia deixat escapar.

1929

Després de sis anys de dictadura, la popularitat del rei Alfons XIII i del govern exercit pel general Primo de Rivera havia anat minvant de tal manera que, ara, a gairebé totes les cases hi havia algun republicà. Calia, per força, reaccionar davant d'aquell desgast i el 1929 el dictador va impulsar a Barcelona la més gran operació de propaganda del règim: l'Exposició Internacional, que es va inaugurar a la primavera d'aquell any. La seva preparació va portar un gruix de mà d'obra considerable, vinguda de tots els racons d'Espanya i encarregada de transformar la ciutat en un gran aparador de modernitat i de progrés. Es construïen les primeres línies de metro, s'urbanitzaven nous barris que venien a engrandir la ciutat, les terrasses dels cafès eren plenes i no paraven d'obrir restaurants, sales de festes, nous cinemes i teatres, a més a més d'algun parc d'atraccions. La gent es volia divertir en una Barcelona cada cop més cosmopolita.

En Lluís i l'Arlette sortien gairebé cada vespre, freqüentaven els cafès més bohemis, on en Lluís coneixia tothom. Pintors, escultors, poetes, un seguit d'amics que havia conegut aquí o a París. Els artistes com ell anaven i venien entre totes dues ciutats i sovint intercanviaven novetats, impressions sobre els nous corrents i els artistes del moment. En Pablo Gargallo feia uns anys que s'havia tornat a instal·lar a París, amb la Magalí i la seva petita filla Pierrette, i l'Arlette no parava d'insistir que ella també hi volia tornar. La noia no s'havia acabat d'acostumar a Barcelona, malgrat la intensa vida social que hi feien. En Lluís treballava durant tot el dia i ella s'avorria profundament. No havia fet amigues i només es divertia quan, a les nits, anaven a ballar. Però en Lluís preferia les converses amb els seus amics al cafè, les tertúlies artístiques fins a altes hores de la nit on sentia que formava part d'alguna cosa molt gran, molt intensa. La parella tornava a casa en silenci, el cap de l'Arlette maquinava com fer-lo entrar en raó i tornar a París. Solien discutir i l'Arlette acabava tancant-se amb un cop de porta a l'única habitació d'aquell estudi vivenda que tenien llogat al barri d'infantesa d'en Lluís. Aleshores ell dormia al sofà o bé treballava fins a la primera albada, bevia un vi calent en record dels seus temps a París i se sentia profundament reconfortat. Sabia que, l'endemà, venia la dolça reconciliació i aleshores l'Arlette el deixava ficar-se al llit amb ella i, els cossos junts, despullats sota els llençols, feien les paus.

En Lluís va fer alguna escultura de gran envergadura per a l'Exposició Internacional —el director arquitecte de la qual no era altre que el fill de Don Lluís, en Pere Domènech i Roura, que combinava les grans construccions de la muntanya de Montjuïc amb els darrers tocs a l'Hospital de Sant Pau. Però els veritables ingressos d'en Lluís provenien ara del seu treball com a retratista: en els darrers anys, s'havia anat fent un nom entre les bones famílies barcelonines realitzant bustos dels seus membres més il·lustres. Els uns s'ho havien dit als altres, i en Lluís havia acabat trobant en aquells encàrrecs la seva principal forma de guanyar-se la vida. L'Arlette es queixava que, en comptes d'una casa més gran, o vestits i barrets per a ella, l'escultor s'ho gastava tot comprant comprar noves eines i material per treballar. Quin sentit té guanyar diners i no poder viure millor?, es queixava sovint. Però a en Lluís li bullia la sang només de pensar en el seguit d'escultures que provaria de fer amb tot allò que havia comprat. Volia fer una petita sèrie amb bronze, però sabia que la fosa era terriblement cara. Estalviava mentre pensava en una temàtica que va acabar trobant gràcies a una visita a la Maria al nou hospital.

Feia temps que no es veien. En Lluís estava molt enfeinat i la Maria, tot el dia a l'hospital. Si hi rumiava una mica, a en Lluís li venia una certa mala consciència per haver deixat una mica de banda la seva germana de llet. L'Arlette consumia tot el seu temps lliure, que no era precisament gaire, i així passaven els dies i els mesos i ell s'oblidava d'anar a l'hospital. A Sant Pau, la Maria hi feia la vida completa, ja que ara no només hi treballava sinó que també hi vivia. Un matí de començaments d'estiu en què havia anat a entregar un bust acabat a un client, aprofitant que encara era aviat va decidir fer-li, a la fi, una visita. Va agafar el tramvia fins al nou i flamant hospital. D'aquí a uns mesos se'n faria la gran inauguració, amb un acte oficial. I com s'havien transformat els seus voltants! A en Lluís li van venir de seguida a la ment aquells temps en què la Maria i ell hi anaven a passar el diumenge. Aleshores tot eren camps al voltant de quatre pavellons buits que esperaven, pacientment, el seu gran moment. En creuar el vestíbul del gran pavelló de l'administració, va observar complagut tota la feina feta allà: recordava cada part decorada d'aquell edifici, tant pels escultors com ell, com pels mosaïcistes, pintors i vidriers. Una feina minuciosa de la qual se sentia part, i de la qual estava especialment orgullós. Un germà li va indicar com arribar al pavelló de Santa Victòria, on sabia que treballava la Maria i, també, aquella bellesa de dona que era l'Aurora Rovira. No va poder evitar d'aturar-se, en avançar per la gran avinguda central, aquella que separava els pavellons dels homes i de les dones, ideats per Don Lluís. Ho va contemplar tot amb certa emoció, recordant i, alhora, adonant-se de com tot aquell espai anava adquirint vida. Es va dedicar a observar les persones que es movien pels pavellons, els arbres que, a banda i banda de l'avinguda, havien plantat i que aviat formarien racons d'ombra molt agradables. Els pavellons, com soldats ben alineats davant la Casa d'Operacions, posseïen una exuberància de detalls i una paleta cromàtica la simple contemplació de la qual ja devia influir beneficiosament als malalts. Ceràmiques policromades, escultures florals i animals, escuts, sants patrons modelats al taller del mestre Arnau —els recordava prou bé—, els àngels de l'amic Gargallo. La bella i estilitzada torre d'aigües a cada pavelló, les àmplies rotondes coronades per una cúpula amb rajoles en forma d'escates. Xemeneies, pinacles, florons, tota mena de detalls que havien convertit aquell hospital en una meravella digna d'un geni.

Anava caminant a poc a poc, embadalit amb tot el que veia, quan algú se li va plantar just al davant.

—Disculpi, anava distret —va dir a una dona amb bata blanca, les mans dins les butxaques. Aleshores la va reconèixer:

—Doctora Rovira! És vostè! —va exclamar, veritablement complagut.

L'Aurora va somriure amable i es van donar la mà.

—Ve a veure la Maria? —li va preguntar ella.

En Lluís li va dir que sí, que es dirigia cap al pavelló de Santa Victòria quan s'havia quedat enlluernat davant la bellesa dels pavellons. L'Aurora va mirar al seu voltant, tot dient:

—Sí, suposo que nosaltres ja ens hi hem acostumat, passant-hi pel davant cada dia. Però la veritat és que no hi ha un altre hospital com aquest.

—Segur que no —va respondre en Lluís. Ara la mirava a ella. Estava més bonica que mai.

—Que potser anava també cap a Santa Victòria? —va preguntar.

—No, anava a veure el meu pare, que és just allà —va respondre ella, assenyalant amb el dit el pavelló de Nostra Senyora del Carme.

—Així doncs, tornarà després a Santa Victòria? La veuré més tard?

—Potser —va fer ella. Se'n va acomiadar i va marxar.

Va trobar la Maria enfeinada al pavelló dels nens, vestida amb les seves robes d'infermera a les quals encara no s'havia acostumat. La mirada de sempre en la germana de llet, cap rancúnia per no haver-la visitat en molt temps.

Arran d'aquesta visita, en Lluís es va acostumar a freqüentar l'hospital. Hi havia molt de moviment perquè en aquell any s'hi estaven traslladant tots els serveis mèdics i quirúrgics de la Santa Creu. Aviat en farien la inauguració i les sales ja eren plenes de malalts. Van ser, precisament, els petits que jeien als llits de Santa Victòria, els que ell observava quan anava a veure la Maria, els que van encendre la inspiració de l'escultor. En va començar a fer uns esbossos, sent conscient que aquells nens i nenes eren el viu reflex d'un món que coneixia bé. Uns éssers que, en la seva estada a l'hospital, vivien amb unes comoditats i s'alimentaven com mai ho havien fet a casa seva. Hi havia la mirada oprimida d'aquells nens que patien dolors a l'estómac, o la mirada salvatge de la meningitis; quan una d'aquelles criatures millorava, els ulls reflectien una expressió tan brillant que en Lluís omplia papers sencers amb els seus dibuixos. Els cossos menuts es retorçaven sovint de dolor, o de temor al desconegut, i en Lluís forçava les corbes dels seus models en fang; d'altres vegades els nens jeien tan quiets i estirats com un pal, segons li va explicar la Maria, quan la febre era molt alta o la feblesa els deixava sense un bri d'energia. No tot eren casos extrems. També hi havia els que patien una malaltia tan lleu que només passaven uns dies a l'hospital. En Lluís en prenia notes mentre jugaven al pati de fora o a la gran rotonda lluminosa on veien la mare, el pare o els germans. Una mescla d'innocència feliç i cruenta realitat que envoltava la vida d'aquells infants i que feia reflexionar a l'escultor sobre la seva pròpia infància, abans que l'art li hagués donat una nova oportunitat. Els apunts que prenia a Santa Victòria li servien després per fer estudis més elaborats al seu taller. Si de dia visitava les sales dels nens malalts, gràcies a la Maria i també a la doctora Rovira, que li'n facilitaven l'accés, de nit treballava incansablement a casa, convertint en models de guix o de fang els seus apunts al carbó. L'Arlette es queixava que ja no sortien mai a ballar ni a fer res, però en Lluís era incapaç d'atendre els seus precs, perquè preparava la primera sèrie d'escultures que sentia de manera més personal. L'anomenaria *Els pobres malalts*, que era com els burgesos solien anomenar els miserables que habitaven en aquells pavellons de l'hospital, i escolliria les millors peces per fondre-les en bronze, encara que amb això s'hagués de gastar tot el que tenia.

Mentre treballava en la seva nova sèrie d'escultures, en Lluís va començar a observar amb freqüència el treball que realitzava la Maria a l'hospital. S'adonava de com d'imprescindible es feia amb els nens i quanta traça tenia a apaivagar el seu dolor. Els prenia la temperatura, els posava injeccions amb una rapidesa que ni tan sols els donava temps a queixar-se, els parlava sovint a cau d'orella, els feia les cures i els assistia en tot. La germana de sala supervisava la seva feina amb severitat i rigor, però es percebia que la Maria s'havia fet un bon lloc allà dintre, i en Lluís s'admirava del seu valor. Aquella germana de llet que corria agafada de la seva mà pels carrers de la Santa Creu quan eren menuts, que observava de puntetes els morts del corralet de l'hospital amb angúnia i malsons a les nits, només perquè en Lluís l'hi demanava, aquella Maria que anys després havia retrobat convertida en una noia que treballava al servei d'una casa bona de Barcelona, havia fet tant de camí com ell mateix per sortir dels carrers de l'antic hospital i esdevenir algú. Alhora, en Lluís es fixava en l'Aurora Rovira, sempre present al pavelló quan en Lluís hi acudia a dibuixar. En un moment del dia o altre apareixia aquell somni de dona moderna que vestia la bata blanca dels metges, que es movia de llit a llit visitant els petits pacients, auscultant els seus pits raquítics i prescrivint medicines i bons aliments. En Lluís no podia deixar de mirar-la quan ella era a la sala i, de vegades, en feia també uns apunts en un paper. En una ocasió va preguntar a la Maria com és que una dona com ella no s'havia casat encara, a la qual cosa la noia li va respondre que, igual que ella, estava entregada a la seva professió. Però no se sent sola, una dona com ella?, havia insistit en Lluís. I la Maria li havia respost que la soledat no era més que un company amb el qual molts aprenen a conviure.

Un rere l'altre, els serveis mèdics i quirúrgics del vell Hospital de la Santa Creu van anar deixant l'edifici gòtic del centre de la ciutat per sumar-se als que ja convivien en els pavellons modernistes del nou recinte hospitalari. En abandonar les sales gòtiques de grans arcades, sota les quals havien exercit des de sempre el seu ofici, els metges sentien una mescla d'il·lusió i de dolor. La il·lusió pel nou hospital, dotat d'una bellesa i una modernitat en instal·lacions que res tenia a envejar als d'altres ciutats; dolor per aquella recança que feia deixar enrere un lloc on s'havien desenvolupat com a metges i alhora havien crescut com a éssers humans. Allà quedaven noms i cognoms, no només casos, sinó lluites i derrotes personals contra la malaltia, a favor de la vida. Si un parava l'orella encara podia escoltar els laments, els sospirs, les corredisses de germans i germanes rere els senyors doctors en temps d'epidèmies, d'aixecaments populars o de la pura misèria que venia a abarrotar les sales del vell hospital. Aquell seguit d'edificacions al voltant d'un pati central, al bell mig del qual hi havia la creu barroca, tan estimada per tots els metges que havien passat per allà, passava ara a mans de l'Ajuntament, el qual feia ja uns anys que l'havia comprat. Deien que potser convertirien allò en un Museu, o en un Arxiu de la Ciutat. Però els metges i els senyors administradors demanaven d'endur-se una sola cosa: la creu del pati. És l'ànima de la institució, al·legaven, ha estat testimoni de generacions de metges, ha vist passar tota mena de gent de l'hospital. Sota la claredat de la lluna, la creu havia vetllat des de feia segles per tots els pobres malalts, però malgrat això, l'Ajuntament l'havia adquirit en comprar tot el lot artístic i arqueològic del recinte, i no semblava disposat a cedir.

L'Hospital de la Santa Creu i Sant Pau es va inaugurar

sense la creu barroca, en un acte solemne al qual va assistir el rei Alfons XIII. Era un dia de mitjans de gener de l'any 1930 quan el monarca, en un moment de republicanisme latent arreu del país en resposta a una dictadura que feia massa temps que durava, es va passejar pels pavellons del recinte modernista acompanyat del president Primo de Rivera i d'altres autoritats, conscient que aquell hospital faria història en l'arquitectura del país. Vint-i-vuit anys havien transcorregut des que l'arquitecte Lluís Domènech i Montaner el va començar a construir, i només alguns sabien que el seu fill Pere, hereu del projecte del pare, havia hagut de lliurar moltes batalles fins a veure l'hospital acabat. D'una banda, hi havia hagut la lluita constant per aconseguir els diners: havien anat arribant com en un degoteig de bones obres realitzades per ciutadans burgesos —alguns que havien tingut present l'hospital, a la seva mort; d'altres als quals, arran de la dolorosa pèrdua d'un familiar, se'ls havia despertat el desig de construir un pavelló en la seva memòria—, però tot plegat havia fet que del total de quaranta-vuit pavellons projectats inicialment per Don Lluís se n'haguessin acabat fent vint-i-set. D'altra banda, hi havia hagut el desafiament d'una medicina en constant evolució: les exigències mèdiques s'havien anat transformant a mesura que se succeïen els nous descobriments científics. Però la batalla més íntima i personal que Don Pere Domènech i Roura havia hagut de lliurar en desaparèixer el pare, ja feia set anys, havia estat aquella que tenia a veure amb l'art: si bé Don Lluís havia format part d'un temps, d'una generació de grans arquitectes que havien trobat en el Modernisme la seva màxima expressió, el seu fill Pere pertanyia ja a una altra època, en la qual el gust noucentista havia acabat prenent el relleu. I el fill va decidir seguir fidelment les premisses estilístiques del pare en construir els darrers pavellons de malalts, però amb les altres edificacions pendents —com el gran pavelló de Serveis Generals on viurien les germanes, l'església o la nova Casa de Convalescència— va acabar optant per un estil més propi, més personal, més d'acord amb el seu nou estatus guanyat com a arquitecte director de l'Exposició Internacional i amb el gust dels arquitectes de la nova generació.

El mateix dia que el monarca i el voluminós nombre d'autoritats van trepitjar el nou hospital es van obrir les portes als ciutadans. Tothom es va passejar pel recinte, observant i admirant per primera vegada aquella obra titànica que, durant el primer terç del segle, s'havia anat construint. Un veritable palau, se sentia murmurejar; un hospital per als pobres?, es preguntaven molts, sorpresos dels seus jardins i de tanta riquesa d'ornamentació. El cert és que el nou Hospital de la Santa Creu i Sant Pau no va deixar indiferent ningú.

En Llorenç se sentia feliç d'haver recuperat la seva vida al nou hospital. Des dels temps en què hi va treballar per primera vegada, al servei del doctor Torras, el recinte havia canviat molt la seva fesomia, igual que les terres del seu voltant, lentament urbanitzades. Ara, a la gran avinguda que creuava el centre del conjunt hospitalari, hi havia gent transitant tothora, i els pavellons ja no feien aquella llàstima dels edificis buits, sinó que eren plens d'activitat. N'hi havia molts més que en els seus primers temps, i cadascun s'utilitzava per a una determinada funció: cirurgia, medicina general, obstetrícia i ginecologia, cancerologia, cardiologia, traumatologia i els pavellons dels nens i nenes, on treballava la seva germana. El doctor Darius Rovira, el pare, havia instal·lat les seves malaltes en una sala del pavelló de Nostra Senyora del Carme, just al davant de Sant Leopold, on en Llorenç va veure per primera vegada en Narcís Colomer. Semblava que hagués passat una eternitat des d'aquell primer dia en què, sense saber-ho, la seva vida havia fet un tomb. Condemnat a casar-se amb la Mariona per imposició del pare, havia passat un veritable infern interior fins a trobar en Narcís. En els seus primers anys de matrimoni havia provat d'enganyar-se a si mateix, de convence's que aquella relació podia fer-lo feliç, a pesar de no haver-la triat ell mateix. La Mariona era una noia amable, distingida, que sempre provava de fer-li la vida agradable. De fet, la considerava l'esposa perfecta, si no fos perquè la intimitat amb ella era, per a en Llorenç, un veritable turment. Ella ho notava, i per això havien deixat de dormir junts. Ho van decidir amb tota naturalitat, per qüestions de comoditat: en Llorenç arribava sempre tard a casa, després del dia a l'hospital i les tardes al consultori del pare. Venia esgotat, amb ganes de sopar alguna cosa i posar-se a dormir ben aviat. Valia més cadascú a la seva cambra i no destorbar-se el son. La Mariona, de vegades, es quedava llevada i en Llorenç la sentia plorar, però mai comentaven obertament la desgràcia de no saber-se estimar. De tant en tant en Llorenç feia l'esforç: la visitava a la cambra, es ficava al seu llit, provava d'excitar-se tocant aquell cos sol·lícit, ardent, en la més estricta foscor. Hi havia hagut algun cop que el cos li havia respost de manera reeixida i havia anat a dormir amb el regust d'haver complert, però potser les vegades havien estat massa escasses, perquè en tots aquells anys no havien aconseguit tenir fills... El fet era que el seu matrimoni anava tirant dins aquella tristor que, lentament, consumia la pobra Mariona i angoixava en Llorenç. Fins que ell va començar a viure una altra vida fora de casa, després de conèixer per primera vegada el desig a través d'en Narcís Colomer. Des d'aquell primer dia al pavelló de Sant Leopold, el noi l'havia impressionat. Aquell rostre de porcellana, els ulls de pestanyes llargues mirant-lo amb insistència... Després de retrobar-lo poc abans del seu casament i que se li hagués esfumat de nou, en Llorenç va provar d'oblidar-lo, però no n'havia estat capaç. N'havia començat la recerca al cap d'un mes de tornar del viatge de noces. Li calia tornar-lo a veure, li calien respostes. Va ser a l'Hospital Clínic on el va retrobar i ja no el va perdre mai més: aleshores s'estava amb els tísics del doctor Cinto Reventós, i va començar a visitar-lo amb freqüència. En Llorenç i en Narcís van començar a intimar. El noi li parlava de la seva vida a Manresa, on havia passat la infantesa i d'on els pares l'havien allunyat. Els primers temps en Llorenç no va aconseguir saber-ne els motius perquè el noi no n'hi volia parlar, però a poc a poc va anar agafant-li confiança, fins que un dia li va explicar l'escàndol que havia provocat a la seva ciutat.

—Els meus pares tenen una botiga de vetesifils molt important a Manresa. Tothom hi va a comprar, tothom els coneix. Jo estudiava a l'institut i tenia un mestre amb qui m'avenia molt: el senyor Clausells. De vegades em feia classes particulars, al vespre, perquè jo no era gaire bon estudiant. —En aquell moment en Narcís havia somrigut, en Llorenç ho recordava perfectament, i l'havia mirat amb intensitat, trencant aleshores qualsevol barrera que hi pogués haver entre tots dos. Li havia confessat—: Els pares van dir a tothom que el senyor Clausells havia abusat de mi, però no és veritat. Ell va ser el meu primer amor.

Davant l'expressió atenta d'en Llorenç, que absorbia cada detall d'allò que en Narcís deia, el noi li havia acabat d'explicar, aquell dia, que després de l'escàndol va venir la malaltia i aleshores els pares l'havien portat a curar-se a Barcelona, allunyant-lo de tot i de tothom. En Llorenç sabia que només l'anaven a veure molt de tant en tant, i que insistien a tenir-lo ingressat a Barcelona, lluny de Manresa. Havien dit a tothom que el seu fill estava estudiant a l'estranger, que trigaria molt a tornar, i havien assumit la tuberculosi com el càstig de Déu pel seu terrible pecat.

El dia que ho va saber tot, en Llorenç havia sentit un desig fervent de besar els llavis d'aquell noi, volia acaronar-lo i dir-li que mai més estaria sol perquè ara el tenia a ell. En Narcís era l'única persona al món amb qui en Llorenç se sentia veritablement a gust. Aquell dia, després de mirar-se llargament en silenci, els dos nois es van agafar la mà, per sota els llençols, i van estar-se molt quiets durant una estona. Després d'allò van venir dies de petons furtius, quan ningú els observava, l'escalfor que contínuament encenia les galtes d'un Llorenç que mai abans havia estat tan feliç. A casa, ni tan sols podia mirar als ulls a la Mariona després d'un dia amb en Narcís. Se sentia responsable de l'amargor que consumia dia rere dia la seva dona, a qui en el fons apreciava, mentre ell vivia la més intensa història d'amor. Van ser uns anys de fer-se càrrec de les despeses d'en Narcís, després que els seus pares, a mesura que es feia gran, se'n comencessin a desentendre. Li va pagar unes estades al Montseny, en una masia on el doctor Reventós l'enviava a recuperar-se durant temporades llargues.

Després d'una recaiguda, havia ingressat a l'Hospital de la Santa Creu i Sant Pau, on precisament havien obert dos serveis de tisiologia, el de les dones a càrrec del doctor Freixas i el dels homes a càrrec del mateix doctor Reventós. En Llorenç s'ho va fer venir bé per instal·lar el seu protegit en una de les ales de l'immens pavelló de Sant Carles i Santa Francesca, just al darrere del pavelló de Serveis Generals, en la part més elevada del vessant de la muntanya. El doctor Reventós s'havia emportat part del seu equip de metges del Clínic i fins i tot estava provant de convèncer el doctor Caralps —especialista en cirurgia toràcica— perquè s'hi sumés. En Llorenç sentia que aquell lloc era el millor on podia tenir el seu estimat. Sense que el doctor Darius Rovira en sabés absolutament res, el seu fill s'escapava cada dia a veure el seu tísic, li portava llibres, llegien plegats, passejaven a estones per prendre l'aire i, quan ningú els observava, es donaven la mà. Entrellaçaven els seus dits, buscant amb avidesa el contacte físic amb l'altre. En un lloc apartat de les mirades curioses, els dos homes es tocaven, es besaven al coll, gemegant de plaer. Eren els moments més feliços de la vida d'en Llorenç, en què fins i tot gosava imaginar un dia en què ell i el seu Narcís, completament recuperat, poguessin gaudir d'una vida plena molt lluny d'allà.

No feia ni un mes que el monarca havia inaugurat l'hospital quan els diaris van anunciar la dimissió del president Primo de Rivera. La mà dura exercida des del cop d'estat militar, la censura als diaris, la clausura de partits i institucions i unes llibertats clarament minvades havien acabat per fer trontollar un règim que es trobava en les seves hores baixes. Alfons XIII va encarregar immediatament a Dámaso Berenguer, un militar nascut a Cuba i distingit en la guerra del Rif, que formés nou govern. Aquella nova etapa que assegurava voler tornar el país a la normalitat constitucional, que prometia convocar aviat unes eleccions democràtiques per pacificar així la crispació general, es va començar a conèixer amb el sobrenom de la «dictablanda», tot i que eren molts els que dubtaven que amb aquelles engrunes de canvi la gent en tingués prou.

En començar el mes d'abril de 1930, en Marcel va tornar a Barcelona. Després de cinc anys a Anglaterra, amb l'experiència d'haver treballat durant tot aquest temps a l'estranger, en Marcel accedia a tornar a l'Hospital de la Santa Creu i Sant Pau després d'una carta del doctor Corachan. Aquest cirurgià, al costat del qual havia treballat en els seus primers anys com a intern i amb el qual s'havia entès sempre tan bé, li demanava d'incorporar-se al seu servei de cirurgia d'homes, al nou hospital, ara que n'havia d'ampliar el nombre de cirurgians. La proposta tenia l'incentiu afegit de poder treballar al mateix equip que el seu bon amic Josep Trueta, així que finalment en Marcel es va decidir a tornar.

Ningú havia avisat l'Aurora, ningú l'havia preparada per a la sorpresa que s'emportaria el dia que se'l va tornar a trobar a l'hospital. Va ser a prop de la Casa d'Operacions, on molts metges es trobaven a migdia per conversar i intercanviar impressions. Era un indret agradable on, a aquella hora del dia, hi tocava plenament el sol. L'Aurora solia travessar per allà quan a migdia anava a recollir el pare i en Llorenç per anar a casa a dinar. El doctor Darius Rovira feia esperar el xofer a l'entrada principal del pavelló de l'administració, i tots tres anaven a casa després de les visites del matí. Dinaven —en Llorenç solia fer-ho a casa els pares, ja que a la tarda passava visita al consultori, juntament amb el pare—, xerraven dels seus respectius malalts i, de tant en tant, el pare insistia a l'Aurora que ja era hora d'ampliar el consultori per assistir els nens de les seves clientes. En això rumiava l'Aurora aquell migdia d'abril quan, caminant pel davant del pavelló quirúrgic, va veure en Trueta. Es trobava envoltat d'un grup de cirurgians; ella s'hi va acostar.

—Bon dia, Josep! —va exclamar, contenta de veure'l—. Com està l'Amèlia? Fa massa temps que no la vaig a visitar.

En Josep es va apartar una mica del grup, i la va portar cap a un costat. Amablement, li va contestar:

—Està molt bé, moltes gràcies.

Semblava dubtar d'alguna cosa, mirava cap al grup de metges del qual s'havia separat. Llavors un d'ells, amb les mans a la butxaca i posat tranquil, se'ls va acostar.

—Hola, Aurora —va dir en Marcel.

Ella va obrir la boca i va quedar muda per uns instants. Després va dir:

—Has tornat?

Ell va assentir. Va dir:

—És el meu primer dia. Ara estic al mateix servei que en Josep. Amb el doctor Corachan.

L'Aurora no se'n sabia avenir. Després de tant de temps, tornava a tenir en Marcel Riera allà al davant. Li va venir al cap la infinitat de moments en què hi havia pensat, la manera com l'havia trobat a faltar i com havia imaginat la seva vida si, en comptes d'un no, aquell dia davant del Coliseum li hagués donat un sí. En Josep va trencar aquell silenci que s'allargava incòmodament mentre en Marcel i l'Aurora es miraven. Va explicar-li a ella:

—Don Manuel va sol·licitar a l'hospital d'ampliar el seu servei amb tres cirurgians més. I, com és lògic, volia comptar amb en Marcel per ocupar un dels nous llocs

—va passar una mà cordial per l'espatlla del seu amic—. Com comprendràs, jo estic encantat d'haver-lo recuperat.

L'Aurora va fer un somriure insegur, s'estava posant nerviosa davant del seguit d'emocions que experimentava. El cor li bategava de pressa i no sabia ben bé com havia de reaccionar.

—Me n'haig d'anar. El pare i el meu germà m'esperen —li va sortir.

En Marcel va fer un pas enrere per obrir-li pas. Va dir-li, amb un to que no semblava incloure ni un bri de rancúnia:

—M'he alegrat molt de veure't, Aurora. Espero que puguem xerrar i posar-nos al dia, en una altra ocasió.

—I tant —va respondre ella.

Semblava que en Marcel ho hagués esborrat tot de la seva ment. En cap moment van mencionar aquella fatídica tarda en què la seva amistat havia quedat esquerdada per una sincera declaració d'amor. Semblava que en Marcel havia renunciat completament a les intencions que, en altres temps, havia tingut amb l'Aurora, i ara la tractava com una simple amiga amb qui compartia un passat i uns amics en comú, a més a més de l'ofici. A poc a poc, en Marcel i l'Aurora van anar recuperant aquelles estones lliures en què es trobaven després d'un matí de feina, de vegades a la tarda, cap al tard, i s'explicaven els casos, els malalts, les preocupacions diàries. Reprenien el fil de les seves vides just en el punt on ho havien deixat. Però res era ja igual. Com en una mena d'acord silenciós, els sentiments personals van quedar fora de les seves converses, fent que l'Aurora no arribés a esbrinar si hi havia hagut algú més, en el cor del seu amic. De vegades es moria de ganes de preguntar-l'hi, però no gosava. Parlaven, doncs, tan sols de l'ofici, tot compartint aquell amor incondicional que tots dos professaven a la medicina. En Marcel semblava una altra persona i, alhora, era el mateix de sempre. Però l'Aurora havia canviat completament. En el més profund del seu cor, demanava a crits que en Marcel la tornés a estimar. Aquesta vegada ella no seria tan estúpida de deixar-lo escapar.

A finals del 1930 en Lluís gaudia de la bona fama guanyada arran de l'èxit de la seva sèrie d'escultures titulada *Els pobres malalts*. Els crítics més exigents n'havien fet lloances i una àmplia selecció de peces havia estat exposada durant tot un mes a la prestigiosa Sala Parés, donant com a resultat la venda de totes les peces. Li van començar a ploure més encàrrecs de personatges il·lustres de la ciutat: nobles, industrials i riques vídues que es volien fer esculpir un bust per l'artista del moment. En Lluís, així doncs, no només va recuperar els diners que s'havia gastat amb la fosa en bronze de les escultures, sinó que va començar a guanyar prou per traslladar-se a viure a un lloc millor. Va llogar una planta baixa al barri de Gràcia, amb un pati al darrere on tocava el sol de matí. Una sala força espaiosa, amb dues finestres i una porta que donava al pati, li servia de taller i, a més a més, hi havia una cuina i una habitació amb un llit gran. L'Arlette ja no hi era per gaudir d'aquella nova etapa de l'escultor: cansada d'avorrir-se i profundament enyorada de la vida parisenca, se n'havia acabat tornant. Les discussions constants, els precs i laments d'ella —que en altres temps arreglaven fàcilment, quan en Lluís li feia l'amor amb fúria, apassionadament— havien acabat guanyant la partida i provocant que l'Arlette fes les maletes i marxés. Tots dos van respirar alleujats; va ser un comiat tranquil, sense rancúnia, perquè tots dos sabien que feia temps que la relació ja no portava enlloc. En Lluís no la va enyorar, i es va adonar que segurament ell estava fet per viure sol.

La Maria l'anava a veure els diumenges, quan tenia el dia lliure. Li preparava el dinar i alguna cosa més per a la setmana, no fos cas que no es recordés de menjar per culpa de treballar tant. Després de dinar, s'asseien al pati i la Maria gaudia amb totes aquelles plantes que l'anterior inquilí hi havia deixat.

—Les has de regar sovint, Lluís. Almenys un cop per setmana o dos. No les descuidis i ja veuràs com a la primavera tot florirà —li deia la noia, enlluernada per aquell lloc on se sentia tan a gust. Estava contenta perquè, des que l'Arlette havia marxat, ella podia tornar a cuidar-se una mica d'en Lluís. Ell només pensava en les seves escultures i a la Maria li agradava venir a preparar-li el menjar, arreglar-li una mica la casa per tal que estigués endreçada i fes goig. Era el més semblant a una llar que en Lluís havia tingut, probablement, des dels temps de la dida. I a la Maria li agradava formar part, altra vegada, de tot allò.

Un diumenge de desembre en Lluís va comentar a la Maria el nou encàrrec que havia rebut:

—És del doctor Rovira, el teu antic patró. M'ha enviat una nota perquè el vagi a visitar. Diu que es vol fer un bust i que vol que l'hi faci jo.

La Maria s'hi va interessar.

—I li diràs que sí, suposo. És un home molt important.

—Ho suposo. Però potser em faig pregar —va dir ell, divertit, fent-li l'ullet.

—Lluís! És el doctor Rovira! I el pare de l'Aurora. Vés-hi demà mateix i no et donis tants aires —va remugar.

En Lluís va riure.

—Dona, que només era una broma.

Li agradava que vingués la Maria cada diumenge. Amb ella se sentia sempre a gust. No calia fer cap paper, no demanava explicacions ni venia amb exigències, com feien les altres dones. La Maria li recordava a en Lluís qui era, malgrat que el món al seu voltant anés canviant. Amb certa curiositat, li va preguntar:

—Com és el doctor Rovira? Me'l pots descriure?

—No l'has vist mai? —es va sorprendre ella—. Tantes vegades com em vas acompanyar a casa dels senyors...

—Però no hi vaig entrar mai, Maria. Sempre ens acomiadàvem al portal.

—Tens raó —va fer ella. Va aclucar els ulls com si es concentrés i va provar de fer-n'hi una descripció—: És un senyor gran, és clar, d'uns setanta anys. Els cabells d'un color plata, sempre molt ben pentinat. Havia estat un home molt atractiu, totes les senyores que venien a visitar-se a la seva consulta s'arreglaven per a ell.

—De veritat? —va fer en Lluís, interessat—. No sabia que les dones s'arreglessin per anar a cal metge!

—El doctor Rovira no era com els altres —va aclarir-li ella—. Ell té un aspecte diferent: de jove semblava un actor d'aquests que ara surten a les pel·lícules. Una cara angulosa, un perfil elegant... Fins i tot ara, que ja és gran, conserva aquell aire distingit. No et resultarà gens difícil fer-ne un bust.

En Lluís es va sentir satisfet. Hi havia determinats cranis que eren impossibles d'afavorir, però això no treia que la clientela important —que pagava una bona suma de diners en fer l'encàrrec— esperés de l'escultor que sabés treure la seva millor expressió. Sovint calia extreure la bellesa d'allà on no n'hi havia.

Tal com va assegurar a la Maria, en Lluís va acudir a casa en Darius Rovira l'endemà.

—El senyor doctor no ha arribat encara —va dir-li una dona que podia bé ser la infermera. Li va agafar el barret i l'abric i el va fer passar a la sala d'espera del consultori, com si fos una de les pacients del doctor que s'anava a visitar. El va deixar sol. Mentre esperava, es va dedicar a observar els quadres que penjaven de les parets, buscant pistes del gust del senyor de la casa. No li va costar gens de veure que el doctor tenia un gust exquisit, encara que una mica antic. No només els quadres, sinó les butaques —d'un bordeus vellutat—, i alguns mobles repartits aquí i allà, tenien un cert aire ranci. Se sentia el tic-tac d'un rellotge que provenia d'algun lloc prop d'allà, potser de la sala de la vivenda, que hi havia a l'altre costat de la porta. La família no hi devia ser, perquè es respirava un silenci gairebé absolut, ni una passa, ni un fregar de faldilles, ni res. Va pensar en l'únic membre d'aquella família que ell coneixia, la doctora Rovira, la filla del metge, i no va imaginar una noia com ella en un lloc tan trist i silenciós.

Va arribar el doctor. Es van sentir diverses veus en obrir-se la porta de casa, però en Lluís no podia veure res des d'on es trobava. De seguida es va obrir la porta i va aparèixer el doctor Darius Rovira, que amb pas ferm i una mà estesa s'hi va adreçar.

—Un plaer conèixe'l! —va exclamar mentre es donaven la mà. Seguidament, el va fer passar al seu despatx.

En Lluís va recórrer la mirada per tot l'espai. Un consultori de metge amb tota mena de detalls d'una vida luxosa i exquisida, on no faltava de res per a una clientela femenina i exigent. Tapissos, catifes, una fantàstica biblioteca que ocupava la paret sencera, la taula massissa del metge, un divan entapissat. Tot plegat d'un gust més aviat antic on, si no fos per l'instrumental mèdic més modern, es diria que res havia canviat des de principis de segle. Tot era al seu lloc, seguint un ordre rigorós que deixava al descobert la personalitat del seu propietari. En Darius Rovira va fer seure en Lluís davant la taula de despatx mentre ell va acomodar-se a l'altra banda. El doctor, aleshores, va dreçar les espatlles i es va situar una mica de perfil. Va dir:

—I bé: com ho veu?

—Senyor, serà un bust ben fàcil de fer. Té un cap gairebé perfecte.

—Gairebé? —va fer en Darius Rovira, contrariat.

En Lluís va argumentar, amb tota tranquil·litat:

—La perfecció no existeix, senyor.

El doctor no hi va semblar gaire d'acord, però va passar a parlar dels honoraris i a preguntar el temps que necessitaria per fer l'encàrrec.

En Lluís li va dir que li caldrien almenys dues sessions amb ell, per poder dibuixar-lo, estudiar detalladament les seves faccions i fer després les correccions oportunes a mesura que avançava en el seu model.

—Entesos —va respondre en Darius. El va citar per a la setmana següent i es van acomiadar.

En sortir, en Lluís es va trobar l'Aurora, que, des de la part de la casa, es dirigia al despatx.

—Lluís! —va fer, sorpresa—. Pensava que el pare estava sol. Què hi fa, aquí?

—El senyor doctor vol que li faci un bust.

L'Aurora va somriure i va dir, afalagadora:

—És clar, l'escultor de moda. Segur que serà una obra magnífica.

—Esperem que el complagui.

—No li serà gens fàcil, li adverteixo que el meu pare és un home molt exigent.

—Me n'he adonat.

Es van acomiadar i en Lluís va sortir al carrer. Feia fred i un dia força ennuvolat, però li venia de gust passejar. En Darius Rovira l'havia impressionat fortament. Va pensar en la Maria i en la descripció que li n'havia fet el dia abans, tot arribant a la conclusió que s'havia quedat curta. La distinció d'aquell home era molt poc corrent. Va imaginar-lo de jove i va endevinar l'admiració que devia haver despertat. Com un actor de cinema, havia dit la Maria. I tenia raó. Va repassar mentalment les faccions del seu rostre, preveient el treball que faria amb els angles, la mandíbula, els pòmuls. Aquests li recordaven el rostre de la seva filla Aurora, malgrat que les faccions de la noia esdevenien, en conjunt, més arrodonides. No hi havia cap dubte sobre la procedència de la bellesa d'ella. Tot i aquestes virtuts en un home del qual havia d'esculpir un bell bust, a en Lluís el començava a neguitejar un dubte: arribaria a trobar-li l'ànima, a aquell cap gairebé perfecte? En aquella primera trobada amb en Darius Rovira, en Lluís havia pogut observar-ne amb detall la fesomia, però no havia arribat a veure, en cap moment, cap senyal que li mostrés més enllà del tangible, precisament aquella expressió, aquell gest, que havia d'acabar dotant de vida qualsevol escultura ben feta.

Va donar tantes voltes pels carrers que, en arribar a casa, ja se li havia fet fosc. En comptes de menjar alguna cosa, es va posar a treballar. Es va dedicar a fer uns primers esbossos d'aquell home, en una llibreta. Tot seguit va arrencar els fulls i els va estripar. Va començar un altre cop, però res del que feia el satisfeia. Disgustat, va deixar la llibreta a un costat, es va embolicar amb una manta i va sortir al pati. Era una nit sense lluna ni estels, la foscor el va deprimir. Va sentir un calfred i va decidir tornar a dintre. Va seure una estona, sense fer res. Després es va dirigir a la cuina i va agafar el porró de vi i un tros de formatge amb una llesca de pa. S'ho va menjar i beure amb delit. Amb l'estómac més escalfat, reconfortat, va tornar al taller i va agafar novament la llibreta. Volia seguir amb els estudis preliminars del doctor, però s'ho va repensar. Quan una cosa no li sortia, valia més deixar-la respirar. Va pensar en alguna altra cosa per dibuixar, una de més personal que el motivés de veritat. Ara que havia acabat amb la seva sèrie dels malalts de l'hospital, necessitava un nou incentiu, alguna cosa que l'atrapés en una nova sèrie d'escultures. No volia que els encàrrecs a personatges il·lustres pertorbessin el seu art més sincer. Si amb els primers aconseguia pagar les factures i els materials, amb el segon extreia la part més autèntica d'ell mateix. Rumiant en tot això, va començar a dibuixar una dona. Es va aturar. I si provés de fer la seva dida? Aclucant els ulls, va fer un esforç per recordar les faccions d'aquella dona que havia estimat tant. Tota l'hora següent se la va passar fent-ne estudis, polint detalls, corregint. A poc a poc s'hi va anar engrescant i, de sobte, va aixecar el cap. Va deixar la llibreta a un costat, va tornar a sortir al pati a respirar l'aire de mitjanit. El negre sense lluna ni estels li va semblar ara meravellosament inspirador, com un gran llenç on dibuixar. Ni tan sols sentia ara l'aire fred de desembre. Va imaginar formes, rostres, cossos d'infants que corrien al pati de la Caritat, on havia passat part de la seva infància. Què se'n devia haver fet, de tots aquells nens i nenes sense pares, com ell? Va respirar fondo, profundament engrescat per una emoció que li pujava des de l'estómac. Ho tenia. Sabia exactament què volia fer: començaria els estudis per a una sèrie que anomenaria *Orígens*, en què viatjaria per primera vegada al principi de tot.

El servei de cirurgia dels homes del doctor Corachan tenia les seves instal·lacions en el quart pavelló de la banda est de l'Hospital de la Santa Creu i Sant Pau, un pavelló esplèndid de dos pisos i semisoterrani sota l'advocació de sant Manuel, mentre que les malaltes s'estaven al pavelló de la Puríssima, el primer de la banda oest de l'avinguda principal. La separació de sexes regnava en el nou hospital, de la mateixa manera que ho havia fet en el vell, però alguns metges com en Corachan tenien la ferma intenció, a la llarga, de fer els serveis mixtos. Els metges ajudants treballaven diàriament sota les ordres de Don Manuel, alternant les diferents sales de malalts amb la gran Casa d'Operacions, que quedava a mig camí entre un pavelló i l'altre. En aquest edifici central, connectat per via subterrània amb la resta de pavellons, en Marcel i en Josep ajudaven en les intervencions quirúrgiques, després d'haver-se acostumat fàcilment a les modernes i diàfanes instal·lacions. L'amfiteatre operatori —meitat envidrat, meitat revestit de marbre—, les sales de guixos, d'esterilització i d'anestèsia formaven part d'aquella vida nova que els havia tornat a ajuntar.

En Marcel havia aconseguit recuperar les seves antigues amistats com si mai se n'hagués anat, excepte la primera de totes, en Llorenç Rovira, del qual ni tan sols s'havia acomiadat en marxar a Anglaterra. No hi havia dia que no sentís remordiments per aquest fet, malgrat que la distància entre tots dos s'havia anat eixamplant des de molt abans. De fet, si calculava el dia que tot havia començat a canviar, havia de remetre's als temps del casament del seu amic. Què els havia succeït, exactament? Què tenia a veure aquella nova vida de casat amb el progressiu allunyament de tot i de tothom que en Llorenç havia practicat? Va decidir anar-lo a veure, en un rampell de nostàlgia. Un matí, després de la visita als malalts, va aprofitar una estona lliure per acostar-se al pavelló del Carme. El va trobar de seguida, perquè just quan ell entrava, en Llorenç es disposava a sortir. Es van somriure, es van saludar amb certa cordialitat.

—On anaves? —va preguntar-li en Llorenç.

—Venia a veure't a tu —va respondre en Marcel.

El noi se'l va mirar sorprès.

—Passa alguna cosa?

En Marcel va riure.

—N'ha de passar alguna perquè vagi a visitar un vell amic?

En Llorenç va semblar estranyat. Amb tota naturalitat, va dir-li:

—Marcel, fa molt temps d'això.

—Disculpa'm. Vaig marxar sense dir-te res.

—No passa res, Marcel —va dir ell amb to conciliador—. No et guardo rancúnia. Ja feia temps que ens havíem distanciat. Tenies els teus motius. I jo tenia els meus.

En Marcel li va preguntar, molt seriós:

—Què ens va passar, Llorenç? Per què ens vam distanciar?

El noi va mirar el seu antic company com si revisqués el passat. Amb tota naturalitat, va respondre-li:

—No res. No teníem tant en comú.

—Però vam ser grans amics —va recordar en Marcel.

En Llorenç va sospirar i va provar d'explicar-l'hi:

—Jo he canviat, Marcel, i no te n'has adonat. T'aprecio sincerament, però en realitat som del tot diferents.

—I què hi té a veure, això, amb la nostra amistat?

En Llorenç se'l va mirar intensament. Després va somriure, per dir:

—No ho vas entendre mai.

—El què?

—Jo t'estimava i tu estimaves la meva germana.

Els ànims d'una possible i imminent República anaven pujant de to. Es va saber que els partits republicans s'havien reunit l'agost anterior a Sant Sebastià, on havien signat un pacte que havia de conduir el país cap a un nou sistema de govern, i a mesura que transcorrien els mesos l'ambient s'anava escalfant. Per a disgust dels que llegien els diaris, la censura seguia existint malgrat que oficialment s'havia acabat i, de vegades, resultava difícil assabentar-se amb detall de les darreres novetats. No era el cas d'en Marcel, que gràcies als amics influents d'en Josep Trueta solia estar ben informat. Malgrat que no estava ficat en política —prou feina tenia ell amb els seus malalts—, li interessava profundament el tomb que estava a punt de fer el país, i procurava viure amb intensitat tot allò que intuïa que anava a succeir. Un dia de mitjans de desembre, en Josep Trueta li va portar la notícia d'una sublevació a Jaca que, gairebé de seguida, havia resultat fallida.

—Dos capitans de l'exèrcit i la seva guarnició s'han aixecat en contra de la monarquia. Han arribat a proclamar la República, però al cap de poques hores els han detingut —va explicar-li en Josep, clarament excitat.

—Els aplicaran un càstig exemplar —va predir en Marcel.

L'endemà els diaris contenien una nota de premsa emesa des del mateix govern on tranquil·litzaven la població, tot assegurant que els rebels de Jaca havien estat detinguts i que, de manera immediata, serien jutjats. Efectivament, se'ls va fer un judici sumaríssim i al matí següent, malgrat que era diumenge, els dos capitans van ser executats. Allò va causar una profunda commoció en totes les ments que ja somiaven una República, i els dos capitans van començar, aquell dia, a esdevenir màrtirs de la causa.

Els fets es van precipitar a començaments de l'any següent: el president del govern, Dámaso Berenguer, dimitia i era substituït tot seguit per Aznar, el qual va convocar eleccions municipals per al mes d'abril, les primeres que es realitzarien des de la dictadura. Alfons XIII provava d'apaivagar així aquella febre republicana, malgrat que l'ambient seguia pujant de to. Va ser aleshores quan l'amnistia generalitzada va fer tornar els darrers polítics de l'exili.

El mes de febrer, en Trueta va proposar a en Marcel d'acompanyar-lo a Maçanet a rebre en Francesc Macià. Aquest patriota català que feia set anys que estava exiliat havia guanyat molts adeptes arran de l'intent d'envair Catalunya per la part nord, entrant per Prats de Molló i proclamant la República en arribar a Olot. L'intent d'invasió havia quedat avortat a causa del *xivatasso* d'un espia italià infiltrat, però la fama d'en Macià no havia fet més que créixer des d'aleshores.

—Anirem tota una caravana d'automòbils a rebre'l a l'estació. T'hi vols afegir? —li va oferir.

En Marcel va accedir-hi de bon grat i el matí següent pujava al cotxe d'en Trueta, un De Soto americà, al costat d'un altre home jove que se'ls havia afegit per mediació d'un amic comú. En Trueta va presentar el noi a en Marcel:

—És en Josep Tarradellas, de l'agrupació catalanista La Falç.

—Marcel Riera —va fer ell, encaixant-li la mà. Es va fixar en com l'home arronsava les cames dins l'espai estret del cotxe del seu amic, tot fent-se ràpidament una idea de l'alçada considerable que devia tenir, igual que en Trueta.

—Molt de gust —va dir en Tarradellas, somrient-li amb uns ulls petits.

Van conduir fins a Maçanet i, en arribar a l'estació, es van quedar impressionats de veure que, almenys, devien haver-hi allà concentrats uns dos-cents automòbils. La munió de gent s'aglutinava per veure en Macià, el qual, amb un aire de dandi que va deixar bocabadat en Marcel, va baixar d'un dels vagons del tren i va saludar. Les exclamacions d'alegria es van succeir, la gent va començar a fer pressió per acostar-se al polític catalanista. Els tres homes, a empentes, s'hi van anar apropant. Quan ja eren gairebé al seu costat, en Trueta es va trobar un bon amic, en Sunyol, el qual els va presentar aleshores a Macià.

Es va mostrar molt cordial amb tots ells, sobretot amb en Josep, després que en Sunyol es referís a l'amistat que unia la seva família lleidatana amb la d'en Trueta. En Macià va demanar, aleshores, mentre la gent no parava d'empènyer:

—Així doncs, potser em podria permetre la confiança d'encomanar-li les meves dues maletes. Sembla que no ens hi caben al cotxe que m'ha de portar a Barcelona.

En Trueta no s'ho va rumiar ni un moment.

—Serà un veritable honor, senyor —i tot seguit les hi va agafar.

Van emprendre el camí de tornada cap a Barcelona per la carretera del litoral. A cada poble que passaven hi havia gent que sortia al carrer. Alguns homes aturaven el cotxe d'en Macià i el saludaven i li besaven les mans.

—És un veritable espectacle —va dir en Marcel, visiblement emocionat des del seient del darrere del cotxe del seu amic—. Per res del món m'hauria perdut això!

Com tots els homes i dones que van presenciar l'arribada d'aquell distingit ancià, en Marcel sabia que mai oblidaria un dia com aquell.

—No hi pensis més, Lluís, està molt bé —va dir la Maria un diumenge al seu taller, davant la mirada amoïnada de l'escultor, que seguia mirant-se el bust del doctor Darius Rovira des de tots els angles possibles, sense acabar-lo de donar per bo.

—És l'obra pitjor que he fet —es lamentava una vegada i una altra.

La Maria, cansada, va protestar:

—Prou d'aquesta murga. No és veritat. És un bust perfecte i el senyor Rovira quedarà encantat. N'estic convençuda.

—És el cap masculí més bell i distingit amb el qual m'he trobat —reflexionava en Lluís. Aleshores insistia, disgustat—: Però no he sabut trobar-li l'ànima. No té expressió, no em diu res de res.

La Maria va recordar-li:

—El doctor Rovira te'l va donar per bo en la darrera prova, oi? És un home impacient, Lluís, no t'acceptarà més retards.

—Ho sé.

—Doncs au, no hi pensis més i demà l'hi portes a casa

—va resoldre la Maria. Per si encara li quedava algun bri de resistència, va fer memòria a en Lluís—: Els diners t'aniran molt bé.

En Lluís va observar uns minuts més l'escultura, en silenci, i després la va tapar amb un llençol.

—D'acord —va dir a la Maria—. Tu guanyes. Necessito aquests diners.

Malgrat el disgust que li representava entregar una obra en aquelles condicions —era la primera vegada que, veritablement, no havia sabut donar cap expressió a un rostre, malgrat que era el més elegant que havia esculpit—, es va esforçar a pensar en la bona suma que cobraria. Necessitava comprar més eines, més material per a la sèrie d'escultures en les quals estava tan engrescat. Després d'*Els pobres malalts*, la nova sèrie que havia batejat amb el nom d'*Orígens* l'estava portant a viatjar al seu passat d'una manera com mai ho havia fet fins ara. Tot el que guanyava amb els encàrrecs ho invertia en aquelles primeres escultures, que parlaven dels orfes de la ciutat i el món en el qual creixien. En una mena de viatge iniciàtic al seu propi origen, en Lluís havia començat a omplir el seu taller de models en fang i en guix que representaven dides, germans de la Caritat i un seguit de rostres infantils que el remetien a la seva infància i que per primera vegada li feien preguntar-se qui era i d'on devia haver vingut. Modelava rostres que, com el seu, parlaven de trets d'un pare o d'una mare que no coneixien, rostres que inspiraven compassió i alhora rebuig social; miralls de la més profunda soledat que l'ésser humà pot experimentar i de la qual només alguns, com ell, aconseguien reeixir. Volia explicar tot aquell món a una societat que ara li feia encàrrecs i que desconeixia el seu propi origen. Una societat que no podia ni imaginar el que era sentir-se rebutjat per algú a qui ni tan sols es té l'oportunitat d'enyorar o fins i tot d'odiar. La fotografia d'un nen dalt d'un cavall, amb robes antigues però molt semblant a ell mateix de petit, era l'única cosa que en Lluís conservava d'un passat que no coneixia però del qual hauria desitjat saber més.

A la primavera es van iniciar les classes del curs trimestral de cirurgia abdominal que cada any organitzaven els serveis quirúrgics de l'hospital. Hi intervenien els caps de servei, a més a més d'alguns metges ajudants i auxiliars. Cadascú es feia càrrec de l'exposició oral d'algun tema en el qual havia treballat durant l'any i, entre les sales del pavelló de Sant Manuel i el de la Puríssima, els alumnes de sisè de medicina o d'altres metges inscrits tenien l'oportunitat de seguir de prop les exploracions dels malalts i assistir a les sessions operatòries que durant aquells dies els mestres practicaven. En Marcel havia estat assignat per donar una lliçó sobre l'anestèsia dels esplàncnics, mentre que l'amic Trueta parlaria de l'osteomielitis i les fractures dels ossos. Tots dos amics preparaven les seves exposicions orals en el despatx del doctor Corachan, malgrat que les interrupcions eren constants en aquells dies de gran excitació social. Faltava menys d'un mes per a les eleccions municipals i l'ambient esdevenia del tot eufòric. A cada moment, entrava algú al despatx amb les darreres novetats, com ara que Francesc Macià acabava de formar un nou partit polític, resultat de la fusió d'alguns partits i col·lectius ja existents.

—L'han batejat com a Esquerra Republicana de Catalunya —va explicar en Trueta al seu amic—, i intueixo que s'emportarà els vots de molts altres partits que, en la seva ceguesa, no l'han volgut al capdavant.

En Marcel es veia gairebé cada dia amb l'Aurora, i li explicava també els esdeveniments. De tant en tant hi havia un míting d'un candidat o altre i ell hi acudia, si disposava de temps. L'Aurora el va acompanyar una vegada que parlava en Macià i, com ell li havia advertit, en va quedar profundament impressionada.

—Si jo pogués votar! —s'havia lamentat la noia.

—Si aconseguim la República, tingues per segur que les dones podreu votar —va afirmar, convençut, en Marcel—. Només és qüestió de temps que aquest país ranci s'alliberi del caciquisme i la falta de llibertats impropis dels temps moderns. Som als anys trenta, Aurora! Ho tenim tot per fer.

L'entusiasme d'en Marcel s'encomanava a l'Aurora de tal manera que ella havia començat a llegir els diaris i a mantenir enceses discussions amb el pare. El doctor, lluny de gaudir amb el rebombori de les eleccions, es mostrava cada dia més reticent a qualsevol canvi que pogués fer perillar els seus privilegis. La filla s'adonava aleshores que, malgrat l'adoració que sentia pel pare des de petita, cada cop pensaven més diferent.

Va arribar el dia d'anar a votar i l'Aurora va demanar a en Marcel d'acompanyar-lo. Hi havia un ambient absolutament festiu, que va passar a esdevenir expectant durant els dos dies en què es va fer el recompte de vots. El matí del dia catorze d'abril en Marcel va trucar a casa de la noia completament excitat.

—Han guanyat els republicans, Aurora! Has de venir amb mi.

La va treure de casa per portar-la Rambla avall, tot dirigint-se cap a l'Ajuntament. Com ells, ho feia molta gent, perquè havia corregut la veu que l'advocat Lluís Companys, integrant de l'Esquerra Republicana i aspirant a regidor de l'Ajuntament, havia sortit al balcó de la Casa de la Ciutat a proclamar la República, i potser aviat hi sortiria Macià. També corria la veu que al País Basc pretenien fer el mateix i que només era qüestió d'hores que allò succeís arreu de l'Estat.

L'Aurora es deixava portar de la mà d'un Marcel molt content que es movia àgilment entre la gentada que, a poc a poc, s'anava aglutinant. A la rambla de les Flors venien pomells republicans i en Marcel en va comprar un a l'Aurora. Va extreure'n una petita flor, que va col·locar-li amb molta cura a la solapa de la jaqueta. Mentre ho feia, un grup de joves els va empentar i l'Aurora va caure al damunt d'en Marcel. Els rostres estaven tan junts que gairebé podia sentir el seu alè. L'Aurora el va mirar als ulls amb intensitat i, després d'un instant de dubte, el va besar. Ell va quedar tan sorprès que, en un primer moment, no va reaccionar. Aleshores la va apartar una mica i la va observar molt atentament. Pel seu davant van passar els anys de tristesa, les moltes vegades que l'havia volgut oblidar. La tenia tan fortament agafada de les espatlles que ella va murmurar:

—Em fas mal.

En Marcel la va apropar al seu cos i la va començar a besar apassionadament. Algú va esclatar a riure al seu costat:

—Mireu, els enamorats celebren la República!

L'Aurora va ensorrar el rostre en el coll d'en Marcel:

—Havia perdut l'esperança que encara m'estimessis —li va confessar.

Ell va respondre-li, ferm:

—Jo mai he renunciat a tu.

Es van fondre novament en una abraçada i aleshores en Marcel va passar una mà per aquells cabells del color de la mel. Els va prémer amb força i va mirar cap al cel. Aclucant els ulls per no deixar caure les llàgrimes, es va adonar que aquell era el primer instant d'una vida plena de felicitat.

Els primers de saber-ho van ser els seus amics. L'Aurora va anar a veure l'Amèlia i l'hi va explicar tot, mentre que en Marcel feia el mateix amb l'amic Trueta, que de seguida el va felicitar.

—Havia de venir una República perquè aquest moment arribés! —va exclamar, eufòric, el seu amic.

—Em fa por, tanta felicitat —li va confessar en Marcel.

—No pateixis. Ara tot anirà bé.

Però mentre aquella primavera republicana avançava en les seves llibertats i en Marcel i l'Aurora aprofitaven per estimar-se a cada instant, la desgràcia va sobrevenir en el si de la família Trueta. El fill petit, en Rafeló, havia estat jugant a Vallvidrera quan va agafar una pneumònia. Quan va desembocar en una pleuresia, el mateix mestre Corachan va intervenir el petit. Li va practicar un drenatge a través del qual va sortir una gran quantitat de pus, però al cap d'uns dies la febre va tornar-li a pujar. Aquell infant de només cinc anys moria després d'una segona operació, enmig de forts dolors. En Josep i l'Amèlia es van ensorrar; l'avi Trueta, també metge, no ho va poder suportar i poc després també va morir. Aquella família es va sumir en el més profund dels dolors quan tot just els seus amics començaven una vida nova.

1933
Començaments d'estiu

En Lluís havia pres el costum de visitar el mestre Arnau a casa seva. L'escultor devia rondar la setantena i des de feia anys ja no portava aquell bigoti negre i espès amb les puntes aixecades. Els cabells se li havien anat aclarint fins a esdevenir d'un blanc lluminós i, quan treballava, feia servir unes ulleres rodones que li conferien un aire bondadós. Els seus encàrrecs escultòrics havien anat minvant, en favor d'un gust més noucentista primer, i dels corrents avantguardistes després, que s'havien anat imposant. Quan en Lluís el visitava, el solia trobar a la galeria de casa, llegint el diari, fent companyia a la dona —que no estava gaire fina de salut— o bé dibuixant. D'un temps ençà el mestre havia agafat gran delit per dibuixar i pintar. Amb aquella modèstia que el caracteritzava, solia ocultar aquells treballs en veure arribar algú, per no trobar-los prou dignes d'exhibir. En Lluís agafava una cadira i seia una estona al seu costat, a la galeria. Li parlava de l'èxit d'*Orígens*, la seva sèrie d'escultures ja acabada. I el mestre l'escoltava en silenci, mentre assentia amb el cap.

—Sabia que te'n sortiries —li deia, satisfet.

—Mestre, tots els meus èxits els dec a vostè.

L'Arnau ho negava categòricament i afirmava que el talent de l'artista està destinat a aflorar.

—Perquè tenim la necessitat d'expressar-nos i de fer-nos preguntes sobre el món que ens envolta.

Sostenia l'Arnau que en Lluís hauria estat escultor amb ell o sense, i n'estava particularment orgullós perquè, a pesar dels èxits recents i dels encàrrecs vistosos de grans personatges de la ciutat, el jove conservava aquell aire modest, aquella autenticitat de l'artista que no renuncia al seu passat sinó que recorda cada dia qui és i d'on ve.

—Aquesta és l'essència de les escultures que has fet sobre els nens de la Caritat —afirmava el mestre—. És la teva millor sèrie perquè parla directament de tu, de sentiments que coneixes i que has viscut en pròpia pell. En cada un d'aquests infants que has esculpit, o de les dides, o dels personatges que configuren aquest univers, hi ha una part de tu que fa de l'obra una peça única i carregada de sentit.

El fill del mestre Arnau, aficionat a la fotografia des de feia un temps, va immortalitzar una d'aquelles tardes a la galeria amb el mestre, sense que en Lluís fos conscient que seria l'última vegada: a començaments d'aquell estiu, el mestre Arnau i la seva família van haver d'interrompre les seves vacances a fora perquè ell no es trobava prou bé. Al cap de pocs dies, l'escultor moria a casa seva, envoltat dels seus.

En Lluís va anar a veure la Maria a l'hospital el dia que se'n va assabentar. Sentia que una part d'ell mateix havia mort amb el mestre, així d'afligit es trobava aquell matí quan va entrar al pavelló de Santa Victòria. La Maria havia sortit i, per tant, s'hauria d'esperar una estona si volia veure-la. Assegut a la rotonda on hi havia la sala de visites, prop de la finestra, observava els arbres del jardí. No es va adonar que algú se li acostava quan, de cop i volta, va sentir una veu:

—Lluís? Que espera la Maria?

Va alçar la vista cap amunt i va trobar-hi la bella figura de la doctora Rovira. Allà dreta, amb la seva bata blanca i les mans a dintre les butxaques, la noia somreia amable. En Lluís es va aixecar i va estrènyer-li una mà:

—Doctora Rovira... Com està el seu pare?

—Bé, gràcies —va respondre ella. Va donar un cop d'ull a la sala, observant que hi havia poca gent. La llum entrava a dojo pels finestrals i allà on s'havia instal·lat l'escultor s'hi estava a gust. Tenia una estona lliure i li venia de gust parlar amb algú, així que va dir—: Si no li faig nosa, m'asseuré amb vostè, mentre s'espera.

—Si us plau! —va exclamar en Lluís, mostrant-se complagut. Li va aproximar una cadira i tots dos van seure.

—Els jardins estan preciosos —va comentar l'Aurora, amb un somriure als llavis. En Lluís la va observar minuciosament i, aleshores, es va fixar en la mà que reposava sobre un genoll. Ella ho va notar i li va mostrar l'anell de promesa—: Em caso d'aquí a uns mesos.

—Felicitats! —va fer en Lluís—. No en sabia res.

L'Aurora va arronsar les espatlles.

—És molt recent. Fa només uns dies que en Marcel m'ho ha demanat —va dir.

En Lluís no coneixia l'home afortunat, malgrat que n'havia sentit a parlar a la Maria, un munt de vegades. Segons ella, l'Aurora i el doctor Riera vivien una de les més romàntiques històries d'amor: després de molts anys d'una amistat sincera que havia quedat trencada quan ell se li va declarar i ella s'hi va negar, espantada pel que allò podia suposar per a la seva carrera mèdica, el doctor havia marxat a l'estranger i després d'uns anys havia tornat. El retrobament, al cap d'aquells anys, havia fet que l'Aurora s'adonés de com l'havia enyorat i, adonant-se que ell mai la faria renunciar a res, l'amor havia aflorat de manera tan intensa que des de llavors eren inseparables.

—Me n'alegro molt per vostè, doctora —va dir en Lluís, preguntant-se com devia ser allò de l'amor veritable. Durant un temps, va creure's molt enamorat de l'Arlette, però la convivència els havia ofegat. Hi havia hagut altres noies, abans i després, però cap amb qui pogués imaginar una relació més enllà d'uns dies, d'unes setmanes. Les dones se sentien atretes per l'escultor, però aviat se'n cansaven quan descobrien que ell només era capaç d'estimar el seu art.

—El veig una mica apagat —li va dir l'Aurora—. Maldecaps d'artista?

En Lluís va negar amb el cap:

—He perdut un amic. El meu mestre.

A falta de la Maria, en Lluís es va desfogar amb aquella doctora que es mostrava sempre tan amable i propera amb tothom, malgrat ser filla de qui era. En Lluís li va parlar del mestre Arnau, dels seus inicis, de les seves darreres converses. Va voler mostrar-li aquella fotografia que el fill del mestre els havia fet l'última tarda, i la va buscar dins la cartera. En extreure-la, va pinçar també la que sempre portava al damunt, la del nen dalt del cavall que la Dolors li havia entregat en morir. Se la va guardar a la mà mentre allargava a l'Aurora la del mestre Arnau, però ella havia vist la del nen dalt del cavall. L'Aurora hi va fixar la vista i, aleshores, va preguntar a en Lluís si l'hi podia mostrar. Ell ho va fer, malgrat que no solia ensenyar-la a ningú.

—Perdoni, li puc preguntar d'on la tret? —va fer.

En Lluís va respondre-li, una mica estranyat:

—És una llarga història.

—Li sabria greu explicar-me-la? —va demanar l'Aurora.

Aquell sobtat interès de la noia per la fotografia que conservava del dia que el van deixar a la Maternitat era tan sorprenent que en Lluís va trigar encara uns instants a decidir-se a explicar-li la història. Suposava que no era cap secret per a l'Aurora Rovira, tan propera a la seva Maria, que en Lluís era un expòsit, ni tampoc esdevenia un problema per a ell parlar-ne, ja que després de la seva sèrie *Orígens* tothom ho havia sabut. Va dir-li, assenyalant el nen de la fotografia:

—Aquest és, amb tota probabilitat, el meu pare. Als pocs dies de néixer em van deixar al torn del carrer de Ramelleres amb una capsa que contenia aquesta fotografia.

L'Aurora havia quedat en silenci, observant amb expressió molt seriosa aquella fotografia.

—La Maria li deu haver explicat que la seva mare va ser la meva dida, per això som germans de llet. Abans de viure amb vostès, nosaltres vivíem plegats. Quan la Dolors va morir, em va deixar aquesta fotografia que havien entregat amb mi a la Maternitat.

L'Aurora, sense deixar aquella expressió seriosa, va preguntar:

—Com pot estar tan segur que és son pare?

—A aquesta edat —va explicar en Lluís, assenyalant la fotografia— jo era exactament igual.

—I alguna vegada ha sabut... —L'Aurora no va acabar la pregunta.

En Lluís va negar amb el cap:

—No sé res ni de mon pare ni de ma mare. De fet, mai ho sabré.

L'Aurora Rovira va deixar anar un sospir. Estava estranya, de cop i volta. En Lluís es va preguntar per què aquell interès. La doctora va mirar el seu rellotge i, aleshores, es va aixecar. En Lluís també ho va fer i la doctora li va estendre una mà, una mica freda, distant.

—Disculpi'm, però me n'haig d'anar —va fer.

—A reveure, doncs —va dir en Lluís, sorprès per aquell canvi sobtat d'actitud.

A l'Aurora li queien les llàgrimes i el cor li bategava acceleradament mentre es dirigia cap al pavelló de Sant Manuel a buscar el seu promès. No el va trobar allà, però li van indicar que el doctor era a la Casa d'Operacions, amb el mestre Corachan. Hi va anar, malgrat que sabia que s'hauria d'esperar encara una estona fins a poder-hi parlar. Va provar de calmar-se i respirar l'aire fresc d'allà dalt. I pensar que havia sentit tantes vegades la història d'en Lluís, en boca de la Maria; i que sempre l'havia escoltada com si es tractés d'un d'aquells contes de quan era petita. Una història trista, la del germà de llet de la Maria, una història que mai, absolutament mai, hauria imaginat que tingués cap relació amb ella.

En Marcel va sortir finalment del quiròfan i va anar a trobar l'Aurora. Ella se li va llançar al coll, aleshores. Li va demanar:

—Passegem una estona, t'haig d'explicar una cosa.

—Què ha passat, Aurora? —va preguntar en Marcel, força amoïnat.

—Aquí no —va demanar ella, allunyant-se avinguda amunt.

Van caminar fins al pavelló Central, aquella immensa

estructura formada per tres cossos que incloïen les cuines, la farmàcia i el convent de les germanes hospitalàries. L'Aurora no volia trobar-se amb ningú, així que es van desviar, tot buscant un racó de jardí. Aleshores va explicar a en Marcel tota la conversa que havia mantingut amb en Lluís, arran de la fotografia que li havia vist.

—Marcel —li va dir, angoixada—, a casa meva n'hi ha una còpia exacta. El nen dalt del cavall porta la mateixa roba. És el mateix nen.

En Marcel la mirava, estranyat:

—Doncs suposo que la Dolors en devia tenir més d'una —va dir—. Ja saps que d'aquestes fotografies d'estudi que es fan als nens el fotògraf n'entrega més d'una còpia. Jo mateix en tinc, de petit. Què hi ha d'estrany, Aurora?

Ella va negar amb el cap. El va mirar molt seriosa i va dir:

—Marcel, el nen de la fotografia no és el seu pare; és el meu.

Al pavelló de Sant Carles i Santa Francesca seguien una rutina diària amb els malalts de tuberculosi, a base de menjars abundants i regulars, freqüents passejades, exercicis suaus i, sobretot, molt d'aire fresc. La situació privilegiada de què gaudia aquell immens pavelló de l'hospital el convertia en un lloc adequat per al tractament terapèutic dels malalts tísics. En Narcís era un dels pacients més antics del servei de Tisiologia del doctor Cinto Reventós i coneixia els que entraven i sortien, els que sobrevivien i aquells que, un bon dia, deixaven d'existir. Una aura d'incertesa flotava sempre en la ment d'aquells tísics que ingressaven a l'hospital, ja que ningú els assegurava que, d'allà, en sortirien vius. Quan a un li donaven l'alta, els altres el miraven de reüll, amb certa recança, i les hores esdevenien més llargues, més feixugues que de costum. L'abundància d'estones mortes portava alguns malalts a practicar alguna nova afició, com ara el dibuix, la lectura, tota mena de manualitats. En Narcís escrivia poemes exquisits que, després, llegia a en Llorenç. Ell, extasiat, contemplava la fràgil bellesa del seu tísic, les mans blanques, llargues i fines com les d'una noia, que sostenien el paper; les galtes rosades, enceses de cert rubor, sobretot després dels menjars. La seva mirada sensible i poètica el feia del tot adorable, als ulls d'en Llorenç, malgrat que, de vegades, en Narcís patia un mal dia i aleshores esdevenia dolent: feria en Llorenç amb algunes frases punyents i maleïa una vegada i una altra el dia que el va condemnar allà dins. Però allò no durava gaire, ja que en Narcís Colomer gairebé havia estat oblidat pels seus pares, que no el visitaven mai, i en Llorenç constituïa, en aquells moments, el més semblant per a ell a una família. Ell en tenia cura, ell mai l'oblidava allà dalt, ell el distreia, l'estimava sense condicions, ell despertava en el noi tísic les passions més profundes que el feien pensar que potser sí que, en el fons, encara era ben viu.

En Llorenç el visitava amb regularitat i, de vegades, mantenia llargues converses amb el doctor Reventós. Aquest gran tisiòleg en qui el noi Rovira tenia dipositada tota la seva confiança no havia arribat mai a preguntar sobre la relació que unia en Llorenç amb el seu pacient, donant per bo el parentiu llunyà que, al principi de tot, el mateix Llorenç li havia argumentat. El doctor Cinto no feia preguntes perquè el que veritablement li interessava era la curació dels seus malalts. Gràcies a aquelles visites constants del doctor Llorenç Rovira, la salut d'en

Narcís Colomer millorava, malgrat les complicacions que temps enrere havia hagut de superar. Perquè al noi ja li havien practicat feia temps un pneumotòrax i, recentment, en detectar-li adherències en la part sana del pulmó, li havien fet una segona operació. Calia tenir paciència i esperar que els banys de sol, la bona alimentació i l'exercici suau l'anessin guarint, però el doctor Cinto sabia per experiència que les ganes de viure del mateix pacient esdevenien la millor lluita contra la malaltia i, gràcies al jove doctor Rovira, tenia la ferma esperança que el pacient Narcís Colomer se n'acabaria sortint.

Calia que el pare s'expliqués, però no gosava parlar-hi a soles. Temorosa d'una miserable mentida, d'una feble excusa amb la qual es desentengués de l'assumpte, l'Aurora havia organitzat secretament una trobada entre el pare i en Lluís per a aquell vespre. Per mitjà de la Maria, l'Aurora havia tornat a veure en Lluís i li havia mostrat la còpia exacta de la fotografia que ell posseïa. Havien parlat, havien buscat qualsevol altra explicació, però no l'havien trobat. Només quedava enfrontar-se al pare i veure què en podia explicar, ell, d'aquella sorprenent coincidència.

A dos quarts de set en punt, quan el doctor Rovira acomiadava la seva última pacient del dia i es tancava altre cop al despatx del consultori per posar ordre als seus papers, va sentir uns tocs lleugers a la porta. La filla va entrar, anunciant una nova visita. Contrariat, el doctor va fer un gest de disgust. A aquella hora del vespre ja no volia rebre ningú. L'Aurora, impertorbable, va dir:

—És en Lluís Amadeu, l'escultor.

Malgrat tot, no el podia fer fora, després del bust magnífic que li havia fet i que tant exhibia entre les amistats. Va fer un esforç, i va indicar a l'Aurora que el fes passar. Quan l'escultor va accedir al despatx, la filla va romandre al llindar de la porta, sense acabar de marxar. El pare, estranyat, va dir a la filla:

—Ja ens pots deixar sols.

Però ella no es va moure d'allà. El doctor va estendre una mà per encaixar-hi la de l'escultor, però sorprenentment ell no el va correspondre.

—Què passa aquí? —va fer en Darius Rovira, mirant l'un i l'altre.

En aquell moment, l'escultor va extreure de la butxaca de la seva jaqueta una fotografia, que va situar sobre la taula del despatx. El doctor la va mirar i després va mirar en Lluís.

—Què significa això?

—És vostè?

—I és clar que sí. Però per què me l'ensenya? I per què la té vostè? Aurora, filla, què representa tot això?

Aleshores l'Aurora es va acostar lentament a la taula de despatx on el pare es mantenia dret, sense asseure's encara. Ella li va mostrar l'altra fotografia, la que ella sempre havia vist a casa. El rostre del doctor va transformar-se. Va preguntar, lentament, a en Lluís:

—D'on has tret aquesta fotografia?

—De la meva mare. Ella la va deixar al torn del carrer de Ramelleres, quan m'hi va exposar de nadó.

El doctor aguantava la respiració.

—No pot ser —va fer.

Aleshores va adonar-se dels ulls penetrants de l'Aurora. Va manar-li:

—Vés-te'n. Deixa'ns sols.

—No, pare. No marxaré enlloc —va respondre ella, ferma.

El doctor es va deixar caure a la cadira. Era massa gran per a tot allò. Se sentia cansat. Amb gest murri, mirava les dues fotografies idèntiques al damunt de la taula i no deia res. L'Aurora no podia més i va fer la pregunta:

—En Lluís és el meu germà?

—El teu germà és en Llorenç! —va bramar ell, amb els ulls encesos—. Què representa, aquesta broma de mal gust?

Al doctor Darius Rovira ningú el posava en una situació així.

Per la seva banda, en Lluís es mantenia en silenci, observant. Els ulls negres clavats en aquell rostre que havia esculpit sense trobar-li l'ànima. El pitjor bust que havia fet. L'Aurora va ser qui va continuar parlant:

—Volem una explicació, pare. Per què van deixar aquesta fotografia teva al costat d'en Lluís? Quina relació hi tens? Parla, pare, si us plau!

En Darius pensava de pressa però estava massa cansat. Els reflexos li fallaven, els anys li passaven factura. No tenia una història per explicar que no fos la pura realitat. Va deixar anar un sospir. Es va aixecar. Donant-los l'esquena a tots dos, es va dedicar a observar el transitar de la gent al carrer, a través de la finestra. Va tancar els ulls i va començar a parlar:

—Vaig donar aquesta fotografia a una noia que vaig conèixer, fa molts anys.

—És viva? —va interrompre'l en Lluís.

El doctor Rovira es va girar i el va mirar fixament.

—No. Va morir poc després de tenir el fill.

Es va fer un silenci i en Darius Rovira va deixar la finestra per tornar a seure a la taula de despatx. Calia afrontar tot allò amb la màxima dignitat, va pensar. L'única cosa que hauria volgut és que la filla no fos allà, però ja no hi podia fer res. Va dir:

—Jo era molt jove. Acabava d'arribar a ciutat. Ella era una noia del barri on vivia. Una noia molt bonica. Vam estar junts un temps, però ella volia un compromís que jo mai vaig prometre donar-li. —En aquell moment, el pare va mirar la filla per dir-li—: Aleshores vaig conèixer la teva mare i aquella relació es va acabar.

—No és veritat! —va exclamar l'Aurora. Gairebé treia foc pels ulls—. En Lluís té la mateixa edat que en Llorenç.

Les petites venes de les temples se li van inflar al vell doctor, que va sentir-se aleshores com un animal engabiat. Traient tota la seva ira, va dir:

—Li vaig advertir que no el tingués! Aquella dona volia arruïnar-me la vida! Jo era un home casat, a punt de tenir el meu primogènit. Volia ensorrar-me, ella —va murmurar.

L'Aurora va dir, derrotada per una veritat que, tot i haver-la temut, li va caure com una llosa:

—Aquella dona et devia estimar, pare. I tu la vas enredar, igual que a la mare. Com te'n vas poder desentendre? Esperava un fill teu.

—I què volies? Aquestes coses passen, filla! Tu vius en un altre món. Hi havia la teva mare, la meva posició social. Tu no pots entendre-ho.

L'Aurora no va replicar perquè en Lluís la va aturar.

—Vull saber-ne més —va exigir—. Continuï.

A disgust, en Darius Rovira el va obeir. Es va dirigir a ell:

—La teva mare et va donar a llum i després no sé què va fer amb tu. Jo la vaig veure uns dies després, a la Santa Creu. Tenia una broncopneumònia en estat molt agut, no hi havia res a fer. No vaig preguntar-li què havia fet amb la criatura —va admetre—. Als pocs dies de ser a l'hospital, ella va morir.

—Per això em va portar a la Maternitat —va murmurar en Lluís, pensatiu—, perquè estava malalta i no es podia fer càrrec de mi. No era cap prostituta, no em va abandonar.

Es va fer un silenci. L'Aurora plorava, amb els ulls clavats a terra.

—Si jo hagués sabut... —va provar de dir ara en Darius.

Però en Lluís va alçar una mà, aturant les seves paraules buides. Es va posar dret i va dir al seu pare:

—Ja sé tot el que volia saber. No pateixi, no li demanaré mai res ni en parlaré amb ningú. No m'interessa. No el considero mon pare. Vostè, senyor, no em pot oferir res.

En Lluís va sortir de l'habitació fet una fúria. Va donar un cop de porta i va marxar de la casa grisa, sufocant, per respirar l'aire fresc del carrer. Va caminar, sense rumb, deixant-se emportar pels pensaments que desbordaven la seva ment. Al seu voltant hi havia soroll, automòbils que feien sonar la botzina a cada moment, carros, cavalls, homes i dones que anaven a algun lloc, que s'aturaven a saludar algú, que reien, aliens a tot allò que en Lluís experimentava ara mateix. La mare, una noia bonica, una dona que no l'hauria deixat al torn si no fos perquè s'havia de morir. Va sentir com el cor se li omplia d'una emoció insospitada. No volia que la imatge del pare li enterbolís aquella petita felicitat de sentir-se volgut, no pas rebutjat. No hi havia pare, no n'hi havia hagut mai; només una noia sola que, si no l'hagués matat una pneumònia, probablement l'hauria estimat.

Al despatx del doctor, havien quedat pare i filla, asseguts l'un al davant de l'altre.

—Has estimat mai la mare? —li va preguntar l'Aurora en un to absolutament neutre. Havia deixat de plorar.

Però en Darius Rovira no va contestar. Li va demanar que el deixés sol i que, pel bé de la mare, no parlés mai amb ella d'aquell assumpte.

—No ho faré, pare, no pateixis —li va respondre ella, sortint ja del despatx—. Però no per fer-te un favor a tu, sinó perquè ja li has causat prou mal. Ara veig quina mena de persona ets.

En Darius Rovira va aixecar un dit d'advertència, disposat a fer-se respectar malgrat tot, però l'Aurora ja havia tancat la porta darrere seu.

En Marcel esperava la seva visita cap al tard. Instal·lat al balcó del seu pis petit, on vivia tot sol en espera de llogar-ne un de més gran on poguessin viure tots dos, un cop casats, tenia la porta entreoberta del balcó per poder sentir l'Aurora trucar.

Va venir completament desfeta, en Marcel mai l'havia vist així.

—Tot és com havíem sospitat, Marcel! —va somicar—, o pitjor! El pare és un monstre, va deixar una noia embarassada, sola, al mateix temps que la mare donava a llum a en Llorenç! Quan ho sàpiga! No sé si val la pena dir-l'hi. No li diré res. Ell podria explicar-ho a la mare i la mare no ho ha de saber mai. Pobra mare! I pobra noia, la mare d'en Lluís.

Parlava i somicava i de tant en tant treia un mocador i es mocava.

—No crec que el pugui perdonar mai —es lamentava.

En Marcel la va fer seure al sofà i la va acaronar. Ella maleïa el pare, un veritable desconegut per a ella des d'avui, assegurava.

Havia passat molta estona quan l'Aurora va deixar de

parlar. En Marcel li acariciava els cabells i sentia el seu respirar constant. Va pensar que potser s'havia quedat adormida als seus braços, de l'esgotament, però en moure's una mica ella se li va agafar al coll.

—Fes-me l'amor —li va xiuxiuejar a l'orella.

Ell, sorprès, li va agafar el rostre amb totes dues mans i, mirant-la als ulls, va veure la seva intensitat.

—N'estàs segura? —li va preguntar ell.

Ella va acostar-se més a ell i el va besar als llavis.

—Fes-me l'amor, Marcel —va repetir.

En Marcel va besar-la amb tota la intensitat del seu amor. Les seves mans van començar a recórrer aquell cos que estimava i desitjava des de sempre, sentia la corba suau dels seus malucs, l'esquena esvelta que es torçava cap a ell, desitjant-lo. Va descordar-li la camisa i va buscar-li els pits. Els va besar, els va acaronar. La seva pell, extremament fina, feia olor de flor exòtica. Plegats van deixar-se arrossegar per una passió sense límits i van fer l'amor fins a l'extenuació. Els cossos nus, humits de plaer, van romandre entrellaçats la nit sencera. L'Aurora, aquell dia, no tornaria a casa.

Amb la primera llum de l'alba, l'Aurora va mirar en Marcel i li va demanar:

—Vull que ens casem avui mateix.

—Avui? —va fer ell, somrient.

—Tan aviat com sigui possible. No vull esperar més.

En Marcel va estudiar el rostre de la seva estimada. A primera hora del dia era més bonica que mai. Ell tampoc volia esperar més temps, volia despertar sempre més al seu costat.

—Casem-nos de seguida, doncs —va respondre, engrescat.

L'Aurora el va besar, mentre una llàgrima li lliscava

per la cua de l'ull. Es podia ser tan feliç i desgraciada alhora?

El matrimoni Riera va haver d'esperar-se uns dies encara per tenir permís, però al cap d'una setmana marxaven de viatge de noces a França i a Alemanya, havent celebrat una boda discreta, només amb uns quants amics. La mare va patir un disgust important en veure que no la deixaven organitzar el gran casori que havia previst. On s'és vist aquestes presses? Què diran les amistats? Però la insistència de la filla i la sorprenent manca d'oposició del pare la van portar a assumir que no hi podia fer res. Va resignar-se, doncs, un cop més, als rampells d'una filla a qui veritablement mai havia acabat de comprendre.

La parella va passar uns dies meravellosos a París, on van passejar tranquils per la vora del Sena, lluny de les preocupacions diàries de Barcelona. Van assistir a l'òpera i també a un espectacle al Moulin Rouge. Van gaudir de la millor cuina francesa i alhora dels petits restaurants que algun amic els havia recomanat. Un somni d'amor i unes nits apassionades a la ciutat més romàntica de totes, per refer-se de la terrible decepció que l'Aurora havia sofert. A través d'en Marcel, l'Aurora Rovira provava de sobreposar-se al disgust de perdre el pare. Res seria ja, mai més, igual entre ells.

Després de París, van seguir el viatge cap a Alemanya. Al tren, es van trobar amb un grup de militars alemanys, tots ben uniformats, que anaven fent molt de rebombori per allà on passaven. La resta de passatgers els miraven amb molta cura i l'Aurora va comentar a en Marcel:

—Sembla que els tinguin por.

En Marcel va moure el cap, lamentant-se que la situació fos així d'angoixant. Es va referir a un amic seu que havia viatjat feia poc a Alemanya —just quan Adolf

Hitler havia estat nomenat canceller— i que ja l'havia advertit.

—Hi ha rumors d'un rearmament, igual que està succeint a la Itàlia de Mussolini —va xiuxiuejar-li.

El passatger del costat el va sentir i, malgrat que no va entendre l'idioma en el qual parlaven, sí que va sentir el nom de Mussolini. Se'ls va acostar i els va dir, en un murmuri:

—*Fascistes…, tous égaux*.

L'Aurora va quedar força amoïnada pels ulls abaixats de determinades persones que viatjaven al tren quan algun d'aquells homes uniformats se'ls dirigia en alemany. No entenia què els deien, però llegia l'expressió atemorida en els ulls d'alguns passatgers.

Però va ser en arribar a Colònia quan van presenciar una escena que, definitivament, els va esgarrifar. Havien baixat del tren i sortien ja de l'estació quan, de cop i volta, van veure que un dels soldats aturava de males maneres un noi que els anava al davant. El soldat li va preguntar alguna cosa en alemany, de la qual l'Aurora només va entendre la paraula *jüdisch*, que volia dir «jueu». El noi va negar amb el cap, espantat. Era jove i el soldat se'n va riure a la cara, davant dels companys. Li va aixecar la barbeta amb un dit i, després, li va pegar una puntada de peu a la cama, amb la bota. Tots els homes uniformats van esclatar en sonores rialles, mentre el noi s'allunyava d'allà coixejant, tan de pressa com podia. L'Aurora va mirar al seu voltant, buscant algun tipus de reacció: ningú va fer res, ningú va dir res.

En la seva estada a Alemanya, governada des de feia ben poc per aquell polític anomenat Adolf Hitler, un home baixet, de cabells bruns, amb un bigoti curiós, que sortia als diaris fent discursos des de dalt d'un pedestal davant de grans masses de ciutadans, la parella de noucasats va poder comprovar que en aquell país s'ensumava un canvi i van saber que ja n'hi havia uns quants que feien costat a la revenja per una guerra perduda de feia anys, segons els feixistes, de manera humiliant.

De tornada a Barcelona, en Marcel va començar a treballar de valent. A més a més de la feina a l'hospital, l'esperava una plaça de professor auxiliar en la càtedra de patologia quirúrgica, que havia estat atorgada al mestre Corachan, dins la nova Universitat Autònoma. Tot i que ja feia anys que impartien lliçons clíniques a l'hospital, de manera lliure, ara el seu ensenyament s'oficialitzava: a la nova Universitat Autònoma, les classes es feien en català i castellà i els catedràtics ja no eren elegits a Madrid sinó a través del patronat universitari; els aires modernitzadors que havia portat la República es feien notar finalment en el món acadèmic, i el mestre Corachan i els seus ajudants entraven, doncs, plenament, en l'ensenyament oficial.

També l'amic Trueta havia estat nomenat professor auxiliar. En Marcel seguia molt de prop tots els avenços del seu amic, a qui considerava un dels metges més brillants que coneixia, a banda del mestre. En Trueta feia molts anys que es dedicava a les malalties dels ossos, a més a més de tractar amb tota mena de traumatismes en aquella companyia d'assegurances d'accidents del treball en la qual treballava. En Marcel, que havia passat a col·laborar molt intensament en l'especialitat del seu amic des de feia temps, no va rumiar-s'ho ni un instant quan ell li va proposar, en tornar del viatge de noces, que treballés amb ell a la mútua dels accidents. Així doncs, passaven a compartir feina a dins i a fora de l'hospital.

En Trueta tenia uns dies molt bons, en què es trobava esperançat amb el treball que havia estat preparant tan intensament. Consistia en l'exposició per escrit de la tècnica que anava fent servir per tractar les ferides. L'estava a punt d'enllestir:

—Tinc pensat presentar el treball a la Societat Catalana de Cirurgia —li va anunciar.

—Tindrà una acollida excel·lent, ja ho veuràs —va vaticinar el seu amic Marcel. Sabia com era d'important, per a Trueta, tot plegat.

A la seva ment van venir aquells dies de profund dolor que la parella d'amics havia patit arran de la mort del seu fill. L'Aurora i ell s'havien amoïnat molt, com tota la gent que tenien al seu voltant, sense ser capaços de fer res per apaivagar el seu dolor. Però a poc a poc la parella havia anat sortint del pou, gràcies a les alegries que els donaven les seves filles. Ara l'Amèlia acabava de donar a llum la tercera nena, la Tula, i en Marcel s'adonava que en Trueta mostrava més energia i dedicació que mai en les seves investigacions.

En Marcel n'havia seguit l'evolució des del començament: quan, feia uns anys, el mestre Corachan havia donat a llegir a en Trueta el treball d'un cirurgià nord-americà anomenat Winnett Orr, sobre el seu mètode de tractar l'osteomielitis —una malaltia dels ossos que era tan freqüent a l'hospital—, en Trueta havia trobat el punt d'arrencada de la seva recerca personal. El mètode d'Orr consistia a practicar un drenatge ampli dels teixits en la zona de l'os que s'havia infectat, per desprès tancar la ferida amb gasa vaselinada i acabar immobilitzant, amb un gran embenatge de guix, l'extremitat. La ferida supurava i la gasa absorbia els líquids, que tot seguit anaven a infiltrar-se en el guix. Era un mètode nou i, en molts casos, reeixit. La infecció acabava desapareixent, i s'evitaven amputacions i un gran nombre de morts. En Trueta va començar a assajar el mètode més enllà dels afectats d'osteomielitis, convençut que també podia servir com a mètode preventiu de les infeccions, en el cas de les fractures obertes recents, és a dir, en el cas de les ferides a causa d'un accident: quan li entrava un ferit per atropellament de carro o de tramvia, quan un obrer acudia a ell amb una fractura de braç per esclafament d'una màquina, l'amic d'en Marcel aplicava el mètode d'Orr —juntament amb l'àmplia resecció de teixits desvitalitzats que ja estava practicant a l'hospital, seguint la tècnica de Friedrich—, i del procés global n'anava fent modificacions, en funció dels resultats que n'anava obtenint. Tot plegat ho havia anat exposant en aquest treball que ara entregaria a la Societat Catalana de Cirurgia, i en Marcel, gens avesat a la gelosia entre col·legues, conscient de l'avenç mèdic que allò suposava dins la seva especialitat, se sentia orgullós del seu amic i li augurava un futur brillant.

En Lluís s'havia acostumat a sortir gairebé cada vespre. Li agradava arribar-se fins al Cafè Espanyol, a l'avinguda del Paral·lel, on sempre trobava gent coneguda, des de pintors o escultors com ell fins a tot un seguit de personatges heterogenis que havia anat coneixent al llarg del temps. De vegades hi anava a mitja tarda i s'asseia a la seva immensa terrassa, només pel plaer de veure passar la gent mentre prenia un conyac. Encenia un cigarret i es dedicava a observar els homes i les dones de tota mena i edat que transitaven per aquella avinguda plena d'ambient. Era impossible no divertir-se al Paral·lel, on la caiguda del dia venia acompanyada de l'encesa de llums que anunciaven l'hora dels espectacles, als teatres propers. Les tavernes s'abarrotaven de gent, els primers borratxos de la nit es feien notar i les prostitutes iniciaven una jornada prometedora. Els que podien pagar-se l'entrada en una de les nombroses sales on hi havia funció gaudien del tango, de la sarsuela, del vodevil i, sobretot, del moviment sinuós de les ballarines, que, en alguns casos, per a gran delit dels presents, mostraven molt més que els seus pits nus. A la terrassa de l'Espanyol, a en Lluís se li feia sovint de nit. Era l'hora en què apareixia un grup de nois més joves que ell, més o menys nombrós —depenent del dia—, i ocupaven les taules del seu costat. Bevien, fumaven i encetaven grans discussions polítiques de les quals en Lluís ho sentia tot. A base de veure'l amb freqüència, alguns nois van acabar convidant-lo a seure amb ells. Si bé al principi en Lluís només havia tingut una curiositat superficial per tot allò de què parlaven, a poc a poc va començar a escoltar-los amb més interès. Aquells nois militaven en una organització a la qual anomenaven «el Bloc», que oficialment havia estat batejada amb el nom de Bloc Obrer i Camperol. La política no era un tema que hagués interessat gaire a l'escultor, que més o menys havia estat al corrent de tot i de res i havia assistit sempre, des de fora, a tots els esdeveniments. Massa abocat al seu art, havia viscut els anys de joventut entre París i Barcelona sense altra passió veritable que no fos aquest. Però en aquell moment de la seva vida, havent descobert amb quaranta anys complerts la trista i miserable història del seu naixement, una història que, al cap i a la fi, parlava de la impunitat dels rics amb els més humils, va començar a prestar més atenció a les converses dels nois del Bloc: la lluita de classes, les injustícies socials que seguien vivint els obrers i també els pagesos, la desconfiança creixent que sentien aquells joves amb una República que, fet i fet, seguia sense resoldre els problemes dels més desafavorits, van impregnar d'excitant rebel·lia l'ànim de l'escultor. No és que es refiés gaire de ningú, ja que el desconcertava sovint l'enfrontament entre la gent d'esquerres: els uns criticaven els altres en una mena de lluita fratricida que ell no acabava d'entendre. Se sorprenia veient, des de fora, com anarquistes, socialistes i comunistes anaven eixamplant les seves diferències sobre la lluita que calia emprendre, sense esdevenir prou conscients que la dreta s'anava organitzant.

I va succeir: en les eleccions generals del novembre, el país assistia a un èxit rotund de les forces de dretes i el poder retornava als conservadors. A Catalunya moria, al mes següent, el president Macià, que va ser substituït a començaments del 1934 per Lluís Companys. Seguia, doncs, a Catalunya, governant l'esquerra, però s'iniciava un veritable pols de poder entre aquesta i el govern de l'Estat. L'autonomia de Catalunya era en el punt de mira; la llengua, la cultura i les institucions tornaven a estar en perill de mort. Els amics d'en Lluís del Cafè Espanyol, de cor molt catalanistes i, alhora, profundament neguitosos amb el caire que estava adquirint el país, van començar a fer una crida a les esquerres per mirar d'unir esforços. En Lluís va ser testimoni directe de la convocatòria de vagues organitzades pels seus nous amics. Fins i tot va posar al corrent la Maria perquè s'anés fent a la idea d'una propera insurrecció. La situació es va anar radicalitzant fins al punt que al mes d'octubre es va convocar una vaga general a tots els pobles i ciutats d'Espanya. A Barcelona, els tramvies, els autobusos i els taxis van deixar de funcionar; hi havia grups de persones que circulaven pels carrers cridant a la gran aturada; els comerços tancaven les portes i començaven els primers aldarulls.

—Diuen que el president Companys farà unes declaracions —va comentar en Lluís a la Maria. Eren a casa seva, escoltant les novetats que donaven a través de la ràdio. En Lluís es va posar dret. Va dir, en un rampell—: Au, Mia, anem.

—On vols anar, ara? —va fer ella, una mica espantada. No li agradava l'enrenou al carrer.

Però en Lluís va respondre-li:

—A la plaça de la República. Vull sentir el president.

La Maria es va queixar, amb tan poc èxit com quan eren menuts i en Lluís li demanava d'anar a veure els morts del corralet. Pocs minuts després, ell l'estirava d'una mà, avançant pels carrers de la ciutat, perquè tenia pressa per arribar al Palau de la Generalitat. Ja fosquejava i la plaça era força plena de gent. A la Maria, l'agitació que es vivia li va fer pensar en uns anys abans, quan el president Macià havia sortit al balcó a proclamar la República. Van esperar-se una estona fins que, finalment, va aparèixer en Companys:

—...Proclamo l'Estat Català dins la República Federal Espanyola!

La Maria va mirar en Lluís, que escoltava amb veritable fervor el discurs del president.

—I ara, què? —li va preguntar ella, a cau d'orella.

La reacció del govern conservador de Madrid no es va fer esperar: l'estat de guerra va ser declarat i les tropes de l'exèrcit van prendre la ciutat de Barcelona.

La Maria es va quedar a dormir per primera vegada a casa en Lluís, el qual la va instal·lar a la seva cambra mentre ell s'emportava una manta al sofà.

—No pateixis, Mia. Tot anirà bé —la va tranquillitzar, mentre la noia pensava que no aconseguiria aclucar l'ull en tota la nit. Des de petita que no compartia el mateix sostre que el seu estimat Lluís.

Hi va haver tirotejos, a més a més d'alguna canonada. Caldria esperar a l'endemà per saber cap on es decantaria la situació. Devien ser vora les set o les vuit del matí quan en Lluís va treure el nas al carrer per escoltar el que alguns afirmaven: el president Companys i tots els seus consellers havien estat detinguts i conduits cap a l'*Uruguay*, un vaixell-presó ancorat al port de la ciutat. La insurrecció havia estat sufocada, i ara només calia esperar i patir-ne les conseqüències. La Maria s'havia despertat i ara s'ajustava la jaqueta a causa del fred, mentre es mantenia al costat d'en Lluís, al portal de casa. El noi, amb expressió amoïnada, li va murmurar a l'orella, mentre els veïns intercanviaven informació:

—Em pregunto on deuen ser els nois de l'Espanyol.

1936

En Marcel no guardava cap rancúnia a l'amic Trueta: des que l'any anterior havia mort el mestre Ribas va començar la carrera per veure qui ocuparia la seva vacant a cirurgia de l'Hospital de la Santa Creu i Sant Pau. No eren ells els únics aspirants, però sí dels més ben preparats. En Josep Trueta havia guanyat finalment la plaça i, malgrat l'oportunitat perduda, en Marcel se n'alegrava per ell. Era tan immensament feliç des que l'Aurora li havia anunciat que aviat serien pares, que qualsevol revés era agafat amb certa esportivitat. En Marcel Riera se sentia l'home més afortunat del món i, per primera vegada a la vida, patia perquè res ni ningú pogués pertorbar tanta felicitat.

A començaments d'aquell mes de juliol que es presentava calorós, en Marcel va participar activament en l'homenatge que es va preparar a l'amic Trueta pel seu nou nomenament. Va ser a l'Hotel Ritz i s'ho van passar d'allò més bé, brindant repetides vegades i allargant la festa fins ben entrada la nit, sense ser conscients que aquella nova etapa que encetaven a l'hospital adoptaria ben aviat un caire que no havien previst.

El dia dinou d'aquell mateix mes en Marcel es va despertar, com sempre, al costat de la seva esposa. Era diumenge, i encara molt aviat, quan les parpelles li van dir prou de tanta llum com es filtrava per la finestra. Des del primer pis de l'edifici del carrer Aribau, on vivia la parella, cada matí se sentia el murmuri produït pels més matiners. En Marcel es va remoure al llit, encara gens disposat a separar-se d'aquell cos tebi, de pell finíssima, i renunciar al contacte del seu rostre amb els cabells que s'escampaven alegrement pel coixí. Va passar una mà per la cintura de la seva estimada, fent-la lliscar tot seguit cap al ventre que, mes a mes, s'anava inflant. L'Aurora va deixar anar un sospir feble i en Marcel es va preguntar si encara dormia. No va obrir boca, només va desplaçar la mà fins als seus pits, ara també més voluminosos i, aleshores, ella es va remoure com una serp. Es va tombar cap a ell, els ulls encara tancats, la boca entreoberta a punt per assaborir el primer petó del dia. Mentre els dos cossos s'enllaçaven en una mena de melodia coneguda, ardents, apassionats com el primer dia que es van estimar amb tots els sentits, van començar els trets al carrer. L'Aurora va fer un bot i va aixecar el cap en direcció a la finestra. La cortina es movia enjogassada amb el vent, com si res.

—Has sentit això? —va fer.

En Marcel es va desempallegar dels llençols i es va afanyar cap a la finestra. Va abocar-s'hi una mica, per provar de veure el que succeïa al carrer.

—Què passa? —va preguntar ella, des del llit.

En Marcel va mirar al seu voltant, buscant la camisa que, el dia abans, havia deixat en algun lloc de l'habitació. També va trobar els pantalons i se'ls va posar.

—Queda't aquí —va dir a l'Aurora, mentre acabava

d'ajustar-se el cinturó—. Vaig a veure què dimonis ha passat.

Però quan travessava el llindar de la porta de la cambra es va sentir un altre tret.

—Marcel! —va cridar, aleshores, l'Aurora, posant-se una mà al ventre—. No hi vagis.

En aquell precís instant va sonar el telèfon de casa. En Marcel va anar a agafar-lo. Lentament, l'Aurora es va posar la bata, es va ajustar les sabatilles als peus i va caminar silenciosa cap a la sala d'estar, on en Marcel parlava amb algú a través de l'auricular. El va observar atentament mentre ell movia el cap i es passava l'altra mà pels cabells.

—Entesos —va fer ell, i va penjar.

Va dir a l'Aurora:

—Era de l'hospital. —Una petita pausa, amb la qual semblava agafar forces—: Aurora, hi ha hagut un pronunciament militar per enderrocar la República. Uns oficials de l'exèrcit han sortit de les seves casernes per anar a prendre alguns edificis. S'han dirigit cap al centre, però es veu que els de la CNT i la FAI muntaven guàrdia pel que pogués passar, ja s'ho temien: no són els primers militars que s'aixequen a tot l'Estat. A d'altres punts ho van fer ahir. La gent els està fent front, han començat a muntar barricades per tots els carrers. Per això hem sentit els trets.

L'Aurora obria la boca sense acabar de dir res; es fregava la panxa maquinalment. En Marcel va prosseguir, en un to que pretenia ser expeditiu, malgrat l'opressió al pit que començava a sentir:

—A l'hospital han començat a arribar ferits. Només hi ha en Corachan fill i dos metges de guàrdia. A en Trueta ja l'han avisat. Aurora, cal que hi vagi de seguida.

Aleshores ella va girar cua cap a l'habitació. Va dir:

—Dóna'm un minut. Vinc amb tu.

—De cap manera! —es va sentir dir a en Marcel, des de la sala d'estar.

Allà plantat, paralitzat per l'angoixa del que pogués succeir a aquelles dues vides que anaven plegades en un mateix cos, l'Aurora, el fill, tota la seva felicitat sencera, buscava la manera d'evitar que ella sortís de casa aquell matí. No hi va haver manera. L'Aurora es va vestir de pressa i va sortir al carrer amb ell, pensant en els nens i les nenes de l'hospital.

En Marcel va fer arrencar el cotxe nou, comprat a terminis en els darrers mesos, justament aquells en què els partits d'esquerres havien guanyat les darreres eleccions, tornant així a ocupar els llocs de poder. Uns mesos en què l'eufòria de les classes treballadores havia conviscut amb el recel dels més conservadors, posant la República en un estat d'alerta que només alguns van saber preveure. En Marcel va respirar profundament, les mans al volant: ara només calia esperar a veure com acabaria tot plegat. Es van sentir altre cop els trets i un veí es va acostar al cotxe per advertirlos que a l'avinguda del Catorze d'Abril, just uns metres més avall d'on vivien, hi havia en aquell moment un foc creuat entre els oficials sublevats i alguns paisans armats.

—No s'hi acosti, doctor! Per allà no podrà circular.

Afortunadament, en el seu camí cap a l'hospital no li calia passar per allà, així que va prémer l'accelerador conduint el cotxe carrer amunt, avançant a tota velocitat mentre l'Aurora es protegia amb totes dues mans el ventre. Van haver d'evitar alguns carrers tallats a causa de les barricades acabades de muntar, alguns homes amb camisa i mocador al coll els aturaven de tant en tant, exhibint una arma a la mà.

—Metges! Anem cap a l'hospital! —cridava en Marcel des del volant.

Després de donar algunes voltes, van aconseguir arribar a l'hospital, on de cop i volta es van trobar amb la situació que en aquell moment es vivia allà: hi havia un munt de gent que anava i venia; els ferits s'acumulaven a l'entrada, en espera que algú els digués on havien d'anar; alguns metges, germans i infermeres reconeixien ràpidament els ferits i els adreçaven a un pavelló o altre. Tothom donava ordres a crits, tot el personal de l'hospital allà present provava de ser al més eficient possible enmig d'aquella onada inesperada de gent. En Marcel va veure amb el cor encongit com l'Aurora s'allunyava cap al pavelló de Santa Victòria, mentre ell era reclamat per un parell de companys. Quan es dirigia a cirurgia, va sentir cridar el seu nom al darrere seu:

—Marcel!

La figura alta i atlètica del seu amic Trueta se li va presentar al davant.

—No sé ni com he pogut arribar fins aquí. —Semblava consternat—. Ja hi som tots?

Va ser un matí de notícies constants, que arribaven tan desordenadament com els mateixos ferits. Alguns vestien l'uniforme militar, mentre que d'altres eren guàrdies d'assalt o venien vestits de carrer. L'hospital acollia els uns i els altres sense distinció, com havia fet sempre, al llarg de totes les revoltes que havien tingut lloc a la ciutat durant els darrers segles. En les hores que van seguir, tot l'equip de cirurgians va atendre sense pausa el seguit de ferits provinents de les barricades populars, gent senzilla, alguns que no havien agafat una arma en tota la seva vida. En Marcel entrava i sortia de la sala d'operacions, només buscant el moment de poder anar a veure l'Aurora i saber que es trobava bé. No va haver-hi temps per fer-ho, durant tot el dia. Quan el sol començava a decaure, va ser ella qui el va anar a buscar. Se la veia cansada, però sencera.

—Has menjat? —li va preguntar un Marcel d'ulls injectats.

—Jo estic bé, no t'amoïnis —va respondre-li ella—. Marcel, no podem marxar a casa. Tal com estan les coses, el millor és que ens quedem a dormir a l'hospital.

En Marcel hi va estar d'acord. Veient la situació en què es trobaven, sabent que la nit seria llarga i intensa i que no podria pas deixar els ferits, no volia ni pensar a enviar l'Aurora tota sola a casa.

—Has vist el teu pare?

Ella va negar amb el cap. La comunicació entre pare i filla no era gens bona des del dia en què es van enfrontar.

—I d'en Llorenç, en saps res?

—Tampoc —va respondre-li ella.

En Marcel va buscar un company per avisar que s'absentava uns minuts i la va acompanyar, aleshores, al pavelló de Nostra Senyora del Carme. Allà hi van trobar en Llorenç, tan atrafegat com la resta de metges que es trobaven a l'hospital.

—El pare ha marxat a migdia —els va explicar de seguida—. L'Antonio ha vingut a buscar-lo dient que la mare estava molt nerviosa. Ell feia mala cara, és massa gran per a tot això. Li he dit que ja m'hi quedava jo, a l'hospital, i que el mantindria informat de tot.

—Estaran segurs, a casa? —va preguntar l'Aurora, sense poder amagar l'angoixa. Malgrat el distanciament que havia sofert la seva relació amb el pare, arran de la descoberta del seu secret, l'Aurora no podia deixar d'amoïnar-se per l'home que més havia estimat, a banda d'en Marcel. De fet, ara que esperava el seu primer fill, els seus sentiments semblaven aflorar amb més facilitat, i no eren poques les nits que en Marcel l'havia sentit a les fosques, plorant.

En Llorenç va mirar a banda i banda, abans de contestar en veu baixeta:

—La mare ha ordenat al servei fer les maletes. Si la situació es complica, marxaran a Camprodon.

En Marcel va pensar que era una bona pensada, tenint en compte les darreres novetats. Segons els havia arribat a cirurgia, els anarquistes havien arrabassat bona part de les armes i es deia que ara ho aprofitarien per fer la revolució. Els seus enemics no només eren els soldats sublevats, sinó tot aquell que vestís hàbit religiós o lluís barret de senyor. Un ferit els havia informat que alguns militants de la CNT i la FAI estaven dient d'assaltar les esglésies, en algunes de les quals els constava que s'havien amagat militars. Volen cremar-ho tot, els havia advertit, i si troben un capellà o una monja... que Déu els protegeixi. Un altre home havia agafat pel braç en Marcel per murmurar-li, a peu de quiròfan: Els anarquistes tenen les armes, doctor, i no es conformaran amb els oficials. Facin marxar els germans i germanes de l'hospital perquè corren perill. Cregui'm! Durant aquell dia infernal, alguns dels religiosos de la Santa Creu i Sant Pau van decidir fer-se fonedissos, advertits per totes aquelles veus, mentre que d'altres van optar, senzillament, per canviar l'hàbit per roba d'infermer. A les cases, la gent tancava amb pany i clau i corria les cortines que donaven al carrer.

Aquella primera nit i les dues que van seguir, en Marcel i l'Aurora dormirien a l'hospital, com la resta de metges, i s'assabentarien des d'allà de tot el que anava succeint. A través de la ràdio, la població va saber de la derrota dels militars: el president Companys va obligar el recentment detingut general Goded, que havia vingut a migdia amb hidroavió a Barcelona per encapçalar la revolta, a fer una declaració en què ho admetia. L'efecte d'aquell missatge no es va fer esperar: als diferents pobles i ciutats de Catalunya els militars sublevats van anar deposant les armes. Tanmateix, aviat es va saber que en alguns punts d'Espanya sí que havia triomfat la insurrecció. En qüestió de pocs dies, el país quedava dividit entre les terres fidels a la República i aquelles ocupades pels militars. A Barcelona, tal com havia predit aquell ferit entrat el primer dia a cirurgia, els militants de la CNT i la FAI no van deixar les armes un cop sufocada la revolta dels soldats, sinó que ho van aprofitar per fer-se els amos del carrer. Homes espitregats, amb mocadors de color vermell i negre al coll, patrullaven pels carrers amb els cotxes confiscats a l'exèrcit i ocupaven els despatxos dels edificis importants. Sobre les taules deixaven la pistola a prop de les mans i organitzaven interrogatoris i detencions de burgesos, de religiosos i de tota persona que ells consideressin sospitosa de feixisme.

La tensió creixia en aquells primers dies d'incertesa entre els homes de la Generalitat —el president, els seus consellers—, i aquells que ara tenien la major part de les armes. Era evident que molts d'aquests homes havien defensat la ciutat, que havien organitzat una eficaç resistència popular que havia avortat tot intent d'aixecament militar, però ningú sabia respondre a la pregunta sobre què succeiria a partir d'ara. Quan el quart dia l'Aurora i en Marcel sortien de l'hospital per dirigir-se novament a casa, en Llorenç els va anar a trobar per comunicar-los que els pares havien marxat a Camprodon. L'Aurora va assentir amb el cap i va ofegar un sanglot. Ni tan sols s'havia pogut acomiadar d'ells i la guerra ja havia esclatat.

La Maria no havia vist en Lluís en tots aquells dies, ja que la feina a l'hospital no li havia permès sortir d'allà. Estava tan esgotada que ni tan sols l'angoixa que sentia per dintre, per no saber res d'ell, es permetia aflorar. Dormia molt poc, menjava menys, es desvivia per fer front a tota aquella nova organització que imperava a l'hospital. La Generalitat l'havia confiscat pocs dies després de l'intent de revolta dels militars, rebatejant-lo amb el nom d'Hospital General de Catalunya, i els pavellons que, en altres temps, havien tingut el nom d'un sant o d'una santa ara eren designats per un número. Pavelló 1 i 3 per a cirurgia general, amb el doctor Corachan al capdavant; en Trueta passava, amb el seu servei, a Santa Faustina, pavelló número 15; pavelló 4 i església per a malalts traumàtics, a càrrec del doctor Bosch; medicina general en els pavellons 13, 14, 23...; pavellons 11, 18 i 20 per als nens. Tot era nou i diferent, tot era laic: la Maria havia assistit a la fugida de les primeres germanes amb les quals havia treballat durant tots aquells anys, havia hagut d'ajudar l'Aurora a convèncer les altres de treure's els hàbits i maquillar-se una mica per poder-se quedar com a personal seglar; havia vist tot un món conegut esfumar-se i canviar de rostre, en nom dels nous temps revolucionaris.

Era un dia de principis d'agost quan una companya se li va acostar per xiuxiuejar-li a l'orella.

—Hi ha un noi que pregunta per tu.

Va demanar permís per retirar-se un moment i va anar a veure qui era, amb el cor encongit.

—Lluís! —va cridar, només veure'l.

Havia patit tant per ell, sense tenir temps ni esma de compartir-ho amb ningú, que la noia se li va desplomar als braços.

—Mia... estimada —va fer ell, abraçant-la.

Ella es va apartar una mica i va observar com anava vestit: una granota d'aquelles que portaven els obrers, un cinturó de pell amb butxaques, una gorra. Ell se'n va adonar i va posar-se ben recte, orgullós.

—He vingut a donar-te la notícia —va dir.

La Maria es va quedar sense respiració. Intuïa el disgust que estava a punt de causar-li, novament. Com el pitjor dels malsons, va sentir com li anunciava:

—M'he inscrit en una columna de milicians.

La Maria no va ser capaç de dir res durant uns instants. Només se'l mirava amb els ulls ben fixos, conscient que un cop més el perdia, potser ara per sempre. Al final, va aconseguir preguntar:

—Quan?

—Fa dues setmanes —va començar a explicar ell—. No t'he pogut dir res fins ara, perquè he estat fent una breu instrucció militar. Bé, si se'n pot dir així! T'haig de confessar que no ens han ensenyat gran cosa, però sí prou per saber carregar i descarregar una arma, apuntar amb el fusell i llançar una granada. La resta, ja ens espavilarem.

—Volia dir quan marxes —va murmurar ella, empassant-se la ràbia i la impotència.

En Lluís li va explicar que d'aquí a una setmana, i li va preguntar si l'aniria a acomiadar, quan la seva columna sortís al carrer. Semblava un jovenet d'aquells amb els quals havia fet amistat a l'Espanyol.

—És per ells que t'hi has inscrit? —va voler saber la Maria.

—Et refereixes als nois del POUM?

La Maria va arronsar les espatlles:

—No ho sé, els que abans eren del Bloc, els que vas conèixer al Cafè Espanyol. Lluís, escolta'm, són molt joves. Com t'has deixat enredar? Tu no ets del POUM ni de cap partit.

En Lluís es va mostrar ofès:

—Mia, no es tracta d'això. A les milícies hi ha gent de tota mena. Hi ha milers d'homes com jo que s'hi estan presentant voluntàriament! —va exclamar—. És el moment de lluitar per la llibertat, això és el que ens uneix. No podem quedar-nos de braços plegats i amagar el cap sota l'ala. No ho penso fer. És hora de defensar-nos i començar a construir un món millor. Maria, tu i jo venim del mateix lloc, saps el que és pencar i començar del no-res. Jo no sóc del POUM ni de cap partit, però vols saber una cosa? Vull el mateix que volen ells: un món més just i més igualitari. No vull quedar-me al marge d'aquesta lluita, necessito marxar d'aquí.

Des que en Lluís havia descobert la trista història del seu naixement, la Maria havia assistit a la seva transformació: lentament, l'havia vist allunyar-se de tota aquella clientela benestant que abans li encarregava obres. Renunciava al seu favor, al seu reconeixement, perquè cada cop menyspreava més aquella mena d'homes com en Darius Rovira, capaços d'espolsar-se els pecats comesos sense un bri de mala consciència, impunes de qualsevol roïndat pel simple fet de tenir diners i poder. En Lluís no hi volia cap tracte, el seu art s'havia anat radicalitzant en favor de la lluita de classes, les seves darreres escultures parlaven de l'avarícia dels rics, de la buidor de la seva ànima al costat del sofriment dels més desvalguts. Cada escultura o cada dibuix que en Lluís havia fet durant els últims anys a la Maria li semblava com un crit ferotge que, de fet, bramava contra el seu passat. La mort dels seus referents més íntims, primer el mestre Arnau, l'any següent en Pablo Gargallo d'una broncopneumònia, el van abocar a aquella amistat amb els nois del Cafè Espanyol que, tot i que eren més joves que ell, li havien tornat la il·lusió.

Una setmana més tard, la Maria va demanar un breu permís per anar a acomiadar en Lluís. Amb la mateixa vestimenta que el dia que la va anar a veure i un fusell creuat a l'esquena, va desfilar pels carrers amb la resta de milicians mentre una munió de gent els aclamava, els llançava flors i alguna noia s'escapava a fer un petó al més ben plantat. En passar pel seu costat, en Lluís va sortir lleugerament de la fila i, somrient, va estampar un petó als llavis de la Maria. Ella va quedar tan parada —era la primera vegada que en Lluís feia una cosa així—, que durant molt de temps pensaria en aquell petó. En Lluís va prometre escriure-li des del front i mantenir-la al corrent de tot.

—No t'oblidis de mi, Lluís —va implorar-li ella, mentre sentia com les cames li fallaven. Un cop més, l'arrencaven del seu costat—. Si tu no m'escrius, jo...

—T'ho prometo, Mia!

Va marxar al front de l'Aragó.

1938
Finals d'octubre

Dies que havien esdevingut setmanes, mesos i, finalment, anys. La guerra que havia esclatat feia més de dos anys havia portat la misèria, la fam i la mort a gairebé totes les famílies que sobrevivien a la ciutat. Les fàbriques havien estat col·lectivitzades i convertides en una veritable indústria de guerra, les cases dels grans senyors de Barcelona eren buides o saquejades, els capellans, desapareguts, igual que les verges de tots els altars. A l'Hospital General de Catalunya, els dies transcorrien en una nova rutina en la qual s'atenia les víctimes de la fam, de les bombes, dels soldats enviats del front sanguinari. L'Aragó s'havia perdut feia temps, les milícies havien estat reconvertides en Exèrcit Popular, i els comunistes havien anat prenent el relleu als anarquistes i a la gent del POUM en la lluita fratricida que es lliurava dins el bàndol republicà. Mentre els soldats nacionals rebien armes i tropes dels països feixistes i incrementaven el territori guanyat, els republicans miraven de sobreviure amb una cada vegada més acusada manca de mitjans.

Les cartes d'en Lluís havien anat arribant des del front amb més o menys regularitat, fins que va començar la batalla de l'Ebre. En aquell moment, la comunicació s'havia acabat. La Maria no en sabia res des d'aleshores i vivia, així doncs, amb la incertesa de no saber-lo ni viu ni mort. Arran de la reorganització de l'hospital, la infermera havia estat traslladada a cirurgia i, per tant, allunyada dels nens malalts. Tot i així, mantenia el contacte amb la seva estimada Aurora, i el seu fill —un angelet de rínxols daurats anomenat Robert, en honor del padrí de la seva àvia— havia esdevingut l'únic motiu capaç d'arrencar-li un somriure de tant en tant. El fill d'en Marcel i l'Aurora no havia conegut encara un món sense guerra: les sirenes que cridaven als refugis a mitjanit, així com els rostres de la més profunda misèria, no esdevenien res d'estrany en aquells ulls que, encuriosits, ho miraven tot. L'Aurora s'havia negat categòricament a marxar de la ciutat quan els bombardejos van començar, no volia deixar l'hospital i, encara menys, allunyar-se del seu espòs. Malgrat que això els costés la vida a ella i al petit Robert, ella no pensava moure's d'allà. La metgessa dels nens i les nenes de l'hospital deixava el seu fill cada matí amb una veïna mentre ella acudia a treballar; era una veïna d'edat avançada que en tenia cura com si el nen fos seu, així que la dona era la cosa més semblant a una àvia que el petit havia pogut conèixer. El doctor Rovira i la senyora Eulàlia, amagats de qualsevol perill en una masia prop de França en companyia de la seva nora, la Mariona, esperaven pacientment el triomf dels nacionals per retornar a la seguretat de la llar.

Al pavelló número 15 de l'Hospital General de Catalunya, conegut abans de la guerra com el pavelló de Santa Faustina i construït al darrere del de Sant Carles i Santa Francesca —en la part més elevada de l'hospital—, la Maria assistia els ferits traumatitzats sota les ordres del doctor Trueta. Ell era, ara, el cap suprem de cirurgia general de l'hospital, perquè el mestre Corachan havia hagut de marxar a França després de ser amenaçat al començament de la guerra per uns homes de la FAI. Un bon nombre de cirurgians estaven a les seves ordres. També en Marcel, que n'estava molt satisfet. Ell s'encarregava de preconitzar el mètode del seu amic per al tractament de les ferides de guerra allà on anava. De vegades visitaven plegats altres hospitals, on s'asseguraven que les cures es fessin de la manera adequada. La nova tècnica provenia d'aquella que, anys enrere, en Trueta havia anat perfeccionant per als seus ferits d'accident. En esclatar la guerra, l'havia aplicat de seguida a les ferides per arma de foc. En Marcel l'havia seguit des de l'inici: recordava el seu desengany quan la Societat Catalana de Cirurgia va acollir el seu treball amb escepticisme, el primer cop que el va presentar; en Marcel havia hagut d'encoratjar en Trueta un munt de vegades, a pesar que només alguns cirurgians es decidien a assajar el seu mètode. Però llavors havia arribat la guerra: els trets, els bombarders que buidaven les seves panxes sobre el cel barceloní, els van portar un nou tipus de ferits amb els quals el seu mètode sí que va reeixir. A poc a poc havia anat corrent la veu que a l'Hospital General de Catalunya hi havia un cirurgià anomenat Trueta que salvava els ferits de l'horrible mutilació. Van començar a arribar metges, van fer-se assajos en altres llocs. A la fi, la nova tècnica del seu amic es generalitzava de tal manera que fins i tot gent de fora, cirurgians de països diversos, arribaven a l'hospital per veure'l operar. Europa percebia l'ombra propera d'una gran guerra i el mètode utilitzat per aquell metge barceloní esdevenia tota una novetat que potser algun dia, no gaire llunyà, ells mateixos haurien d'aplicar.

La infermera Maria en coneixia cada part a la perfecció: quan arribava un ferit amb metralla al braç o a una cama, el doctor intervenia ràpidament. Les primeres hores eren clau per a l'èxit de tot el procés. Primer una neteja exhaustiva de la ferida; una àmplia escissió per extreure'n totes i cadascuna de les partícules de roba, de fusta, de pedres que s'hi haguessin pogut adherir; tot seguit, la Maria sabia que el doctor eliminaria minuciosament els teixits per on ja no circulava la sang, és a dir, els teixits morts, i després acabaria immobilitzant aquella part del cos afectada amb un embenat de guix. La intervenció quedava, així, enllestida, i a metges i infermeres només els calia esperar i observar. Si tot anava bé, la infecció no es presentaria i la ferida acabaria cicatritzant. La infermera havia viscut altres temps en què aquella mena de ferides acabaven amb l'amputació o fins i tot amb la mort del pacient, ja que es presentava sovint la temuda i irremeiable gangrena. Però la cura asèptica del doctor Trueta, que ara es practicava a l'hospital, produïa veritables miracles davant dels seus ulls: homes que en altres temps sucumbien al llit o quedaven tristament mutilats ara aconseguien sortir de l'hospital sense que aquella ferida traumàtica els hagués esguerrat la vida o alguna part del cos.

I la Maria formava part important en tot aquell procés de curació: no només el doctor Trueta, sinó també en Marcel i la resta de metges del pavelló número 15, confiaven plenament en el seu treball. Havent desaparegut les germanes i els germans de l'hospital, en els primers mesos d'aquella guerra, s'havia hagut d'instruir ràpidament una nova fornada d'infermeres que ara treballaven en totes les sales dels malalts. Noies que precisament la Maria havia ajudat a formar, assumint ella les funcions de més responsabilitat que, en altres temps, havien estat en mans de les germanes hospitalàries. No hi havia dia sencer que la Maria pogués marxar de l'hospital, de tan imprescindible com havia esdevingut al seu pavelló, però tant li feia, perquè a banda de visitar el petit Robert no hi havia res que la motivés a sortir d'allà.

Era un matí plujós de finals d'octubre. El doctor Trueta havia anat a dormir a casa després de dos dies seguits a l'hospital, esgotat per la intensitat de les darreres hores en què ell i tot el seu equip havien hagut d'assistir una allau de ferits per causa dels bombardejos. No només ells, sinó la població sencera de la ciutat estava esgotada. L'assetjament era cada cop més freqüent: durant dies seguits, els bombarders deixaven anar les seves càrregues damunt els terrats. L'objectiu teòric, una fàbrica d'armament, un vaixell militar ancorat al port; la veritable realitat, un atac indiscriminat sobre les llars dels barcelonins en el que ja esdevenia una lenta agonia cap al final.

—Com és possible que ningú faci res? —preguntava una Maria indignada, mentre es disposava a acompanyar en Marcel Riera en la primera visita del matí. Aquell dia el doctor Trueta seria en un altre hospital—. Doctor, no ho entenc.

—L'aviació republicana els combat tant com els és possible, però els nacionals són més i estan més ben equipats —va respondre en Marcel—. Els feixistes italians i els alemanys els han donat els avions, les bombes, les metralladores. Els republicans no en tenen ni per començar.

—Però ataquen dones i nens innocents! Això és un escàndol. No hi ha cap país estranger que ho pugui aturar? No hi ha lleis contra aquests crims?

En Marcel negava amb el cap, feia temps que havia

perdut la fe en la justícia. Després dels anys passats a Anglaterra, havent viscut de prop el tarannà democràtic d'aquella gent, havia pensat que defensarien la població civil de seguida, havia cregut que els anglesos intervindrien, sens dubte, a la primera injustícia que es cometés en aquella guerra cruenta i desequilibrada. Però no havia estat així. Entenia la forta indignació de la infermera, sabia el que sentia perquè ell mateix ho havia experimentat. Però, com a metge, com a responsable d'un personal hospitalari que havia de seguir lluitant i resistint cada dia per salvar totes les vides possibles, considerava un deure absolut mantenir la moral ben alta. Mentre accedien a la primera de les sales dels malalts, va encoratjar la infermera, dient-li:

—Hem de resistir una mica més. Tingui esperances, Maria, tot això no pot durar eternament.

La Maria no va replicar, perquè el seu tarannà la feia callar i ser disciplinada, però va passejar una mirada trista per aquella sala, on s'acumulaven més i més ferits, com en un malson. Va deixar anar un sospir resignat i, tot seguit, va començar a repassar la fitxa del primer pacient en veu alta:

—Ignasi Prats, cinquanta-vuit anys. Ferida de metralla amb arrencament de teixits en regió glútia esquerra. També, fractura de cuixa esquerra. Practicada de matinada la cura asèptica...

Al llit del costat, un home sense identificar es debatia entre la vida i la mort després d'haver sofert una amputació traumàtica de totes dues cames, arran del darrer bombardeig.

—No passarà d'avui —li va xiuxiuejar en Marcel, un cop se'n van allunyar.

La Maria va pensar que algú ocuparia el llit d'aquell

home sense nom, immediatament després de la seva mort. Ella manaria treure els llençols, posar-ne de nets i instal·lar-hi, aleshores, un altre ferit. Potser seria un d'aquells nois jovenets que darrerament els enviaven del front. Feia mesos que evacuaven els més greus des de l'Ebre, alguns dels quals morien abans d'arribar. La Maria no preguntava, però en veure aquells rostres atemorits, aquells cossos que tremolaven de por i de dolor, que suaven i es retorçaven enmig de terribles malsons, imaginava la batalla més sanguinària de totes. La Maria coneixia la guerra a través de les marques que deixava en les seves pobres víctimes. A l'hospital es feien tips de curar les ferides de bala, de metralla, les contusions i fractures arran d'una explosió de granada o qualsevol turment que aquells nois, vestits de soldat, haguessin patit davant les tropes del general Franco. Quan ingressaven, apuntaven a la fitxa de cadascun el seu nom, l'edat, la divisió a la qual pertanyien, la brigada, el batalló, així com el rang militar que ocupaven i el lloc de naixement. Una fitxa que la Maria arxivava metòdicament quan el noi en sortia viu o mort. D'aquesta manera, reflexionava ella, s'anava escrivint la història del drama que, feia temps, es vivia a l'hospital.

—Doctor, el demanen urgentment al dispensari —va interrompre'ls una infermera, a mitja visita. Era una noia pèl-roja, molt hàbil amb els pacients i de la qual la Maria estava força orgullosa. L'havia instruït ella mateixa, arribada del curset d'infermeria elemental al començament del conflicte. Era ella a qui la Maria solia enviar al dispensari quan arribaven ferits, ja que la primera revisió dels metges requeria gent eficient al seu costat. D'allà, els malalts eren derivats a un llit o altre i, aleshores, la Maria se'n feia càrrec personalment.

En Marcel va acabar de passar visita al pacient que els ocupava, per després dirigir-se amb la noia al dispensari.

—Esperi'm aquí —va dir a la Maria—. De seguida torno amb vostè i prosseguim la visita.

El doctor va trigar més del compte i quan va tornar a la sala la Maria va detectar en l'expressió del seu rostre que alguna cosa no anava bé.

—Alguna complicació, doctor? —va preguntar-li.

En Marcel la mirava molt fixament, com si busqués les paraules més adequades.

—Què passa, doctor? —va insistir la infermera.

En Marcel se la va emportar a un costat, lluny dels llits dels malalts. Li va dir, molt seriós:

—Maria, han portat un ferit del front de l'Ebre. Es troba en estat greu, ho has de saber...

—Per què em parla així, doctor? —va fer ella, espantada—. Què em vol dir? Que potser és algú...

Va emmudir davant la mirada fixa del metge. Ell va confirmar-li:

—És en Lluís, Maria.

En Llorenç Rovira no es movia de l'hospital des de feia molt de temps. Res se li havia perdut fora d'allà, on tenia la seva feina diària i esgotadora amb els malalts però, sobretot, el seu Narcís, instal·lat amb els altres tuberculosos en la part alta de l'hospital. Les dones tísiques havien estat traslladades a un hotel de Vallvidrera, i després a la granja que la Santa Creu tenia a Sant Andreu del Palomar, però els homes com en Narcís havien romàs a l'hospital, quedant a càrrec dels col·laboradors del doctor Cinto quan ell va haver de marxar. Durant aquells darrers anys, en Llorenç havia rumiat més d'una vegada si traslladar-lo a algun sanatori a la muntanya, per protegir-lo de les bombes i dels atacs constants que patia la ciutat, però mai s'havia acabat de decidir, ja que el mateix Narcís li implorava que no l'allunyés del seu costat.

—Vull veure't cada dia de la meva vida, mentre visqui —li demanava en Narcís—. No m'abandonis, no me'n sortiré sense tu. I si no tornes a buscar-me mai més? I si et mata una bomba, abans que jo em mori d'enyorament? No, estimat, no m'ho facis. Vull estar amb tu.

En Llorenç es desfeia de plaer i, alhora, d'angoixa davant d'aquella situació. Anava passant el temps i ell buscava en l'evolució de la guerra una solució per a tots dos. De vegades parlaven de quan tot acabés, de començar una vida nova, en algun lloc on ningú els conegués. En Llorenç feia dos anys que no veia la seva esposa —installada en aquella masia prop de França, amb els pares—, i cada cop se sentia amb menys forces per seguir fingint. Albirava el final de la guerra i no es veia capaç de tornar-la a veure, de prosseguir la seva vida d'abans. El món havia canviat, en Llorenç també. Després de tanta misèria, malaltia i mort al seu voltant, el fill Rovira només anhelava el dia de poder tornar a celebrar l'arribada de les estacions, el despertar de les flors, la terra mullada després de la pluja, caminar pels indrets més bells, respirar l'aire d'un cel on només els ocells hi tinguessin lloc, estimar i deixar-se estimar per aquell home al costat del qual li semblava tenir-ho tot. Només el seu amor profund pel Narcís Colomer donava sentit al seu futur.

—Doctor, la mà... per què no puc estirar els dits? —En Lluís es consumia de dolor a causa de les múltiples ferides, sobretot el que li produïa la cama dreta, que venia amb molt mal aspecte, però ell insistia en la seva mà.

—La necessito per treballar, doctor... —repetia, angoixat.

La immensa alegria que la Maria havia experimentat en saber-lo viu i allà mateix, al seu hospital, havia estat durament colpejada en veure l'estat lamentable en què havia arribat. En Lluís tenia crostes de sang resseca per tot el cap, que li aixafaven els cabells negres, a més a més de ferides i macadures a diverses parts del cos; de seguida va veure que respirava amb dificultat i que es queixava d'un dolor intens a les costelles del costat dret, on es posava constantment la mà esquerra, com si amb aquell gest pogués apaivagar el dolor. La cama dreta era la part que tenia més mal aspecte: venia tapada amb una fèrula des del lloc on li havien fet els primers auxilis i, probablement, ocultava una ferida important. El turment que patia era prou evident. Però en Lluís no parava de mirar-se la mà dreta, aquella amb la qual modelava el fang i el guix i feia servir el cisell. Provava de moure'n els dits, però no se'n sortia.

En tornar a veure la Maria, després de tant de temps, enmig d'aquell caos de bates blanques i homes ferits per tot arreu, a aquell homenot d'ulls negres i cos robust li va tremolar la barbeta, com quan era petit. No va deixar caure una llàgrima, igual que llavors, però la va mirar sense parpellejar fins que ella s'hi va apropar. La Maria, amb molt de compte, li va posar una mà sobre el pit. La seva respiració es va fer més dificultosa i ella va provar d'alleujar-lo dient-li calma, Lluís, sóc aquí, ets a casa, per fi has tornat. La Maria portava tota una guerra atenent els ferits de les bombes, els que enviaven de la línia del front; havia vist arribar homes, dones i nens amb tota mena de ferides i contusions, un veritable exèrcit de víctimes que sobrevivien o sucumbien després d'uns dies a l'hospital. La infermera es creia preparada per a qualsevol cosa terrible que pogués presenciar, però no ho estava del tot per veure patir d'aquella manera el seu Lluís. El doctor Riera la va cridar a un costat. Llegia l'informe que havien escrit des del front, en fer-li les primeres cures, i que havia trobat en la roba del ferit.

—Es troba encara confós —va advertir-la—. No l'han pogut traslladar amb l'ambulància, així que fa hores que és dalt d'un camió. Els sotracs i les hores de viatge deuen haver estat terribles.

La Maria observava l'informe mèdic. En Marcel l'hi va explicar:

—Tenim un traumatisme cranial; traumatisme toràcic; una fractura oberta en la tíbia i el peroné drets i una ferida a l'avantbraç dret amb secció musculotendinosa. —La va mirar atentament, calculant si estava prou sencera per poder-hi comptar. En Marcel Riera coneixia perfectament els sentiments d'aquella infermera pel soldat acabat d'arribar, ja que l'Aurora n'hi havia parlat un munt de vegades. Va dir-li—: Caldrà actuar de seguida.

La Maria va fer el cor fort. Sentia com el cos li tremolava de por pel que pogués passar, però volia ser ella qui s'ocupés personalment d'en Lluís.

—Compti amb mi, doctor.

En Trueta no tornaria fins l'endemà al vespre, així que en Marcel es va fer càrrec del nou ingressat: li va retirar la fèrula de la cama i va apreciar de seguida una ferida curvilínia que devia fer uns vint-i-cinc centímetres i que ocupava una extensió que anava gairebé des del turmell fins a l'articulació del genoll. Tenia les vores macerades i saltava a la vista la presència de fragments de metralla, i un seguit de petites partícules de l'os trencat. Va manar fer unes radiografies que li van confirmar la gravetat de la fractura a la cama, així com el radi dret també fracturat i les dues costelles trencades, la vuit i la nou.

—Faci preparar una de les sales operatòries de seguida —va manar en Marcel a una Maria que no se separava del seu costat.

Van realitzar una àmplia neteja de les ferides amb aigua i sabó, van extreure'n els fragments diversos allà incrustats; el doctor Riera, assistit per un ajudant i per la mateixa Maria, va procedir a eliminar minuciosament els teixits desvitalitzats tal com feia el mateix Trueta i, amb l'esperança d'haver fet net, va cobrir amb gasa vaselinada tota la zona afectada i va col·locar-hi a sobre l'embenatge de guix. La cama va quedar alineada, i quant a la mà, els tendons van quedar suturats amb l'esperança de poder-ne recuperar, així, la plena mobilitat.

En Lluís va quedar instal·lat en el primer llit d'una llarga filera, en una sala on cada cos presentava embenatges de tota mena: alguns al cap, d'altres en una o dues extremitats, la majoria gairebé coberts de blanc. La Maria va vetllar-lo una estona fins que en Lluís es va despertar. En obrir els ulls, el primer que va veure va ser el rostre de la infermera:

—Maria... —va murmurar.

Ella el va fer callar:

—No facis esforços. Has de descansar. Tot ha anat bé, Lluís. Et curarem.

Ell va somriure feblement, altre cop com un nen, i va preguntar:

—I la mà?

—La mà es curarà. Tenies els tendons trencats, però el doctor te'ls ha cosit de nou —va respondre-li. La mirada se li va escapar en direcció a la cama dreta i en Lluís, atemorit, va preguntar:

—La meva cama... Encara hi és?

La Maria va fer que sí amb el cap. Ell va dir:

—Em van advertir que potser me l'havien d'amputar. No ho faran, oi?

La infermera va negar amb el cap, però li va caure una llàgrima, sense voler.

—Cal esperar, Lluís, cal esperar.

Quan aquell dia va acabar l'última ronda, després d'assistir el doctor i atendre els altres pacients, la Maria va deixar enrere el sopar, el descans merescut a la banda del pavelló on ella i les altres infermeres dormien, i va instal·lar-se amb una cadira al costat del llit d'en Lluís. Mentre ell dormia, esgotat de tot el patiment, de tot el dolor, ella el va estar observant a cada sospir, a cada moviment de cap, aclucant només els ulls quan les parpelles, a trenc d'alba, van cedir.

Un raig de llum que entrava per la finestra semblava jugar capriciosament sobre el seu front quan, al cap de poca estona, es va despertar. Li feien mal els ossos de dormir asseguda, però de seguida va experimentar un glop d'alegria en recordar que en Lluís era allà. Es va incorporar per mirar-lo i es va trobar que ell ja no dormia, sinó que l'estava observant. Somreia. La Maria va allargar la mà per agafar la seva esquerra, la bona, i li va preguntar:

—Què va passar?

Ell li va relatar l'infern del camp de batalla: les trinxeres, l'enemic avançant; l'amagatall a les coves de la serra, les explosions constants.

—Una granada va caure a prop d'on era el meu batalló. Gairebé van morir tots —va dir en to neutre—. Jo vaig sortir disparat contra una roca i m'hi vaig estampar.

Vaig pensar que era mort, no sentia res. Només un silenci de cop i volta i un munt de cossos que no es movien al meu voltant. Després devia perdre el coneixement, perquè ja no recordo res més. La següent imatge que tinc és la d'un home amb un maletí que remenava el meu cos. Vaig sentir un dolor terrible a la cama, Maria, la tenia completament girada i me la van posar del dret. Aleshores em vaig tornar a desmaiar. Després el camió que m'havia de portar a Barcelona, els sotracs, el turment de la cama... la mà.

La mà de l'escultor va començar a millorar, però no la cama dreta, que, al cap de vint-i-quatre hores, va portar complicacions: la febre no remetia sinó que, més aviat, va començar a pujar, i el dolor a l'extremitat seguia sent molt agut. En Marcel va operar-lo novament a la tarda, netejant altre cop la ferida, comprovant la presència de qualsevol cos estrany que hagués pogut quedar allà. Va decidir eliminar més extensament la zona on podien quedar teixits morts, conscient, això sí, de les seqüeles que aquella acció podia comportar en la mobilitat final del pacient. Potser la cama perdia força, potser presentava certs problemes de control en l'extremitat... però calia arriscar-ho tot per evitar un mal major. Aquesta segona vegada va tirar pel dret i va immobilitzar completament la fractura per mitjà d'un gran embenat de guix amb l'ajut d'unes agulles de transfixió en la zona de l'os sa —potser ho hauria d'haver fet de bon començament, es va dir. Havia acabat la intervenció quan va tornar en Trueta. En Marcel el va posar al corrent.

—No he gosat esperar la teva tornada —va dir-li.

—Has fet bé —va contestar el seu cap.

Ara només calia esperar. Les properes vint-i-quatre hores serien de vital importància i determinarien el futur d'aquella extremitat. La Maria el va vetllar una altra nit sencera, fent cops de cap on albirava, entre malsons, un Lluís mutilat. Ell no ho aguantaria, era massa orgullós. I ella? Com s'ho prendria ella? Podria estimar-lo, sense sentir-ne compassió? En Lluís no aguantaria viure sense una part del seu cos.

En despertar l'endemà, en Lluís presentava un lleuger símptoma de millora. La temperatura havia baixat i la marca del sagnat de la ferida, a mig matí, havia deixat de créixer en l'embenatge de guix. Tot plegat era un bon senyal, però calia ser prudents i esperar uns dies més, abans de fer-se il·lusions. Tot i així, la infermera va començar a sentir la ferma esperança que, potser, en Lluís tornaria a ser el mateix d'abans.

L'escultor va començar a menjar: primer una dieta líquida; amb els dies, una mica de sòlid. Lentament recuperava les forces i, alhora, el dolor anava minvant. Es dedicava durant totes les hores del dia a contemplar el que succeïa al seu voltant. Va conèixer el veí del llit del costat, a qui havien evacuat del front feia poc, i un noi de l'altra filera que, com ell, havia viscut l'infern a les terres de l'Ebre. Entre aquells homes convalescents hi havia un pacte de silenci sobre els fets més recents, ja que ningú havia tingut estómac, encara, per digerir-ho. A les nits se sentien els crits i els desvaris d'algun dels companys a qui els malsons feien la mala passada de retornar-los les vives imatges viscudes: els ventres esbudellats, els cossos inerts, les explosions que escampaven bocins de carn i d'ossos pertot arreu apareixien enmig de la foscor i del somni, altre cop tan reals.

En Lluís s'avorria tant que comptava els minuts fins que la Maria apareixia a la seva sala de malalts. Li hauria agradat tenir-la sempre per a ell, però s'adonava de com n'era d'indispensable per a la resta de malalts. Senyoreta, pot venir? Senyoreta, em pot ajudar? Senyoreta, em pot mirar l'embenatge altre cop? Els homes que omplien els llits de la sala on es trobava en Lluís la demanaven a cada moment, i ell s'adonava de com alguns, malgrat el seu estat lamentable, miraven les corbes de la infermera per sota del seu davantal. La Maria no era cap joveneta vistosa, ni tan sols una bellesa madura d'aquelles que fan tombar-se diverses vegades, però tenia una aura especial, una dolçor, un cos de dona feta que molts haurien arrambat a plaer. En Lluís imaginava el munt d'ocasions, durant la guerra, en què la Maria devia haver rebut declaracions d'amor d'alguns soldats. Voldria haver-l'hi preguntat, però no gosava. Per primera vegada a la vida, sentia una punxada de gelosia en veure el desig d'altres homes per la seva Maria. Què volia dir, aquell sentiment? Era tan pertorbador que li va costar dies admetre-s'ho a si mateix. Tantes dones com havien passat pels seus braços i, ara, s'adonava que cap se li assemblava ni de bon tros. La Maria era una dona forta i, alhora, era tota tendresa. A les nits, quan acabava la seva jornada i no havia de fer cap guàrdia, en Lluís li demanava d'estar-se una estona al seu costat. La seva companyia el gratificava més que mai.

—És magnífic tot el que fas per aquests malalts, Mia —li deia—. Ets una dona increïble.

Mentre les ferides d'en Lluís cicatritzaven correctament i les esperances de tornar a recuperar el cos sencer eren cada cop més sòlides, les notícies que arribaven del front eren del tot descoratjadores. Milers de soldats havien mort en els últims mesos, després de recular el terreny guanyat, inicialment, en la gran ofensiva de l'Ebre. No només havien perdut posicions, esgotat gairebé tota l'artilleria, a més a més de les vides i la moral, sinó que ara ja s'esperava inexorablement l'ordre de retirada: les tropes de Franco eren indubtablement més nombroses i estaven més ben armades. L'exèrcit dels oblidats, anomenava en Lluís aquell amb el qual havia lluitat. Primer els temps de l'eufòria, de les milícies, del tot és possible si la causa s'ho val; després les trifulgues internes, la lluita entre republicans, els interessos dels russos enmig d'una guerra a través de la qual volien comprar adeptes a Stalin. En la reconversió de la milícia en Exèrcit Popular havien quedat enrere molts amics seus, aquells nois del Cafè Espanyol que, com que pertanyien al POUM, els estalinistes van executar. A l'Ebre, l'esperança inicial va acabar donant-se per perduda. Els nacionals guanyaran aviat aquesta guerra, assegurava en Lluís en veu baixeta a la Maria. I què se'n farà, de nosaltres?

Si el novembre va venir acompanyat de la pèrdua definitiva de la batalla de l'Ebre, aquella que havia de capgirar el curs de la guerra i decantar la balança en favor dels republicans, al desembre Franco va decidir envair tot Catalunya. Les tropes anaven reculant en el que ja es coneixia com la gran retirada, mentre cadascú, a Barcelona, calculava les seves possibilitats.

En Darius Rovira va manar fer els baguls a la seva esposa un matí fred de començaments d'any.

—Cal estar a punt per a la tornada a casa, Eulàlia —li va anunciar de molt bon humor, com feia temps no l'havia vist ningú al mas.

Va explicar que, segons les informacions que havia rebut —força fiables—, només era qüestió de dies que els nacionals posessin els peus a Barcelona i que, per tant, la ciutat tornés a ser un lloc segur.

La seva esposa es va passar el dia donant ordres aquí i allà, amb l'energia renovada dels vells temps. S'havia aprimat considerablement i potser ho feia la propera victòria, potser el delit de tornar a veure els fills, que la senyora Eulàlia tornava a sentir el cos lleuger com abans. La Mariona i la pagesa que els ajudava en les tasques domèstiques van seguir minuciosament les seves instruccions i aviat ho van tenir tot empaquetat. Van fer netejar el cotxe, van engegar-lo diverses vegades per assegurar-se que estigués a punt. I van esperar.

A l'hospital es va començar a organitzar l'evacuació dels ferits: calia treure d'allà aquells soldats convalescents que poguessin patir represàlies davant la imminent entrada dels nacionals a la ciutat. Va ser la direcció general de Sanitat de Guerra la qui va encarregar al doctor Trueta la missió d'organitzar ràpidament un centre hospitalari a pocs quilòmetres de la frontera amb França.

—Allà hem de dividir els pacients en dos grups —va explicar en Trueta a en Marcel, un dels darrers vespres en què tots dos amics estarien plegats—: Els de recuperació ràpida i els de recuperació a llarg termini. Els primers seran derivats a Figueres, mentre que, als segons, cal organitzar-los el trasllat per ser hospitalitzats a França.

En Marcel semblava molt pensatiu. Va preguntar al seu amic:

—Ho tens clar, que vols marxar?

—Marcel, no hi ha altra opció —va respondre en Trueta, visiblement cansat, malgrat que provava de dissimular-ho—. Saps que fa tres anys, gairebé, que no veig les meves filles grans. L'Amèlia és a França, amb elles. I jo no em vull pas quedar a veure com aixafen el nostre poble. No, amic meu, no em sento capaç de seguir vivint aquí, si això esdevé un país sense llibertats.

En Marcel es va mirar en Trueta, aquell que en altres temps havia gaudit d'un cos atlètic, robust, ara era un home exageradament prim. Havia perdut ben bé una vintena de quilos i tota esperança per a un bon futur immediat per al seu país. L'Amèlia, les filles... el seu amic tenia ara la vida sencera a França. Com no ho havia de veure clar? Però en Marcel passava nits d'insomni rumiant què havia de fer ell. D'una banda, se sentia tan desesperançat com el seu amic, i eren moltes les temptatives d'agafar els trastos, l'Aurora i el petit Robert i començar una nova vida a França. Però la seva estimada no ho veia gens clar. Havia començat per mencionar els pares: primer havia dit que no volia deixar la mare; després havia tornat a parlar novament del pare. Havia fet falta una guerra sencera perquè l'Aurora superés la terrible decepció que s'havia emportat de son pare, però el fet és que se sentia trista, enyorada, desitjosa de recuperar ni que fos un bri d'aquella vida d'abans en què tots eren feliços i es tenien els uns als altres. L'Aurora ja no tenia cor per odiar i, encara menys, per abandonar l'home que des de petita havia adorat. Potser mai més el veuria amb aquells ulls, potser caldria reinventar aquella relació de pare i filla, però ella hi estava disposada, i en Marcel no l'hi podia negar.

—Així doncs —deia en Trueta a un Marcel una mica abstret—, hem d'actuar de seguida. Potser que la infermera Maria prepari les llistes dels pacients a evacuar avui mateix. També caldrà separar el material necessari per al trasllat.

—Josep —el va interrompre, aleshores, en Marcel—. Jo no viatjaré amb vosaltres.

—Què vols dir? —va preguntar el seu amic.

En Marcel va agafar aire per afrontar allò que, fet i fet, ja sabia de feia dies, tants com nits no havia pogut agafar el son. Va anunciar-li:

—Nosaltres ens quedem a Barcelona. L'Aurora, jo i el nen.

En Trueta se'l va quedar mirant en silenci, durant uns instants. Llavors va preguntar-li:

—Ho heu estat parlant? T'ho ha demanat l'Aurora?

Ell va negar amb el cap:

—L'Aurora no m'ho ha demanat però jo sé que necessita reconciliar-se amb son pare. Ell està a punt de tornar. Ens hem de quedar aquí.

En Trueta li va prémer una espatlla. No sabia què dir. El silenci pesava sobre els cors d'aquells dos homes que tantes coses havien viscut plegats.

—Així doncs, no cal que insisteixi?

—No, amic meu. La decisió està presa.

—L'Amèlia s'emportarà un disgust.

En Marcel va deixar anar un sospir que amagava emoció, tristesa, impotència, resignació.

Tots dos es van fondre en una abraçada, sabent-se propers al comiat final, però de seguida van tornar al seu lloc perquè l'escomesa de les properes hores demanava tota la seva atenció i dedicació.

—Marxarem molt aviat —va assegurar la Maria a en Lluís.

—Segur? Tu véns amb mi. No et vull perdre ni un moment de vista, em sents? —li demanava en Lluís.

Des que la infermera li va comunicar la notícia que els evacuaven amb un tren sanitari fins a un lloc al nord, proper a la frontera, en Lluís no parava d'insistir que no s'havien de separar.

—Passen coses, saps? La gent es perd enmig del caos —advertia ell—. No podria seguir sense tu.

Va ser l'endemà de la notícia del seu trasllat imminent al nord quan, a la nit, en Lluís s'havia aixecat del llit per anar a buscar la Maria. Ella feia la guàrdia i ell sabia on trobar-la. Segurament estaria al despatx, revisant i endreçant aquell munt de paperassa que, durant el dia, no abastava a fer.

—Què hi fas, aquí? —va fer ella quan, des de la taula del despatx mèdic, va veure en Lluís entrar per la porta.

En Lluís va arronsar-se d'espatlles i va fer una mirada innocent.

—No hauries d'estar rondant a aquestes hores —el va renyar ella—. Has d'anar a poc a poc amb la cama, Lluís.

Feia pocs dies que l'escultor havia començat a aixecar-se tot sol del llit, sense l'ajut de ningú. El doctor li havia tret el guix del braç i allò li proporcionava més llibertat de moviments. Practicava cada dia una mica, a estones limitades, posant-se dret, agafant les crosses amb tots dos braços i recolzant-hi el seu pes, conscient de com les forces retornaven, progressivament; passejava amunt i avall de la sala —sense permís, això sí, per recolzar el peu a terra—, malgrat que calia anar amb prudència i seguir les ordres del doctor escrupolosament.

—No podia dormir —va respondre-li en Lluís—. I volia veure't.

Amb certa dificultat, va acostar una cadira on era ella, i s'hi va deixar caure. Va deixar les crosses a la paret propera i, aleshores, li va demanar:

—Què feies?

—Endreço les fitxes dels pacients.

—També hi surto jo, aquí?

—També —va fer ella, seriosa.

—Què t'amoïna, Mia? —va preguntar en Lluís, en captar la seva expressió.

Ella va esbufegar:

—Pensava...

—Què? —En Lluís li va agafar una mà i li va acostar el dors a la seva galta. Va tancar els ulls mentre semblava parlar per a si mateix:

—Mia... Mia... Mia...

Ella va aguantar la respiració mentre esperava que digués alguna cosa més. Observava aquell rostre conegut, estimat, tantes vegades desitjat. Sentia la seva pell aspra, masculina; percebia una olor que hauria distingit entre un milió. Aquella manera nova de mirar-la... seria encara possible? La Maria va prémer els llavis. No es volia pas fer il·lusions.

En Lluís va obrir els ulls, la va mirar directament, va somriure-li.

—Et faré cas —va dir—. Provaré de dormir una mica. Ens espera un llarg viatge.

La infermera el va sentir allunyar-se pel passadís fins que es va fer el silenci un altre cop. Va tornar a quedar sola en aquell despatx que, per a ella, tenia els dies comptats. Amb gran esforç, va tornar a les fitxes que l'ocupaven abans que aparegués en Lluís. Hi pensava des de feia dies, sabia que alguna cosa n'havia de fer, però encara no havia trobat la solució: aquelles fitxes mèdiques que repassava, endreçava i arxivava mentre tothom dormia parlaven d'en Lluís i els altres soldats republicans que havien passat, en algun moment de la guerra, per l'hospital; esdevenien, per tant, la prova més fidedigna de la seva adhesió a l'exèrcit de la República i la Maria sabia que, en pocs dies, podien anar a parar a les pitjors mans.

L'endemà es va decidir a parlar-ne amb en Marcel, conscient que només amb la seva complicitat se'n podria sortir. De seguida hi va trobar resposta:

—Té tota la raó, Maria —li va dir ell, pensatiu—. Cal amagar aquestes fitxes immediatament.

—O potser destruir-les... —va aventurar ella. La sola imatge dels soldats nacionals regirant l'hospital, d'aquí a uns dies, li feia sentir inseguretat davant l'eficàcia de qualsevol amagatall que poguessin rumiar.

Però en Marcel ho veia de manera diferent:

—Pensi, Maria, que potser algun dia aquestes fitxes poden fer un bon servei als seus implicats. Tots aquests ferits que ens han portat del front durant aquest temps han lluitat per una causa ben noble i potser algun dia els pot ser reconegut. Malgrat que ara seran, amb tota seguretat, els grans perdedors, qui sap, exactament, què succeirà més endavant? Fins quan durarà la victòria dels nacionals?

La Maria va assentir, tot i que no acabava de veure clar cap amagatall. Qualsevol armari, qualsevol racó d'aquell pavelló on es trobaven podia ser registrat i les fitxes requerien un espai considerable, a causa del volum que ocupaven ja. A més a més, calia actuar de pressa, involucrar-hi el menor nombre possible de gent per no córrer el risc de ser delatats. Tot i semblar un impossible, plegats van acabar trobant la solució: la nit abans de l'evacuació dels darrers ferits —amb els quals la Maria i en Lluís marxarien— un manobre de confiança se la va passar treballant a l'ala esquerra del pavelló. Sota l'empara de la foscor i enmig del rebombori general dels últims preparatius per al trasllat, les dues portes que formaven un petit rebedor van anar quedant tapiades a mesura que avançaven les hores, formant un cau on quedarien dipositades les fitxes dels soldats i civils republicans. Si, durant aquella nit, algú es va adonar del que el metge i la infermera transportaven cap allà baix, ningú va dir res. Amb la primera albada, l'amagatall ja havia quedat enllestit i les fitxes que assenyalaven tants i tants republicans, dipositades al seu interior. Potser al cap del temps, va pensar la Maria, quan les coses es tornessin a posar a lloc i Catalunya tornés a ser un lloc on viure, ella mateixa podria recuperar-les i sentir-se orgullosa d'haver contribuït a preservar, malgrat tot, la història de l'hospital.

El dia que van entrar les tropes de Franco a la ciutat

El dia que van entrar les tropes de Franco a la ciutat havia lluït un sol radiant. Era a finals de gener i, malgrat la llum encegadora del matí, cap a la tarda feia un fred terrible. Un llarg hivern entrava al país; molts n'havien marxat.

En Marcel i l'Aurora eren a casa els pares que acabaven de tornar quan els nacionals entraven tot desfilant pels carrers de Barcelona. El doctor Rovira i la seva esposa van sortir al balcó a veure el seguit de gent que es dirigia a rebre els soldats, mentre que la filla i el gendre es mantenien en la penombra de l'interior. No van fer cap festa, no van compartir l'alegria de la mare en adonar-se que la guerra, finalment, s'havia acabat per a ells. En Marcel i l'Aurora es miraven el petit Robert en el seu joc innocent i ja començaven a enyorar els amics exiliats. Quedaven enrere uns anys de sirenes, de cadàvers, d'injustícies constants i de molta misèria. Potser la misèria desapareixeria ara del fet quotidià, potser no. Caldria veure què havien pensat els vencedors per a un país absolutament devastat i afamat de feia anys.

A la penombra, prop d'ells, la Mariona, la dona d'en

Llorenç, havia quedat vídua als ulls de tothom. Només una carta que ella guardava testimoniava que en Llorenç encara era viu: marxava a França, amb el seu amant. Ningú ho sabria a banda d'aquells que es trobaven al pis del senyor doctor. Un secret de família, com tants d'altres, un pecat amagat. Hi havia coses que, per la seva naturalesa, mai havien de sortir a la llum.

El doctor va mirar la filla des del balcó i, després, va mirar el seu nét. Era vell, se sentia cansat, però la sola visió d'aquells dos únics éssers en qui es reconeixia al món omplia els seus dies de futur. Ho sabia, ho havia esperat: l'Aurora, finalment, l'havia perdonat.

El dia que van entrar les tropes de Franco a la ciutat la Maria i en Lluís ja eren lluny d'allà. Gairebé a punt de creuar la frontera amb França, els esperava una nova vida en la qual pensaven començar de nou. La mà dreta de l'escultor ja responia als estímuls i, amb l'altra, agafava llapis i paper. Dibuixava maldestrament, amb l'esquerra, però de manera frenètica. Volia copsar tot allò que veia al seu voltant: l'exèrcit d'oblidats, alguns d'uniforme, la majoria no. Un veritable riu d'homes, dones i nens que, com ells, havien deixat enrere una guerra i una causa, per afrontar un nou destí. Un que mai haurien imaginat, tres anys abans, quan el sol enfilava cada dia per l'horitzó en un cel net de bombes i mals presagis, quan les mares no veien morir els seus nois al front, quan no havien de córrer rere els carros per omplir la boca dels de casa, quan el futur no es presentava com un núvol fosc sota el qual no sabien del cert si aconseguirien un veritable aixopluc.

En Lluís va agafar la mà de la Maria abans de creuar cap a França. Va preguntar-li:

—Creus que ma mare ens observa, des d'allà dalt?

I la Maria li va respondre, segura:

—La teva mare i la meva. Totes dues juntes, al cel. Potser són amigues, potser ara somriuen en veure'ns plegats.

En Lluís va mirar per última vegada enrere. Va murmurar:

—Adéu, Catalunya, fins aviat.

I va besar la Maria.

Agraïments

Quan vaig plantejar-me el repte d'escriure una novel·la al voltant de la construcció de l'Hospital de la Santa Creu i Sant Pau ja sabia on m'estava ficant: no només es tractava d'aixecar els murs modernistes del nou hospital per als pobres de la ciutat, no tan sols consistia a relatar la vida de tota una sèrie de personatges —reals i ficticis— les vides dels quals transcorrien en aquell moment determinat de la història. Es tractava, de fet, d'iniciar un viatge al bell mig d'una època, d'una ciutat, d'un país i la seva gent que, a cavall dels dos segles, van decidir que tot allò que es proposessin es podia fer realitat.

I en el viatge hi he trobat uns còmplices excel·lents, sobretot la Pilar Salmerón, l'arxivera que des de l'any 1977 vetlla per un dels arxius més importants que tenim al país, l'Arxiu Històric de l'Hospital de la Santa Creu i Sant Pau. Gràcies a la Pilar i al seu ajudant, en Miquel Terreu, la meva recerca històrica i documental ha estat més planera, precisa i acurada, fet imprescindible donada la gran quantitat de documentació que gestionen aquests dos grans professionals. A l'Arxiu hi he trobat, sense haver-ho esperat, dos bons amics.

La necessitat de recrear l'època amb exactitud m'ha portat a la ja familiar peregrinació per tota mena d'arxius històrics de la ciutat i de fora. En aquesta aventura en concret, voldria fer una menció especial a la Sara Fajula, de l'Arxiu Històric del Col·legi de Metges de Barcelona, i a l'Alfons Zarzoso, conservador del Museu d'Història de la Medicina de Catalunya.

I, com no podia ser d'altra manera, rere *L'hospital dels pobres* hi ha tota una sèrie de metges especialistes que han donat llum a les meves mancances sobre l'ofici i la ciència. A tots ells els vull agrair el temps dedicat i la paciència, sobretot al traumatòleg Joan Itarte —metge de Sant Pau de tota la vida—, al cardiòleg Berthy Rivero i al ginecòleg i obstetra Jordi Masides.

També a un artista, l'escultor Enric Devenat, que m'ha ajudat a comprendre el seu ofici des de dintre per poder construir un dels personatges principals del llibre.

Historiadors, arxivers, metges, artistes... còmplices tots ells de *L'hospital dels pobres*, com també ho són la meva estimada agent Carlota Torrents, l'Ester Pujol i la Pema Maymó —les millors editores que es pot demanar— i la Berta Bruna, amb qui vam començar aquest projecte.

A tots ells i, per descomptat, a la meva família sencera va dedicat aquest llibre i tot el meu reconeixement.

Barcelona, novembre del 2014

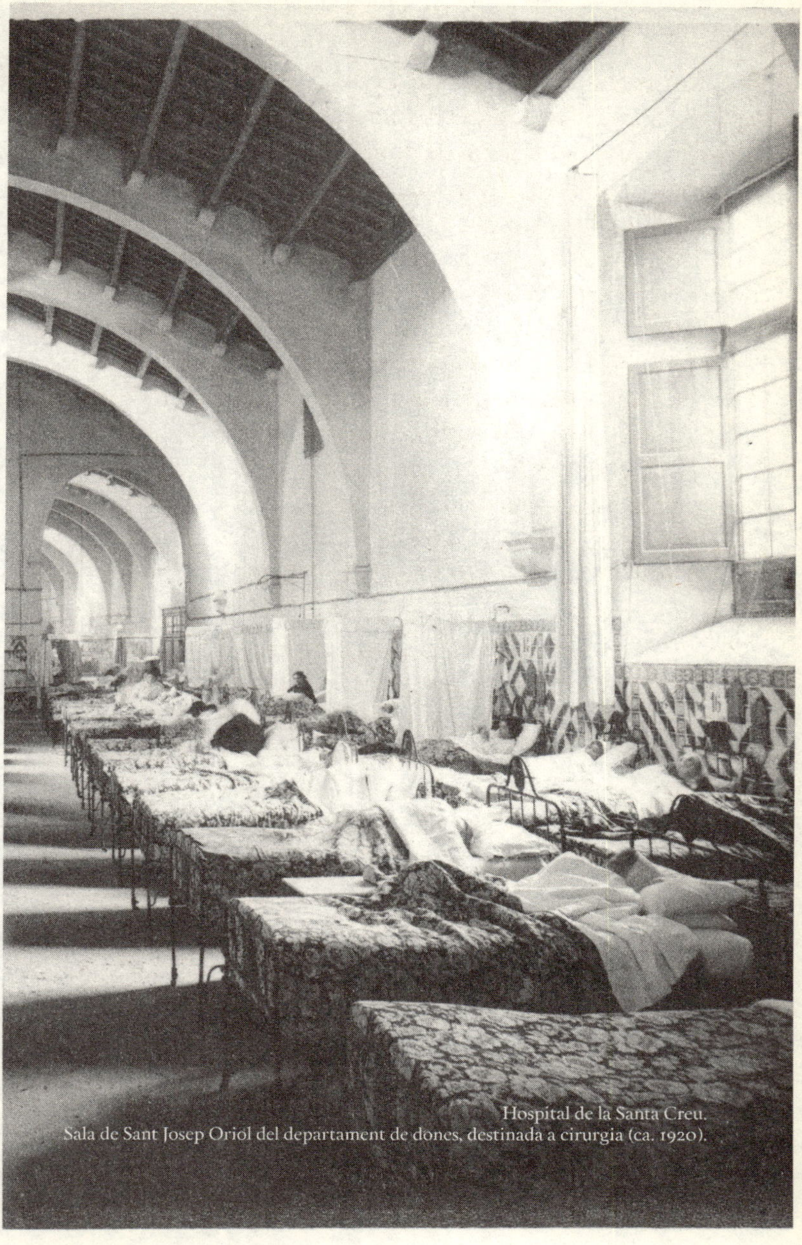

Hospital de la Santa Creu.
Sala de Sant Josep Oriol del departament de dones, destinada a cirurgia (ca. 1920).